水绘仙侣

冒辟疆与董小宛1642 — 1651

柏桦 著

江苏凤凰文艺出版社
JIANGSU PHOENIX LITERATURE AND
ART PUBLISHING, LTD

图书在版编目（CIP）数据

水绘仙侣：冒辟疆与董小宛：1642-1651 / 柏桦著 .
-- 南京：江苏凤凰文艺出版社，2019.4
ISBN 978-7-5594-3005-2
Ⅰ . ①水… Ⅱ . ①柏… Ⅲ . ①随笔－作品集－中国－当代 Ⅳ . ① I267.1

中国版本图书馆 CIP 数据核字 (2018) 第 232580 号

书　　名	水绘仙侣：冒辟疆与董小宛：1642-1651
作　　者	柏　桦
策　　划	胡杨文化　何崇吉
责任编辑	白　涵　刘洲原
特约编辑	王　锋　史开俊
责任监制	刘　巍　江伟明
封面设计	今亮后声
出版发行	江苏凤凰文艺出版社
出版社地址	南京市中央路165号，邮编：210009
出版社网址	http://www.jswenyi.com
印　　刷	北京盛通印刷股份有限公司
开　　本	880毫米×1230毫米　1/32
字　　数	208千字
印　　张	12.5
版　　次	2019年4月第1版，2019年4月第1次印刷
标准书号	ISBN　978-7-5594-3005-2
定　　价	49.80元

影视版权抢订热线　010-57194853

目录

水绘仙侣

详解

水绘仙侣

冒辟疆与董小宛[1]

1642—1651

这一年春天太快了[2]——
不祥的签诗[3]也抵不住它的速度[4]；
光景饱满地催促，一刻都不愿挽留[5]，
一件大事正期待着冬天[6]。

来临[7]

1642 年的冬天终于来了[8]，
你，19 岁，步出银色的秦淮[9]，
买舟来到如皋[10]，
决心与我做一份人家[11]。

在水绘园[12]，你收拾好曾经绮丽的春服，
其中一袭薄如蝉纱的西洋布退红轻衫[13]
令我想起了往昔……

那时，我们的恋爱“观渡于江山最胜处。”[14]
千万人争步拥来[15]，
就为一睹我携偶踏波的风姿呀[16]——
飞扬跋扈、兀傲豪华[17]，正当而立……[18]。
而你又是那样与我和谐。

“饰车骑，鲜衣裳，珠树琼枝，光动左右”[19]
陈瑚扼腕，“惊叹为神仙中人。”[20]

是的，我们因共同的才华和仪表成为天下才[21]，
是的，我们已经成就过了春天，
如今，就让他人去做春水春花吧[22]。

人世还有其他好事要做，
我们的生活才刚刚开始，
在水绘园，在冬天的江南[23]，
另一番良辰已为我们备齐[24]。

家居[25]

人之一生：春、夏、秋、冬[26]
很快，你发现了新的喜乐：
女红、饮食、财务及管理[27]。

子曰："仁者静。"[28]
你就在静中洒扫庭除并亲操这份生活[29]。
"其德性举止，乃非常人。"[30]

家务是安详的，余闲也有情[31]：
白日，我们在湖面荡舟，
逸园和洗钵池最让人流连[32]；
夜里，我们在凉亭里私语，
直到雾重月斜[33]，
直到寒意轻袭了我们的身子[34]。

曾记得多少数不清的良辰，
你长饮，说话，若燕语呢喃[35]，

而我不胜酒力，常以茶代酒[36]。
有时，我们又玩别的游戏，
譬如读诗或抄写[37]：
“人闲桂花落，夜静春山空。”[38]

这一切不为别的，只为闻风相悦[39]，
只为唯美，只为消得这水绘的永夜[40]。

食[41]

你用鲜花和水果做的甜点
是光阴的珠泪，是纯粹的美学：

酿饴为露，和以盐梅。凡有色香花蕊，皆于初放时采渍之，经年香味颜色不变，红鲜如摘，而花汁融液露中，入口喷鼻，奇香异艳，非复恒有。最娇者为秋海棠露……味美独冠诸花。次则梅英、野蔷薇、玫瑰、丹桂、甘菊之属。至橙黄橘红，佛手香橼，去白镂丝，色味更胜。[42]

再看那“火肉久者无油，有松柏之味，风鱼久者如火肉，有麂鹿之味，醉蛤如桃花，醉鲟骨如白肉，虾松如龙须，烘兔酥雉如饼饵，可以笼而食之，菌脯如鸡棕，腐汤如牛乳。”[43]

食物盆景，山水琳琅，
历历分明又闻香醉人，

真是个清洁鲜艳的小园林
四季洋溢着秦淮不同的芳香[44]。

你做的“冬春水盐诸菜，能使黄者如蜡，碧者如苔。蒲藕、笋蕨、鲜花、野菜、枸蒿、蓉菊之类无不采入食品，芳旨盈席。”

你对花草植物有超乎寻常的感情和喜好，
烹调对于你，样样皆是本色，皆是当行
如空中音、相中色、水中月、镜中像；
又犹如妙手裁诗，不涉理路，不落言筌[45]，惟情性是也 。

茶

茶倾心于我们的美意、我们的端正，
其中岕片是我们共同的瑰宝[46]，
我们沉浸在采摘与烹茗的细节里。

那具有片甲蝉翼之异的上等岕片，
你亲自洗涤、煎制，以生活专家的姿势[47]
不厌其烦地投入这细琐的工作。

晨昏不绝、光景悠悠，和敬清寂
日复日，我们来静静地试着对饮……
那四溢的茶香“如木兰沾露，瑶草临波”。[48]
人世的风景就这样生在我们的吐纳里[49]，
生在月白风清的凉廊间。

茶香双妙若福慧双修[50]，
此外，我们还希求别的什么呢？

香

夜半天寒，我们独处香阁，
帷帘四垂、毛毯覆叠[51]

烧二尺许绛蜡二三枝，陈设参差，台几错列，大小数宣炉，宿火常热，色如液金粟玉。细拨活灰一寸，灰上隔纱，选香蒸之，历半夜，一香凝然，不焦不竭。

甜热的香呀，绕梁不已，
夹着梅花和蜜梨的气味，
也混合着我们身体的气味[52]。

横隔沉、蓬莱香、真西洋香、生黄香、女儿香……[53]

无涯的香迷离广大，
似挂角之羚羊，无迹可求[54]……
悄悄消磨着我们的好年华。

啊，正直、微妙，全能的香[55]，

还原的香、天生的香。

我俩就在蕊珠众香深处[56]，

听“晓钟恒打，尚未着枕”；

或“久蒸衾枕间，和以肌香，甜艳非常……”

呼吸着清安、呼吸着喜悦、呼吸着梦……

水绘雅集[57]

多少次静中升起奔放的热情，
烟水之间，百千鸟儿迎风盘旋。
宾客从四方来，车如流水马如龙[58]，
题咏吟赏，云集于是，
狂歌[59]轰饮[60]，无虚日。

每当月明风细，老夫与佳客各刺一舟，舟内一丝一管一茶灶，青帘白舫，烟柁霜篷，或由右进，或自左出，举会食于小三吾下。[61]

树木掩映，亭榭参差，曲水环流，山亭独立，尝于其中高会名流，开尊张乐。其所教之童子，无不按拍中节，尽致极妍。紫云善舞，杨枝善歌，秦萧隽爽，吐音激越……[62]

这盛世歌舞做成了水绘江山[63]，
也做成了我们的繁华、欢乐与记忆：

山水、美酒、佳肴、丝竹[64]
以及暮春初夏向晚的日光，
到处都是千金散尽的慷慨[65]，
到处都是流水宴的绣口锦心[66]。
……
如今，岁月流逝，你已死去……
如今，十四年一过，另一个如梦的时刻来临——

贵人王士禛于康熙四年（修禊中）[67]
在水绘园行大狂欢，放言要痛饮十石。
我为你记录下这完美的演出：

白日“登舟，泛洗钵池。明窗尽开，水云一色。一小蜻蛉载清吹数部尾其后，歌丝为水声所咽，缭绕久之。”

时日已将暝，乃开寒碧堂，爰命歌儿演《紫玉钗》、

《牡丹亭》数剧，差复谐畅。漏下二鼓，以红碧琉璃数十枚，或置山颠，或置水涯，高下低昂，晶莹闪烁，与人影相凌乱。横吹声与管弦拉杂，忽从山上起，栖鸦簌簌不定。阮亭曰："此何异罗星斗而听缑笙也？"

富贵人生映照着这依旧夺目的白夜[68]，
吴歌、水调[69]、银筝、琵琶
歌儿、舞者、文人墨客
在在如万树的枝条花叶
在在莫不各有景色、各有玩味。

亭树湖畔，幽窈明瑟，对酒当歌……[70]
而拂晓颤抖着，准时、恐怖、从不迷途，
突然，我听到了死亡的声音[71]。

避乱与侍疾

欢从何处来

端然有忧色

——《子夜歌》[72]

甲申之变，盗贼蜂起[73]，

北方的铁骑就要踏破江南。

马嘶草暗、云惨尘飞[74]，

如皋城内外风声鹤唳[75]，

我们一家开始了亡命。

在奔往盐官[76]的途中，

我病倒于惊悸，

发着持续的癫狂与烦热，

你紧紧地将我包裹，似宁静的春水。

冷时，你拥抱我；热时，你将我披拂；

痛时，你抚摩我，将我的头枕入你怀里；

或用你的心胸温暖我的双足。

唉，“凡病骨之所适，你皆以身就之。”
你亲手喂我汤药，有时还以口来喂。
更惊人的是，为细侦我的病情，
你对我的大便
“皆接以目鼻，细察色味，以为忧喜。”[77]

整整一百五十天，
你卷一破席，横陈于我的床边[78]，
日以继夜，对我用心如日月光华。

在你“履险如夷，茹荼若饴”的操持下，
我终得以于第二年春天苏醒。
而你却落到“星餍如蜡、弱骨如柴”的光景。

今天，你已劳瘁而死[79]。

但人可以比死更大，
比生亦更大[80]。正是深怀这一信念，
你从不畏惧，没有怕，只有贞静。

“死去何所道”[81]，人间最神秘的东西
你也懂得，它一定是善者不来，来者不善[82]。

让我回到开场那不祥的签诗吧，
正是它将我们注定：

忆昔兰房分半钗，如今忽把信音乖，
痴心指望成连理，到底谁知事不谐。

“忆”字决定了我们的命运[83]，
它从宿命的“九”[84]开始，
我那“一生清福，九年占尽，九年折尽。”
“嗟乎，余有生之年，皆长相忆之年也。”[85]

附录　梦记或我的宗教生活

死亡是一件真事情，但命运也可以改变。
1569 年，一本新善书开始风行，
袁黄以身立法，作《了凡四训》[86]——

“立命”[87] 首当其冲，在民间引起大回响，
“功过格”[88] 一时成为时光倒转的法宝：
人欲地仙或天仙，皆看你功过之造化[89]，
那就让我造化吧——
看千劫如花，惊险也能做成惊艳。

关帝是我的神[90]，
功过格是我的誓言；
他们要合力降服我的危险，
那危险真是新鲜，
如悬崖的花枝向风试探[91]。

1638 年 5 月 17 日深夜，梦示恶兆[92]：

母危在旦夕。我决定以功名、寿算
及两个儿子的生命来为母请命。
万善誓愿当场立下[93]，行动展开：
奔走、借贷、施舍，甚至绝食……
死在催迫，拯救也在催迫，
功过格的数字更在精确地催迫。
(其实，早在这一年元旦，善行就已展开，因有人推论母命“今岁不吉”[94])

整整八个月，数字在沉着又火急地上升：

贷得钱六千文，施乞者。又贷钱十八千六百文，施乏食狱人。贷银二十六两，买旧棉衣一百一十九件，施僵卧雪中者。买米面易钱斋僧二千余人，济贫八千余人。计余前七阅月所行之事，救患难疾病冤狱十三命，施布被棉衣裙裤共二百零七件，棺二十口，药三千余服，茶四十一日，米麦六十三石零，放生二千七百余命，焚化路遗字纸二十九斤四两。诵经施食与赈济乞丐、狱囚、贫不能婚嫁、旅人流离不能归者，共银一百一两七钱，钱五十二千零，合之为万善圆满。[95]

1639 年 1 月 3 日，
母亲终于度过上元劫难[96]，
但我 17 岁的堂婶及长子
却做了交换，命赴黄泉[97]。

但神也待我不薄，赠条命来，
这一年 3 月，我妻在历经六次小产后
产下一子，“面目酷似亡儿”。[98]

生离死别就是这样朴素，
单是为了今天的好风光，
我也要把这两两相忘，
也要把这人间当成天上[99]。

二〇〇〇年六月四日凌晨三点，写毕

二〇一八年三月二十二日，再次改定

【说明】本诗中引文皆见冒辟疆著作『影梅庵忆语』『梦记』。另，李孝悌的著作，『恋恋红尘——中国的城市、欲望和生活』一书中的两篇文章『冒辟疆与水绘园中的遗民世界』『儒生冒襄的宗教生活』对本诗有特别贡献，专门指出，以表谢忱。

详解

一 冒辟疆与董小宛

冒襄(1611—1693)，字辟疆，号巢民，明末清初文学家。万历三十九年出生在扬州府如皋县城一个官宦世家，自幼随祖父在任所读书，“幼有神童之誉”，13 辄能赋诗，14 岁刊刻诗集《香俪园偶存》。文苑巨擘董其昌把他比作初唐的王勃，期望他“点缀盛明一代诗文之景运”。崇祯九年（1636），年迈的董其昌甚至整整花了两个月的时间画一幅山水画，以此鼓励即将参加乡试的冒辟疆。但遗憾的是，1627—1642 年间，冒襄六次去南京乡试，六次落第，仅两次中副榜。怀才不遇的他，从此无心仕途，并于 1642 年的冬天与董小宛结合，安心在水绘园过起了恩爱缠绵的隐居生活。在那里他宴招四方宾朋，歌舞丝竹常常联日竟夕，过去那种热心时务的青春姿态也随雄心止息而归于平凡。

从前的冒辟疆年少气盛，顾盼自雄，主持清议，矫激抗俗，喜谈经世大务，怀抱投国之志。他与张明弼结盟，参加复社，同陈贞慧、方以智、侯朝宗过从甚密，人称“四公子”。

他们或结伴同游，或诗酒唱和，或抨击阉党，或议论朝政，希望改革政治，挽救国家危亡。崇祯十一年（1638），他具名参加顾杲、陈定生、吴应箕等人首倡的驱逐阮大铖的《南都防乱公揭》，产生了较大的影响，被阮视为眼中钉。第二年，他又在南京观看由阮亲创的《燕子笺》一剧，上演了醉骂奸臣的戏中戏，更是使得阮恼羞成怒，欲除之而后快。

冒辟疆除参加政治活动之外，亦热心地方的公益事业。他曾数度在人民遭受战乱和饥荒之苦时赈灾济疾，为此他身染疫疾，几度濒临死亡之境，但最后都靠着一种神秘的宗教力量起死复生。

明末天下大乱，兵燹肆虐，冒辟疆曾多次举家出逃，途中遭遇奇惨杀掠，对其震动不小，而这也更加坚定了其隐居信念。他易园为庵，在水绘别业过着与世不争的遗民生活，清廷曾数度召他出世为官，但他都弃如敝履，以痼疾“坚辞”。

早年的赈灾和频繁的宴饮，使得冒辟疆床头金尽，晚年时生活穷困。70 岁以后更是历经种种劫难，先人留下的田舍尽为豪强所夺，被迫“鬻宅移居，陋巷独处”，靠着卖文和家班演出为生：

献岁八十，十年来火焚刃接，惨极古今！墓田丙舍，豪豪尽踞，以致四世一家，不能团聚。两子罄竭，亦不能供犬马之养；乃鬻宅移居，陋巷独处，仍手不释卷，笑傲自娱。每夜灯下写蝇头小楷数千，朝易米酒。十余童子，亲教歌曲成班，供人剧饮，岁可得一二百金，谋食款客。

冒襄一生著述颇丰，有《先世前征录》《朴巢诗文集》《水绘园诗文集》《影梅庵忆语》《寒碧孤吟》和《六十年师友诗文同人集》等传世。其中又以《影梅庵忆语》情真意切而脍炙人口，为人乐道。

董小宛（1624—1651），名白，字青莲，与柳如是、李香君等并称“秦淮八艳”。余怀在《板桥杂记》里说她：“性爱娴静，遇幽林远涧，片石孤云，则恋恋不忍舍去；至男女杂坐，歌吹宣阗，心厌色沮，意弗屑也。”她孤高傲世，崇拜我行我素且目空四海的李太白，所以取字青莲。除琴棋书画、诗词书翰外，董小宛还精通茶道女红，烹饪技术更是当时一绝。据美食家评论，她可与伊尹、易牙、太和公、膳祖、梵正、刘娘子、宋五嫂、萧美人、王小余等并列为我国古代十大名厨。

董小宛“天姿巧慧，容貌娟妍”，吴伟业曾作《题冒辟疆名姬董白小像八首》，内云：

珍珠无价玉无瑕，小字贪看问妾家。

寻到白堤呼出见，月明残雪映梅花。

董小宛美艳不可方物，可惜红尘沦落。在那里，她总是显得落落寡欢，但内心却坚执地期待着能够出现一个人，值得她终身托付。

“拼得一命酬知已，追伍波臣作鬼雄”，董小宛正是怀着这样一颗壮烈的苦心等候了多年，直到冒辟疆出现在她的世界中。

崇祯十二年（1639）冒辟疆应制来到秦淮，在方以智、吴应箕、侯方域等人的极力推荐下第一次见到了董小宛。此前二人虽互闻姓名，但始终无缘相见。可是此次会面，因为董小宛的“薄醉未醒”而草草收场。董小宛“面晕浅春”“懒慢不交一语”，冒辟疆只得辞去。

之后，冒辟疆结识了另一位吴门名妓陈圆圆，并不费周折地与其在 1641 年“订嫁娶之约”。1642 年，冒辟疆再临秦淮，来履践与陈的婚约，可是此时陈已被豪强掠去，不复得见。冒情绪沮丧，与友人“月夜荡舟、四处漂泊”，没想到竟然到了董小宛的住所。此时董小宛黄山归来，因母新逝，正在病中。她强撑病体与冒襄相见，并说：“我十有八日寝食俱废，沉沉若梦，惊魂不安。今一见君，便觉神怡气旺。”两人对饮不久，冒几番起身相辞，董都苦苦挽留，并表示愿以身相许。但冒却出于种种顾虑，托辞离去。

第二天，冒准备不辞而别，好在友人相劝，这才勉强去向董小宛告别。当时董“已妆成，凭楼凝睇，见余舟傍岸，便疾趋登舟。”冒辟疆请辞，董说：“我装已成，随路相送”。这一送就送了二十七天，从浒关到北固，冒一连回绝了她二十七次。她失声痛哭，并指江发誓：“妾此身如江水东下，断不复返吴门！”冒无奈，最后答应等秋试完毕之后，再行商讨婚姻之事。

董小宛于是返家杜门茹素。八月，孤身从苏州买舟江行，到南京与参加秋试的冒会面。“遇盗，舟匿芦苇中，舵损不可行，炊烟遂断三日。初入抵三山门，只恐扰余首场文思，复迟二日始入。”历经重重艰辛，董终于得见冒，但冒却无心婚娶之事，只是带她各处游玩。几日后，冒听说父亲退休回家将要经过江上，便以此为由与董又不辞而别。董急忙发舟追赶，在燕子矶遇到风浪，差点葬身水中。待得小宛追到如皋冒家，冒又借口考试失败，让小宛回去，并说董苏州欠债太多，在如皋落籍又非易事，诸多搪塞。

但董小宛痴情依旧。“姬归不脱去时衣”，并表示冒“不速往图之，彼甘冻死”。冒的薄情让他朋友们都看不过眼了，先是刘大行等人发起筹款，后来又是江南诗坛盟主钱谦益亲自出面安排一切，先帮董还清债务，又让人解决了她的户籍问题。最后还从半塘买舟送她到如皋。历经种种劫难与拒绝，董终于如愿与冒结成伉俪。这一年是崇祯十五年，公元1642年。

董嫁到冒家后，一洗铅华，尽心尽力服侍家人，事事亲力亲为，深得冒母马恭人和冒妻苏元芳的喜爱。她督导冒襄的两个儿子读书，算是家庭教师。她操家理财极富管理才能。闲时，她与冒常坐画苑书房，抄诗编写，赏花品茗，谈论山水，鉴别金石。尤其值得一提的是小宛有一手过人的厨艺，据说现在扬州的名小吃董糖和董肉就是由她发明的。

短暂的宁静很快过去。甲申之变，清军南下，冒襄一家辗转逃难。冒“一手扶老母，一手曳荆人”，危急关头，就也顾不得董了。他提出将董寄托在朋友家里，但董誓死不从。途中冒襄患病，又是董一路不眠不休地照顾。“此百五十日，姬仅卷一破席，横陈榻旁。寒则拥抱，热则披拂，痛则抚摸，或枕其身，或卫其足，或欠身起伏，为之左右翼。”董小宛辛苦侍疾、无微不至，最后落得“星靥如蜡，弱骨如柴”的地步。

之后，顺治四年、六年，冒又两次发奇疾，董同样昼夜不离地在枕边服侍他。董本来就身体虚弱，加上连续照顾冒的几场大病，她的身体顷刻间垮了下来，连续二十多天滴水不进。冒多方延医诊治，终难奏效。顺治八年（1651）正月初二，在冒辟疆痛彻的哀哭声中，小宛仙逝，年仅 28 岁。

这一年是崇祯十五年，公元1642年，我们的主人公已经相识三年。三年前，29岁的冒辟疆因应制来到秦淮，并在吴应箕、方以智、侯朝宗等人的极力推荐下，第一次见到了董小宛：

> 乙卯，应制来秦淮。吴次尾、方密之、侯朝宗咸向辟疆啧啧小宛名。辟疆曰："未经平子目，未定也。"而姬亦时时从名流燕集间，闻人说冒子，则询冒子何许人。客曰："此今之高名才子，负气节而又风流自喜者也。"（张明弼：《冒姬董小宛传》）

虽然此后冒辟疆"同密之屡访"董小宛，但其真正钟情的却另有其人，而且这一年春天他就是为了履践与此人的婚约才重临秦淮的，这个人正是让吴三桂"冲冠一怒"的陈圆圆。可惜命运作祟，就在冒到来前不久，陈被豪强万金劫去。于是，这才有了冒辟疆郁愤夜游，浒墅重访董小宛一幕。就从这一夜开始，董对冒展开了强大的爱情攻势，当下表示愿以身相许。这一切真是来得太快了，人的命运（董的，也是冒的命运）已在这个春日的夜晚加速运行，而美，并不容易立刻察觉！不是吗？如此良夜，冒对董的爱情就还在摇摆，并没有一锤定音。

第二天，董小宛不管不顾，带着病痛，追随冒出行，且“誓不复返”。在两人偕游的27天，冒27度辞别，董失声痛哭。最后，冒不得不答应在金陵乡试完毕后就与其完婚。这样，用了27天的时间——春天之快的二十七天呀！——这段被预言的婚姻即将展开。

此刻不知为什么，我也想到了曼德尔斯塔姆（O. E. Mandelstam）《无题》笔下另一番俄罗斯东方的春天，普天下的春天都是一样的吗？！看来不一样：

我觉得冷。晶莹透明的春天
给彼得罗波利穿上碧绿的绒毛衣衫……

三 签诗

《辞海》上说：“庙中之神签多作诗语，谓之签诗。《剑南诗抄》自注：予出蜀日，遣僧乞签于射洪陆使君祠，使君以老杜诗为签，予得《遣兴》五首中第二首。”

又，《辞源》：“旧时寺庙中以竹签为卜具，上写诗句，迷信的人抽签根据诗意附会人事，以决吉凶，谓之签诗。宋释文莹《玉壶清话》三：‘庐多逊相生曹南。方幼，其父携就云阳道观小学……得一签，归示其父。词曰：身出中书堂，须因天水白。登仙五十二，终为捧海客。父见颇喜，以为吉谶。’”

从上述两个解释来看，所谓签诗不过是提前预知生命吉凶的一种形式，亦是一种迷信。由此，也让人想到中国文人津津乐道的诗谶。

古往今来，中诗谶的文人真是太多了，如现代诗人徐志摩临死前写了一篇散文《想飞》，结果不久便死于坠机。顾城杀妻自尽之前写的诗《鬼进城》更是死气森森。再看一个外国例子：是谁写出了“血在循环，我带着走动的瀑布”？是特朗斯特罗姆。我的意思在此并不是要说谁写出了这句诗，而是要说写出这句诗的人会得一种病——中风。果不其然，瑞典诗人特朗斯特罗姆就因为中风去世。

唐代诗人刘希夷曾作《代悲白头翁》诗，有“今年落花颜色改，明年花开复谁在”句，作后感觉此诗有谶，于是又作一联：“年年岁岁花相似，岁岁年年人不同。”过了一会，刘希夷叹道：“此句似乎还像是诗谶。人之生死由命，难道会因此而改变吗？”遂把两联都写入诗中。谁知此诗写后不足一年，刘希夷竟被奸人所杀。论者以为刘希夷中了“明年花开复谁在”和“岁岁年年人不同”之谶。

唐代崔曙作《明堂火珠》诗，其中有两句：“夜来双月合，曙后一星孤。”这两行诗在当时传为警句，哪知第二年崔诗人就死了，惟遗一女儿名星星。人们当然也以为他死于诗谶。

北宋著名诗人秦观死之前，他在梦中做了一首词《好事近》，词中有“醉卧古藤阴下”，仅此一句成为他死于藤州之谶。当时诗人贺铸、黄庭坚都在他们的悼亡诗中表明了这样的意思。明代诗人刘泰的诗“无人唤醒滕州梦”一句也点明此意。郎瑛更干脆，直接题为《秦黄诗谶》，他不仅认为秦观的“醉卧古藤阴下，杳不知南北”是诗谶，而且黄庭坚的“解到江南断肠句，只今唯有贺方回”也是诗谶，因为黄庭坚后来遇“城楼之死”的厄运，再也不能悲悼秦观了。

笔者将以上这些家喻户晓的诗谶小故事集中记录下来，并非相信诗谶，读者且姑妄听之，以扩大见闻就行了。这些诗谶或许是巧合吧。或许并非诗谶决定了他们的命运，而是性格或基因决定他们的命运。因为诗人的人格多是悲剧性的，如刘希夷本人就“词旨悲苦，不为时人所重。”如此郁闷的诗人，命运岂能太好？

读史，在鸦片战争有关文献中，我又读到出征抽签的荒唐故事：宁波于 1841 年 10 月中旬陷落后，国人反倒松了一口气；道光帝亦很笃定地认为，英国人（这海战之王）终被拖入吾国的强项——陆战——之中了。时间还多得很呀，就让我们一块慢慢谋划来年的春季反攻吧。

在经过了连续四天的辗转沉思之后，道光帝挑选出他唯美的堂兄奕经 —— 一位优雅的书法家、园林家和辞章家，当然亦是皇帝眼中了不起的诗人——作为这次远征江南的统帅。

接下来，奕经抵达江南，在出征前问卜于一座杭州的寺庙，当一支虎形签被抽出时，发兵时刻便理所当然地被他定下了：1842 年 3 月 10 日破晓 3 时至 5 时，这正是中国传统兵法的吉日——寅年（虎年）寅月寅日寅时。后来证明，这个所谓的吉签（“不遇虎头人一唤，全家谁保汝平安”）是一个糟糕的发兵时间：

碰巧是春天雨季最盛的时期。于是在战斗前夕，大多数部队拖着沉重艰难的步伐，越过泥泞的道路和沟渠而进入了阵地；又因道路泥泞，运粮困难，军队曾多日断粮。士兵体力消耗殆尽，又受雨淋又挨饥饿，他们就是这样准备进攻的。

……而且当时甚至没有一个人想去打头阵。由于这种畏葸胆怯，对宁波进行主攻的任务就落到700名四川兵身上了。他们奉命直到最后一刻才开枪，以保证攻其无备，但是他们的带兵官刚学会讲一点官话，使他们以为他们根本不应带枪。因此，这些四川土著只带着长刀溜溜达达地走进了英国工兵的布雷区和皇家爱尔兰的榴弹炮射程之内。当英军开火时，其他没有经验的中国部队被推向四川兵的后面，致使数千人拥挤在西门，死伤枕藉，那里的几条大街上血流成河。英国人把一排排惊慌失措的清军步兵扫射倒地。……（见［美］费正清、刘广京编：《剑桥中国晚清史.1800-1911，上卷》，中国社会科学出版社，1985，第198页）

说过了上面这件惨事之后，还是让我们回到冒辟疆、董小宛以及他们的签诗这个故事上面来。这首签诗最初是由冒辟疆在崇祯十二年元旦求得的，当时他还不认识董小宛，他们的相遇是在这一年的秋天。冒正是为赴这年秋天在金陵举行的乡试而去到秦淮的。“名心甚剧”的他对这一次考试忐忑不安，于是在元旦循例祷祝的时候，在关帝君前暗求功名，但“占玩不解，即占全词，亦非功名语”。这首与功名利禄无涉的隐晦之诗是这样写的：

忆昔兰房分半钗，如今忽把信音乖。
痴心指望成连理，到底谁知事不谐。

当然，九年之后，董姬亡殁，这一切的不解统统都得以解开。签诗中的每个字句都被一一坐实。原说求签不解，这是世间常情，无须惊怪。但对董冒而言，这股奇异的力量远远超出了他们的把握。这首诗——注意我说的是同一首诗——在他们的生命中出现了三次。三次！这是何等惊人的巧合啊！

这支签最先由冒在年初卜得，接着又出现在董虔诚的祷祝中。秋闱之后，两人在秦淮相遇，友人代卜于西华门，得到的仍是同一支签。

> 金山别去，姬茹素。归，虔卜于虎丘关帝君前，愿以终身事余，正得此签。秋过秦淮，述以相告，恐有不谐之叹。余闻而讶之，谓与元旦签合。时友人在坐，曰我当为二人合卜于西华门，则仍此签也。姬愈疑惧，且虑余见此签中懈，忧形于面。（冒辟疆：《影梅庵忆语》）

这不详的签诗来势汹汹，完全将董冒两人包裹在了命运的图谱当中，使他们徒有忧惧，而又无能为力。这美好的爱情故事，还未开始，就已写完了它悲剧的结局。诗谶！“春尽花宜尽”；预感！烟中怨，在江南……我不禁又要脱口念出俄国诗人勃洛克两句诗来：

我预感到你。岁月从一旁流逝。
我总是在同一面貌中预感到你。

“假作真时真亦假，无为有处有还无。”（《红楼梦》）顺势，我还想到1983年的张枣（1962—2010），他在那个春天以翻阅英文字典，查字抽签的方式，预言了他一场突如其来的爱情（张枣和唐为民）及其注定不完美的结局。三十年后，我将他对我说的这个爱情故事以半虚构的形式写入诗中：

有个声音在南京的消磨中
为何不是在柏林或者长沙？
有个声音在重庆的消磨中
为何不是三年，只有一天！

我们的 24 小时呀，亲爱的
每秒都有巨变。我才 20 岁
记得吗？我们翻开了一页——
It is doomed! 在劫难逃！

歌乐山巅延绵着多少山巅……
我莫名地爱上了神的热泪
而你说你只爱我俩的登临
1983 年春，火车开往南京——

“真会有一个灯泡等着，像
儿子吊在我们中间？”多年后
我仍喜爱写信，但你已经
变了，你不再眺望；但有
另一个消息来自苍茫云海……

——《一封来自 1983 年的情书》

四 速度

春天之快必然带来速度。但这里我要跃出此诗，单就“速度”这个题目纯说一二。

卡尔维诺（Italo Calvino）准备用于美国哈佛大学诺顿诗论讲座的未尽之作《美国讲稿》的第二部分正是以此作为标题的，可见速度对于诗歌写作的意义（这个意义对于诗人来说是老生常谈）。在这部分讲稿里，卡尔维诺转用了意大利诗人莱奥帕尔迪（Giacomo Leopardi）对速度看法，他说速度即是风格：

> 文笔敏捷和简练能得到读者喜欢，因为这种文笔能给人们的心灵提供许许多多几乎同时一闪而过的思想，能使人们的心情在众多思想、形象与感觉之中沉浮，让你既不能全部抓住它们，也不能完全抓住它们中的任何一个，同时又让你不能漠然视之或毫无感受。诗的力量在于它的风格。诗的风格在很大程度上就是速度。诗能否讨人喜欢，就看它能否造成上述效果。能同时激起众多想法的，可以是一个

词，也可以是一个譬喻、一种不同寻常的词序、一种迂回说法或省略，等等。

在当代诗人中，海子和陆忆敏的诗歌速度是公认的。海子说："我需要速度，无限的速度，最热烈的感觉就需要最无限的速度。"因此"痛苦一刀砍下来——，诗就短了。"

与之不同，陆忆敏的速度直接干脆（没有暴力，没有火焰），显得简洁而有力：

汽车开来不必躲闪
煤气未关不必起床
游向深海不必回头

可以死去就死去，一如
可以成功就成功

——《可以死去就死去》

至于我本人，也曾在诗中多次写到了速度，这里试举两例：

这夏天，它的血加快了速度
这下午，病人们怀抱石头
命令在反复，麻痹在反复
这热啊，热，真受不了！

——《夏天啊，夏天》

七十二小时，已经七十二小时
她激情的加速度
仍以死亡的加速度前进

——《骑手》

是的，速度对于一首诗的风格是至关重要的，有时候甚至也是致命的。紧迫的狄兰（Dylan Thomas），对抗的曼德尔斯塔姆（O.E.Mandelstam）都是这样的例子。前者因快诗快酒而死，后者生活的世界更是为他提供了一种可怕的加速度。正如布罗茨基（Joseph Brodsky）所说：

曼杰利什坦姆以其自己世界的博大，足以引来这一切的法则。我并不以为倘若俄国改换另一条历史道路，曼杰利什坦姆的命运便会迥然不同。他的世界是自治的世界，不可能消融于其它。再说，俄国并没有改换道路，而她选择的方向只为曼杰利什坦姆提供了一件东西——可怕的加速度。他在诗歌领域的发展速度原已够惊人的了。此加速度首先改变了他诗歌的面貌。崇高、沉思、有板有眼的缓流改为湍急、阵发性、雨打玻璃似倾泻。他的速度飞快，用简洁的句法结构跳越无数不言自明的描述，展现了公开的或隐秘的勇气。他的诗因此更加象是一支歌，不是游吟诗人哼的歌，而是鸟唱的歌，不时出人意外地发出急转、高亢的曲调，宛若用颤音歌唱的金丝雀。（布罗茨基：《文明之子》）

在我引述和举证了上面这些之后，读者千万不要以为速度仅仅产生在一个生产力高速发展的时代，即它只是现代诗歌的专利。这里我仅需举出一个例子（例子成千上万，不必一一举来），马上就可以看到所谓速度，它在中国古人那里也同样有着很好的体现。这一首诗正是杜甫的《闻官军收河南河北》：

剑外忽传收蓟北，初闻涕泪满衣裳。
却看妻子愁何在，漫卷诗书喜欲狂。
白日放歌须纵酒，青春作伴好还乡。
却从巴峡穿巫峡，便下襄阳向洛阳。

金圣叹说此诗“字字化境，在杜律中，为最上乘也”。浦起龙在《杜诗心解》中说：“老杜生平第一首快诗也。”的确，杜甫以52岁的年龄写出这等快诗，当令人为之一震。

此诗全无杜诗一贯的凝重稳健，只一个快字当头，一气流注，奔跃直下，春意与喜意交相涌泻。

当时杜甫正流寓在四川三台。他身在剑外，因叛乱未息，惟有以诗书消遣度日，而心却时时挂念洛阳老家，突然，安史叛军的老巢蓟北被官军收复。消息传来，老杜不觉大喜遍身，喜极反泪。但看妻儿的忧愁都去哪里了呢？而平日他们可是愁肠断呀。意思很明确，妻儿不愁了，也在为官军的大胜而喜悦。那么平日用于消遣的诗书又有何用呢？见摊在案头好不碍眼，趁手一总卷去，丢在一边，只管欢喜就是了。前四句“写初闻光景如画”（金圣叹语），好生快意！

后四句更是本诗的精彩之处。且再看金圣叹的讲解：

临老得见太平，即一日亦是快乐。我纵不善歌，当为曼声长歌。纵饮不得酒，当为长夜泥饮，皆所以洗涤向来之郁勃也。好还乡好字，见此时不归更待何时，趁此春天，一齐归去。此二句说归。后两句见说着归时，妻子皆飞得起要归。一似不待装束即上路为快者。“即”是即刻，“便”是便易。巴峡在重庆，巫峡在夔府。“穿”字见甚轻松，有空即过去也。遂至襄阳，此时一水之地，故用“下”字。洛阳已是陆路，故用“向”字。此写闻过即欲还乡神理如见。（《金圣叹选批杜诗》，成都古籍书店复印）

末两句，最见老杜此诗的神速，句式从容不乱，动词蕴藉准确，经营功夫好不老道潇洒。二句中用了四个地名，也觉不着痕迹，妙如画工，诗意浓烈。其中有汉字本身的诗性，也有老杜妙手着春的快意手段。真是天然与匠心俱在，实在读来令人倍加欢喜，跃跃欲试。

笔者最喜爱“青春作伴好还乡”一句。按前人的解释，“青春”在此当春天讲。但笔者还想升发一点，古人有“衣锦还乡”之说，但还乡时若逢暮年就无什么兴味了。“出名要趁早啊！”（又是速度）我想起了张爱玲年轻时说的这句话。我的另一个朋友到 50 多岁才出名，他曾对我感慨道：“已没什么意思了，这么老了才出名，即使是衣锦还乡，又有什么用呢？”人之一生“譬如朝露，去日苦多”，因此应当趁着青春时节，尽快风云得志，快慰平生。只有“青春作伴”才能真正“好还乡”，如此行事也才可有人生大快乐！此诗句尤要与青春朋友共勉，加紧呀年轻人，今天转瞬即逝，速度就是一切！“一万年太久，只争朝夕”（毛泽东）。

不知不觉已是2014年，这一年11月2日，我对诗歌的“速度”，又有了一番认识，且看如下诗里引来谢灵运的“戚戚感物叹，星星白发垂。”（《游南亭》）和茨维塔耶娃（Marina Tsvetaeva）《天鹅营》中一句：“第一个词是责任，然后就是顿河。”谁又能说到底哪个速度更快或哪个速度更好呢？

诗速，得体而已，不必一味图快
如下二句各有法度，皆是好的：

谢灵运，星星到白发，以道里计
Marina，责任到顿河，以光年计

——《诗速》（柏桦）

而瑞典诗人特朗斯特罗姆（Tomas Tranströmer 1931—2015）在《画廊》一诗里，一针见血地指出：“速度就是权力！”

让·波德里亚说：“速度、加速度仅仅是企图逆转时间的梦想。人们希望通过加速，使时间像流体一样旋转起来。”（见其《冷记忆：1980—1985》，南京大学出版社，2012，第 37 页）

光景催促，又迎合春天之快，只是一味朝前，决绝地奔向目的，本诗故事如此，开篇已露出端倪。人生的故事又何尝不是如此，光阴似箭，转眼就是百年。

陶潜《杂诗八首》之七，也可读成光阴骇人的故事：

日月不肯迟，四时相催迫；
寒风拂枯条，落叶掩长陌。
弱质与运颓，玄鬓早已白；
素标插人头，前途渐就窄。
家为逆旅舍，我如当去客；
去去欲何之？南山有旧宅。

人生大事，生死之外，就是婚姻，这也是古人说的“齐家”（“平天下”在“齐家”之后）。这“齐家”还是胡兰成说得好，在《今生今世》里，他写他与玉凤完婚亦真是漂亮：那女子也是“穿戴起凤冠霞帔，敷粉擦胭脂，如雨过牡丹，日出桃花，凤冠霞帔是后妃之服，拜天地又是帝王的郊天之礼，中国民间便女子的一生亦是王者。”

婚姻就是这样的带着王气，当然是牵一发而动全身了，上至天地星辰，下到父母亲朋，都要来见证你，监督你。所以，胡兰成又说：

> 女子一生里当着这样的大事，真个是直见性命。如生如死的决绝，她亦不施脂粉，拜堂时便是这样的天地人素面相见，一男一女的素面相见。（胡兰成：《今生今世》）

本诗主人公董小宛为了与冒辟疆成就一段姻缘，更是将其当做头等大事（想想女人一生除了将婚姻作为头等大事外还有什么大事呢)，心怀憧憬，对其紧追不舍：

> 由浒关至梁溪、毗陵、阳羡、澄江，抵北固，越二十七日，凡二十七辞，姬惟坚以身从。登金山，誓江流曰："委此身如江水东下，断不复返吴门！"（冒辟疆：《影梅庵忆语》）

七 来临

写下这个标题就有一种特别的感受。昨日之我是今日之我吗？今日之我亦非昨日之我吗？但“来临”却重现了我的昨天与今天。这个充满感怀的时间之词几乎日夜萦绕我心，更有趣的是我对这个词的认识竟然是从一首英文诗的题目开始的，那是发生在二十七年前的事情了：一个秋天的下午，我当时正在广州外语学院教师阅览室独自一人阅读拉金（Philip Larkin）的诗歌，其中一首“Coming”让我停了下来，触动立刻产生，思绪快若闪电且又反复缠绵，“春天即将来临”，是这样吗？读与想交替进行，我想到了拉金的童年，我的童年以及所有人的童年。

时间终于到达了2007年6月4日，这一天我为了冒董这一对水绘仙侣也写下了一首《来临》，它当然与拉金的《来临》是风马牛不相及之事。想到此节，饶有兴味，欲说还休，在此专门宕开一笔，将拉金此诗引来如下，只为触动自己也为触动读者浮想联翩的思绪……

Coming

On longer evenings,
Light, chill and yellow,
Bathes the serene
Foreheads of houses.
A thrush sings,
Laurel—surrounded
In the deep bare garden,
Its fresh—peeled voice
Astonishing the brickwork.
It will be spring soon,
It will be spring soon –
And I, whose childhood
Is a forgotten boredom,
Feel like a child
Who comes on a scene
Of adult reconciling,
And can understand nothing
But the unusual laughter,
And starts to be happy.

来 临

长长的傍晚，
光线，冷黄，
沐浴在房屋
平静的前额上。
一只画眉歌唱，
在月桂环绕的
深空园子，
它嫩脆的声音
震惊了砖房。
春天即将来临，
春天即将来临—
童年，是
遗忘了的倦怠，
而我像一个孩子
来到大人们
和好的场所，
我只能一无所知

但非同寻常的笑声

亦令我突然高兴。

读此诗也是一件亲切的事，对我如是，但愿对读者也如是。让我们诵读《来临》，略作愉悦的小憩，随即回到正题，进入下一条："1642 年的冬天"。

这已是明王朝最后的冬天，也是一对恋人修成正果的冬天。

加拿大学者卜正民（Timothy Brook）《纵乐的困惑：明代的商业与文化》（*The Confusions of Pleasure: Commerce and Culture in Ming China*）开篇第一句便是："明王朝是在冬季的安详和静谧中开始的。"这一年是公元1368年，洪武元年，274年之后，1642年的冬天来了，这一年的冬天属于一对恋人。明王朝在度过了风华声教的274年之后，迎来了它煞尾的"平凡"的一年。但与万历十五年的平凡不同（注意，这个故事也是在一个冬天开始的），它不是在酝酿一件国家大事，而仅仅是为了完成一件注定将被被后世广为传颂的婚姻大事。

虽然冒辟疆之前的感情生活受过挫折，但仕途的失败，反倒使他安下心来和董小宛结合。这番结合也是饶有兴味，它上演的不是普遍的男追女，而是独有的女追男这一幕。因为从二人的恋爱故事看，至少没有任何证据显示冒对董的感情达到了无法割舍的程度，反倒是董在这方面表现得格外努力。相信没有她对这份感情的执著，就无法促成历史上的这段美好姻缘。这个本不繁华的冬天也许要为此失色不少，甚至被人遗忘。但是命运的图谱终究还是按照它的样子展开了，一对贵人来为他们锦上添花：

> （虞山钱牧斋先生）维时不惟一代龙门，实风流教主也。素期许辟疆甚远，而又爱姬之俊识。闻之，特至半塘，令柳姬与姬为伴，亲为规画，债家意满。时又有大帅以千金为姬与辟疆寿，而刘大行复佐之。公三日遂得了一切，集远近与姬饯别与虎疁。买舟，以手书并盈尺之券，送姬至如皋。又移书与门生张祠部为之落籍。（张明弼：《冒姬董小宛传》）

钱谦益和柳如是的热心显然快速成全了这段婚姻。但冬天对于这段婚姻似乎并非太好的季节，凋零成为某种隐患，而董小宛正是在九年后的冬天，亦即是顺治七年的正月初二死去的，年仅28岁。不论其间是否真的带有某种宿命，故事从冬天开始，又在冬天结束，这已是事实。这一点倒也使我想起了哈佛大学教授田晓菲在分析《金瓶梅》时说过的一段话：

《金瓶梅》是一部秋天的书，它起于秋天：西门庆在小说里面说的第一句话，就是“如今是九月廿五日了”。它结束于秋天：永福寺肃杀的“金风”之中。秋天是万物凋零的季节，死亡的阴影笼罩着整个第一回，无论热的世界还是冷的天地，秋属金，而第一回中的众多伏笔就像埋伏下的许多金戈铁马，过后都要一一杀将出来，不能浪费。（田晓菲：《秋水堂论金瓶梅》）

季节与故事的紧密相连，或许只是出于文学写作的需要，抑或只为营造那似幻非幻的宿命，但它也很可能就是现实本身。卜正民的大作引言即是“明朝的四季”，冬春夏秋，一个轮回。谁知道呢，也许故事总是要在这样的氛围中登场，像我们的主人公冒董两人一样，他们期待着冬天，又被冬天报复。悲剧还在后面，似乎还遥不可及……似乎又已飘荡在眼前。此时，百感交集的我或许只想来低声朗读王渔洋赠答余澹心的一首小诗：

千古秦淮水，东流绕旧京。
江南戎马后，愁杀庾兰成。

明朝的首都开始是南京，在那里政府官办了一系列国营妓院，有著名的十六楼，曰：南市、北市、鹤鸣、醉仙、轻烟、淡粉、翠柳、梅妍、讴歌、鼓腹、来宾、重译、集贤、乐民、清江、石城。所以，钱谦益有诗：

淡粉轻烟佳丽名，开天营建记都城。
而今也入烟花录，灯火樊楼似汴京。

——《金陵杂题二十五首》之第一首

依然是“金陵杂题”第二首，钱谦益写出了最细腻的秦淮回忆，真是“歌唇一世衔雨看，可惜馨香手中故”，令人至今涵泳不止：

一夜红笺许定情，十年南部早知名。
旧时小院湘帘下，犹记鹦哥唤客声。

余怀在《板桥杂记》开篇即作“欲界仙

都”，极写金陵之华美艳丽：

金陵为帝王建都之地，公侯戚畹，甲第连云；宗室王孙，翩翩裘马；以及乌衣子弟，湖海宾游，靡不挟弹吹箫，经过赵李。每开筵宴，则传呼乐籍，罗绮芬芳；行酒纠觞，留髡送客；酒阑棋罢，堕珥遗簪。真欲界之仙都，升平之乐国也。

秦淮河上，桨声灯影，画舫连绵，夜夜锦绣：

秦淮灯船之盛，天下所无。两岸河房，雕栏画槛，绮窗丝障，十里珠帘。主称既醉，客曰未晞。游揖往来，指目曰：某名姬在某河房，以得魁首者为胜。薄暮须臾，灯船毕集，火龙蜿蜒，光耀天地，扬槌击鼓，蹋顿波心。自聚宝门水关至通济门水关，喧阗达旦。桃叶渡口，争渡者喧声不绝。（余怀：《板桥杂记》）

画船箫鼓，去去来来，周折其间。……女客团扇轻纨，缓鬓倾髻，软媚著人。（张岱：《陶庵梦忆》）

真可谓一时韵事。但“十年一觉”，水流花落，十六楼或废或存。“至今哀江南，咏歌在渔船”：

……迨至三百年之久。而古迹浸湮，所存者惟南市、珠市及旧院而已。南市者，卑屑妓所居；珠市间有殊色；若旧院，则南曲名姬、上厅行首皆在焉。（余怀：《板桥杂记》）

多年后，我写了《金陵花开三幅》，以纪念晚明清初南京城三大闻人：

机械满胸，那白眉人在走路，
走在空翠的山间，悠悠忽忽

——来自电影（柳敬亭）

韵事莫过那爱花者在挑粪，
其中有高手，我乐为牛马走

——来自戏剧（张陶庵）

板桥！丝肉竞陈；板桥！坐下

坐下则水陆备至，目眺心挑

——来自歌舞（余曼翁）

再说同是秦淮佳丽，却也身价大不同。这一点，高阳的小说《董小宛》中亦有说明，小说的第二章《柳如是踏雪评梅》，此一节讲新科状元向迎天，作为朝廷的钦差大臣出巡江南，他因被董小宛的美貌和学识所吸引，而向李香君讨教占有之法。李香君说：

“钦差大人若真心要得到董小宛，就得备一份丰厚的彩礼，简约地搞点仪式，名花就归你了。这是秦淮河上初次应客的规矩。”

向迎天皱皱眉头道：“妓女也想有嫁娶之礼？狗屁规矩！”

李香君心里有些不快，却不好惹恼这状元郎。镇南王爷朱启丹曾再三吩咐，谁惹出事来，谁就从秦淮河永远消失。她解释道：“大人有所不知。这秦淮河的姑娘分为南曲和北曲两种。秦淮河南边称为旧院。旧院从前叫大院，系先帝太祖所设。那旧字门楣上至今还挂有一付对联，系太祖御制，上联是：此地有佳山佳水，佳风佳月，更兼有佳人佳事，添千秋佳话；下联是：世间多痴男痴女，痴心痴梦，况复多痴情痴意，是几辈痴人。”

“好对联！”向迎天拍掌称奇道：“太祖真是圣人啊！”

“至于秦淮河以北的北曲，则大多为下三流人物逗留之地，非南曲的姑娘们所为。”

“这么说，董小宛属于南曲世家？”

“对。大人若得小宛，保管你终生难忘。只是常言道入乡随俗，大人还是略作准备，待奴婢亲去她家迎请，好事自成。”

“好吧。”向迎天下定决心今夜小宛非他莫属，因为明天他就要打道回府了。（高阳：《董小宛》）

从以上文字，我们知道，所谓秦淮旧院绝非简单的轻薄之地，秦淮女子更不可等闲视之。且看余怀在《板桥杂记》里是怎样用一种“凄缛”之笔，为我们“导欲增悲”的：

旧院，人称曲中，前门对武定桥，后门在钞库街。妓家鳞次，比屋而居。屋宇精洁，花木萧疏，迥非尘境。到门则铜环半启，珠箔低垂；升阶则猧儿吠客，鹦哥唤茶；登堂则假母肃迎，分宾抗礼；进轩则丫环毕妆，捧艳而出，坐久则水陆备至，丝肉竞陈；定情则目眺心挑，绸缪宛转。纨绔少年，绣肠才子，无不魂迷色阵，气尽雌风矣。妓家，仆婢称之曰“娘”，外人呼之曰“小娘”，假母传声曰“娘儿”。有客，称客曰“姐夫”，客称假母曰“外婆”。

好一幅登堂入室，分庭抗礼的旧院风情画，寥寥数笔，写出妓家无限热闹，无怪乎柳如是、李香君、董小宛等人要生在这里才更有一番烟视媚行的风韵。的确，多少名花随时间的沉浮被人遗忘了，“然而在此地的烟花女子中，却不乏千古流芳的真正名姬，她们都集中在明末清初这个时期窈窕登场。”（大木康：《风月秦淮——中国游里空间》，联经出版事业股份有限公司，2007，第225页）最出名的妓女，当属秦淮八艳：马香兰、卞玉京、李香君、柳如是、董青莲（小宛）、顾横波（媚）、寇白门、陈圆圆。再来看王书奴在其著作《中国娼妓史》里所写：

李小大，颇著美名，闻其纤妍俏洁。
葛嫩长发委地，双腕如藕，眉如远山，瞳人点漆。
顾媚鬓髻如云，桃花满面，腰支轻亚。

在水绘园，你收拾好曾经绮丽的春服，
其中一袭薄如蝉纱的西洋布退红轻衫
令我想起了往昔……

董白天姿巧慧，容貌娟妍。

沙才美而艳，丰而逸，骨体皆媚，天生之尤物也。

李香身躯短小，肤体玉色。

马娇姿首清丽，濯濯如春月柳，滟滟如出水芙蓉，不愧“娇”之一字也。

卞玉京妹曰敏，颀而白，如玉肪，风情绰约，人见之如立水晶屏也。

李十娘生而娉婷娟好，肌肤玉雪。

尽管这些秦淮名妓个个不凡，知书达理，兰心蕙质，特别是董小宛更是持家的能手（从她日后婚姻生活可见），上至品茗煮茶、财政管理，下至烹饪焚香，洒扫庭除，无一不精。“观姊妹之十全”中，曾“以十个项目来叙述妓女应有的仪态与技艺”，它们是：文雅、脱俗、翰墨、技艺、歌唱、丝竹、泾渭、风情、停当、苏样。其中我们仅举其中三项来观看秦淮名妓董小宛的美丽：

一、文雅

言不妄发，身不妄动。坐立端庄，步履从容。应对周旋，彬彬有礼。

送往迎来，井井不乱。幽闲贞静，霭然示以可敬矣。

二、翰墨

朱楼内诗词难得，曲槛中书画为高。翰墨留香，芳名远著。

文人墨士莫不车驰马骤，愚夫俗子不过仰望风采。

三、歌唱

教坊以曲调争先，红裙以歌唱入选。音律清高，呖呖莺声睍睆；腔板新奇，翩翩凤羽翱翔。

有此佳音，持觞劝酒，士客听之，神魂飘荡。猿马驱驰，酒未酣心先醉矣。

说到这里，让我们再次宕开一笔，也来看看我们的邻国印度对妓女技艺的另一番更加奇特的态度，他们对妓女的技艺做出了巨细无遗的要求。

一名古代印度的名妓必须研习64艺（这是一种包罗万象而且不可思议的艺术）：

（1）歌唱。（2）乐器。（3）舞蹈。（4）舞蹈、歌唱和音乐的综合。（5）书法和素描。（6）刺绣。（7）以米和花恰切地装饰神像。(8) 插花。(9) 给布或身体部分诸如头发、指甲、嘴唇染色的技巧。(10) 玻璃刻花。(11) 以最令人舒适的方式铺床、安设地毯及垫子的艺术。(12) 奏水碗乐。(13) 水箱、水管、蓄水池的水的排放和保养。(14) 绘画、装饰和构图。(15) 如何制作念珠、项链、花茎及宝冠。(16) 以花及鹭鸶毛制作头巾和腰带的艺术。(17) 演剧艺术和戏剧诗表现的营造。(18) 耳环的设计艺术。(19) 香水的调制和配备。(20) 穿着艺术及宝石与饰品的雅致安排。(21) 魔法和巫术。(22) 戏法。(23) 烹调术。(24) 以适当的食料和色素调配果汁和酒。(25) 裁剪和缝纫艺术。(26) 以羊毛和丝绸来制作鸟、花束、散花、球等物。(27) 猜谜。(28) 诵诗游戏。(29) 模仿艺术。(30) 朗读和咏唱。(31) 绕口令。(32) 剑、棍、铁头木棒、弓、箭的知识。(33) 因明学。(34) 木工。(35) 建筑。(36) 金石鉴定能力。(37) 化学和矿物学。(38) 玉石珍珠的颜色。(39) 铁矿和煤矿的知识。(40) 园艺，修剪和种植草木的艺术和详细知识。(41) 斗鸡和角羊的规则。(42) 教鹦鹉说话的艺术。(43) 香水洒身和香油搽发的艺术。(44) 文字的深厚功底，以不同的形式创造词汇的能力。(45) 拼读和变换词形的艺术。(46) 语言和方言的知识。(47) 为宗教和节日庆典装饰花车的艺术。(48) 描绘秘法图案，准备护符、咒语之类的艺术。(49) 智力训练，诸如完成一首未完成的诗等。(50) 装扮和改变人外貌的艺术。(51) 词典和词汇知识。(52) 诗的创造。(53) 雅趣幻象的艺术，诸如使棉布呈现丝绸状。(54) 种种游戏。(55) 借祈祷文和神秘符咒来自救。(56) 参加青少年运动的能力。(57) 社交知识。(58) 战争、武器和军队的技巧。(59) 体操。(60) 揣摩一个人的形貌以断定其性格的能力。(61) 快读诗行的艺术。(62) 数学的游戏。(63) 制造人工花朵的艺术。(64) 以陶土塑造人物和偶像。

除以上六十四艺之外，一位古印度的名妓理所当然地应当美丽、亲切、懂得欣赏他人，喜欢豪奢、富裕，乐于与其喜欢的男人性交，健壮而果断。同时思想开放，乐于接受新知识、新经验。不郁郁寡欢，热衷于加入社交界和艺术圈。其实她可综合女性的理想品质：聪慧，举止优雅，可信赖，爽快，有鉴赏力；谨慎，有先见之明；精力旺盛；管理得法；在恰当的时候和地点有意识地做特定的动作和请求帮助等等；言谈举止彬彬有礼，无粗俗，怨恨或愤怒之态。

当她具备了这些素质和六十四艺，她将获得逸品名妓的称号，在男性社会中，她有权坐在荣耀之席上，受到普遍的尊崇，人人都想得到她的青睐。国王访她，圣贤赞她，总之，她会成为万众瞩目的珍宝。

又名雉皋、雉水。据说，这些得名都是因为《左传·昭公二十八年》上说的一个故事：

> 昔贾大夫恶，娶妻而美，三年不言不笑，御以如皋，射雉，获之。其妻始笑而言。贾大夫曰："才之不可以已。我不能射，女遂不言不笑！"

贾大夫，贾南屏原是贾国的上大夫，晋灭贾国以后，仍封他为大夫，他拒绝接受，并且连夜逃走，到了如皋。当时这里还属于黄海之上的"荆蛮之地"。贾大夫就落户在这儿的东陈镇（如皋是先有东陈镇，后有如皋城的）。他的妻子雷氏，是当地一大户人家的女儿，非常的漂亮和聪慧。因为贾南屏样子比较丑，个子也不高，所以雷氏一直不开心，以至于三年内不言不笑。直到三年后的一个秋天，他们坐车来到如皋的秀水港（现秀水巷）打猎，贾南屏，拉弓射箭，一下就射中了一只野鸡，雷氏一看就笑了，因为她觉得自己的丈夫虽然人长得不太好看，但是本领却挺大的。以后雷氏就开口对丈夫讲话了。根据这个典故，就称这里为“如皋、雉皋”。在外城河边还建有“射雉亭”以纪念这个贾大夫。

可以说，贾南屏这一箭真正射得具有技术含量，不仅射得了一桩美满婚姻，更是为如皋射出了一段历史，为中国文学射出了一个典故。宋黄庭坚《戏和文潜谢穆父松扇》中一句“持赠小君聊一笑，不须射雉彀黄间”暗喻的就是这个故事。

另外，又据《太平寰宇记》：“县西北五十步，有如皋港，港侧有如皋村，县因以为名。”如，往也；皋者，水边高地也。当时如皋要比周边的海安高 7 米，所以又有说如皋因地并海而高得名。

如皋是著名的长寿之乡，而生于斯，长于斯的冒辟疆或许正得了这股长寿之气，在世 83 载（1611—1693）。如今我写《水绘仙侣》，再加一条：如皋乃仙侣之乡也！

后偶读《乐府诗集》毛处约诗，又逢：“能使如皋路，相逢巧笑归。”

一一 做一份人家

瑶池风日，世上人家。白蛇娘娘斗法海，被镇雷锋塔，原因只是她想与许仙做一份人家。七仙女思凡下界，杜丽娘出生入死，也都只想做成一份人家。这世上，不论神仙妖狐，碧玉闺秀，到底只有这么一个想念，胡兰成说，这里面蕴含了人世的一切尊严和神圣。

嵊县戏（按：如今的越剧）《梁山伯与祝英台》：

过了一山又一山，只见樵夫把柴担。
他为何人把柴担，你为那个送下山。

这担柴，开豆腐店，走单帮生意，正有着人世的现实与安稳，风光欲流。而那答词：

他为妻子把柴担，我为贤弟送下山。

又只是个端正。（胡兰成：《今生今世》）

原来这做成一份人家，不单是什么郎情妾意，男欢女爱，它是要把现世的安稳送到那洒扫庭除，居家度日里去。这浩大的人世，有风花啼鸟的趣味，亦有鸡犬相闻的乐趣，繁华受得，寂寞耐得，各自有各自的好处。河清海晏，那是一个民族，一个时代的亮丽想头，花开花落，岁序不言，那是民间人家的想头，虽然不是大江大海，却也风日无猜，细水长流。董小宛，19 岁，她也是懂这个理的。她一到冒家就持家过日，抄书煮茶，径直去做了一个家庭妇女。

以前，秦淮河贡院对着妓院，才子佳人隔河相望，“结驷连骑，选色征歌”，“或邀旬日之欢，或定百年之好”，那都是繁华楼头寂寞瓦，所以，“旗亭画壁”里讲王昌龄、高适、王之涣三人花酒赛诗，也是士人生涯的好玩，风拨云散之后，没有人当得真的。顾横波嫁了龚鼎孳，柳如是随了钱谦益，那才是真正去做一份人家。

《倾城之恋》里范柳原给白流苏念：“死生契阔——与子相悦，执子之手，与子偕老”，他单是知道“那是最悲哀的一首诗，生与死与离别，都是大事，不由我们支配的。比起外界的力量，我们人是多么小，多么小”，但他却不知道，这“小”字里面也有它的豪气与庄重，那是繁华里露出来的妥贴家常：在这兵荒马乱的时代，个人主义者是无处容身的，可是总有一个地方容得下一对平凡的夫妻。再好再坏的人世都是有个底子衬着，比如“把富贵比好花，则他们的是樵夫柴担上的，还比开在上苑里的更有山川露水精神”。这就是胡兰成讲的，千般风光总是于世不违，一箪食，一瓢饮，这样的俭约，那也是成风景的。

所以，“贫贱夫妻百事哀”，倒不一定正确。富贵之人可以做一份好人家，贫穷之人亦可以做一份好人家。关于两者我都有极深的体会。幼时，我在重庆鲜宅所见，那可是何等的富贵温柔，闲雅宁静；而另一幕同样感人：我的一户邻居，是一位小学教员，一直独自带一约 8 岁的小女孩生活。有一天，一个两手空空的男人走入了她的生活，他是一位搬运工，有一副好身体及很深的感情。听人家说，他是一个劳改犯，刚出狱不久，出来做搬运工，靠的就是一身的力气。不久，这个女教师的肚子大了，她那搬运工丈夫，一下班回家就屋里屋外地忙。当时我最欢喜看他在屋外锅里煎鱼，手段是那般细腻干净，又不说话，人很整肃，我似乎忘了他是一位搬运工。如今，我写《水绘仙侣》，才突然悟到，他那时可是在与那女教师悄悄做一份人家呀。

吾国小桥流水人家之风景真是寻常见——点点滴滴，街头巷尾，处处皆有一份人家的良辰美景：

……看店伙吃饭，在灯下算账，及店伙与顾客的攀谈应酬，亦好像是份人家，连那货物的装潢，店伙拿货给顾客，亦像是家里拿出来的。（胡兰成：《山河岁月 · 民间五月的清》）

甚至在亡命奔波的惊险岁月，胡兰成也不时发出对“做一份人家”的感慨：

去北京的路上，渡长江，济淮水，望泰山，过黄河，此地古来出过多少帝王，但我在火车上想，便是下来在凤阳淮阴或徐州济南，做个街坊小户人家，只过着今天的日子，亦无有不好。（胡兰成：《今生今世 · 远游》）

一二 水绘园

水绘园位于如皋县城东北隅，始建于明朝万历年间。原是冒辟疆的曾叔祖冒一贯的别业，历四世至冒辟疆时臻于完善。《如皋县志》中记载：

> 水绘园在城东北隅中禅、伏海寺之间，旧为文学冒一贯别业，名水绘园。后冒辟疆栖隐于此，易园为庵。

冒辟疆将旧园重整，精心增饰（用现在哈佛大学教授王德威行文时爱用的一个成语，即踵事增华），在园中构筑“妙隐香林”、“枕烟亭”、“寒碧堂”，“洗钵池”、“小浯溪”、“鹤屿”、“小三吾”、“波烟玉亭”等十余处佳境。其中又尤以三吾、匿峰等处为佳，《冒辟疆先生年谱》有云：

> 家故饶亭馆之胜，有水绘、三吾、匿峰、深翠山房诸处，皆具林峦富烟水。

冒辟疆营造的水绘园“累石屹立，有携取五岳之势。垣墉不设，环以碧水，竹树蓊郁，群鸦聚于此者万计。庵四周多园林，鸟不止他屋而止水绘。”这里有“芙蕖夹岸，桃柳交阴而蜿蜒”的画堤，涪溪的窈窕，香林的妙隐，似镜浮的茅亭，洗钵池的空明和屿地的不羁，水中倒映着冬季的“碧落”，早春的“寒碧”，夏日的“悬露 ”，爽秋的“泼烟玉”，更有那迟疑的涩浪坡和怡淡的枕烟亭，可谓风光跌宕，使人流连不止。园中以洗钵池为中心，池水四方分流，把园分为数块。再加上水中洲，在其回环的水道上，疏疏落落地建有一堂、一房、一斋、一庐、二阁、三亭，剩下来的就全是水景了，这正好点出了江南园林的造园特色。陈从周教授在《梓翁说园》里说：

> 江南园林占地不广，然千岩万壑，清流碧潭，皆宛然如画，正如钱泳所说：“造园如作诗文，必使曲折有法。”因此对山水、亭台、厅堂、楼阁、曲池、方沼、花墙、游廊等之安排划分，必使风花雪月，光景常新，不落窠臼，始为上品。对于总体布局及空间处理，务使有扩大之感，观之不尽，而风景多变，极尽规划的能事。

水绘园集水、石、花、木为一体，堪称佳园。如童寯所说，它“是一座诳人的花园。是一处真实的梦幻佳境，一个小的假想的世界”。正是这一假想的世界慰藉了当时多少名士受厄的心灵。钱谦益、吴伟业、王士禛、孔尚任、陈维崧等纷纷前来如皋相聚，在园中诗酒唱和，经年不休。《清史列传》中提到冒辟疆：

> 国变后，遂无意用世。性喜客，家固有水绘园，擅池沼亭馆之胜，四方名士，招致无虚日。

时人也说：“士之渡江而北，渡河而南者，无不以如皋为归。”水绘园盛极一时，但是甲申风云突变，江南兵火横生，水绘园亦开始式微。特别是董小宛的伤逝，更是让冒辟疆无心水绘的生活，而且因为多次赈济，也使得冒辟疆的经济难以为继，水绘园的华彩生活每况愈下。直到最后以“掩映于颓垣落照间”的命运收场，让无数对此充满幻想和曾经感受过它繁华的人士心生悲凉。水绘的永逝恰如董小宛的玉殒，一个是佳园，一个是美人，两者交缠一处，几乎成为同一种命运的不同影射：

射雉城南秋草绿，水绘园荒溅寒瀑。
罗裙已作彩云飞，画里依旧人似玉。

——陈文述《董小宛小像》

前身应是董双成，略向人间证旧盟。
水绘园荒桑海换，瑶天鹤返太凄清。

——郭麐《董小宛小像》

尽管水绘的盛世随着董小宛的仙逝已一去不返，但它的良辰美景却在所亲近过它和向往过它的人心中留下了不灭的记忆，这正如董小宛永远留在了《影梅庵忆语》中一样，水绘园也反复出现在各种记述中。这里就让我将陈维崧的一篇《水绘庵记》全文录来，以供追忆一个永逝不返的盛世华庭：

水绘庵即向之所谓镇野带埛，竹树玲珑，亭台棋置者，水绘园是也。其主人辟疆氏，既以遭值不偶，乃解脱圭组，将与黄冠缁侣游。约言曰："我来是客，僧为主"。更园为庵，名自此始。水绘之义，"绘"者会也。为其亘涂水派，惟馀一面竹杠可通往来。南北东西皆水绘其中。林峦葩卉，坱圠掩映，若绘画然。古水绘在治城北，今稍拓而南，延袤几十亩。西望峥嵘而兀立者，曰：碧霞山。由碧霞山东行七十步得小桥，桥址有亭，以茅为之。逾亭而往，芙蕖夹岸、桃柳交荫而蜿蜒者，曰：画堤。堤广五尺，长三十余丈。堤行已，得水绘庵门。门夹黄石，山如荆浩、关仝画。上安小楼阁。墙如埤堄，列雉六七。门额“水绘庵”三字，主人自书也。门以内，石衢修然。沿流背阁，迳折百余步，曰：妙隐香林。由是以往有二道：其一左转，由壹默斋以至枕烟亭。其一径达寒碧堂。堂之前，白波浩淼，曰：洗钵池，盖自宋尊宿洗钵于此因以为名焉。洗钵池前控逸园，右亘中禅寺，有曾文昭隐玉遗迹。绿树如环，其东向临流而阁者，曰：佘氏壶岭园。由壶岭水行左转更折而北，曰：小浯溪。浯溪出入萑苇，若楚浯溪然。由浯溪再折而西曰：鹤屿。旧时长有鹤巢于此，今构亭曰：小三吾。《义祥别记》中又有阁曰：月鱼基。皆孤峙中流，北城依焉。南临悬霤峰下，稍折而东，亭曰：波烟玉。盖取长吉诗义。由亭而上曰：湘中阁，曰：悬霤山房，参差下上，若凹若凸，凌虚厉空，杳冥莫测。西入石洞甚廓，常有小穴，俯瞰涩浪坡，苔藓石纹如织。前临因树楼，则蟠伏宛在地中。由石洞右折而上为悬霤峰。峰顶平若几案，可置酒，可弹棋。四顾烟云翕习，若碧霞，若中禅，若逸园、壶岭，璇题缤纷，朱薨煊赫，盘亘浯溪如线，惟洗钵池则白浪架空，有长天一色之观。峰之由南陆而来者，自妙隐香林以至涩浪坡，其间名亭台而胜者以十数。涩浪坡为最，坡广十丈，皆小石离列可坐。当雨晴日出则飞泉喷沫如珠，下有石渠可作流觞之戏，有声淙淙然。其树多松，多桧、桂，多玉兰、山茶。鸟则白鹤、黄雀、翡翠、鹭鸶、鸂鶒时或至焉。悬霤之西有镜阁，兀立如浮屠。下列小屋间，侧不可名状。其北望隆然而高者，有土山。土山之后有庐，曰：碧落庐。碧落庐者，主人所知戴无忝客居也。其先戴敬夫与主人善，拟构是庐不果，主人因乃为成之，而馆其子无忝于其中。今游黄山不归，更置一僧，昕夕悠然有钟磬声。由庐而西，竹梁可通鹤屿。屿前数武孤石亭立水中，状若滟滪，时跃白鱼，潨然闻水声。自此以往，旋经小桥，陆行二百步，左转而东得逸园。逸园，其先祖大夫玄同先生栖隐处，有古树高楼直通玉带桥下。

一三 西洋布

梁简文帝《美女篇》:“粉光胜玉靓,衫薄拟蝉轻。”看来中国的织布水准很早就达到了无可比拟的地步。而此处所谓西洋布,望文生义,那就是舶来品,进口布匹。据《明史·外国传》,浡泥、满加剌、锡兰山等国均有“表贡”西洋布的记载。到了清初,荷兰也进贡“西洋五色花布、西洋白细布、西洋小白布、西洋大白布”。又据明姚旅《露书》“罗华宗”条所载:“罗华宗者,西洋人,慕华而至,衣冠饮食言动皆宗华者。余问:‘西洋布出若国乎?’答云:‘彼小西洋,吾所居大西洋,在京师之背,去京师不远,阻于鞑靼不能飞越,故必至南海焉。自西洋至南海须阅三岁,海中自有小岛,小岛自为一国,时可泊舟焉。’”由此可见,当时西洋布实际上有两种,一种是从东南亚来的,另一种是从欧洲来的。

西洋布的质量当时应优于国产布,故笔记小说中皆啧啧称善。如明王三聘《古今事物考》卷三“西洋布”条云:“其白如雪,阔七尺。”冒辟疆《影梅庵忆语》也夸称“西洋夏布”“薄如蝉丝，洁比雪艳”。《西方答问》卷上“土产”介绍西洋布云：“布则以利诺草为之，视棉更坚且洁，佳者一匹可十数金。”可见明、清之际，西洋布是作为高贵的舶来品而受到重视的。

《红楼梦》第四十回“史太君两宴大观园，金鸳鸯三宣牙牌令”里就讲：“凤姐手里拿着西洋布手巾，裹着一把乌木镶银箸，掂掇人位，按席摆下。”又《金瓶梅》第五十五回“西门庆两番庆寿旦，苗员外一诺送歌童”里写西门庆给蔡太师送寿礼，其中就有西洋布一项，而且按照礼单来看，西洋布绝对属于上等礼物。这里我且把那礼目列来，一看究竟：

> 翟管家慌跑出门来，叫抬礼物的都进来。须臾，二十扛礼物摆列在阶下。揭开了凉箱盖，呈上一个礼目：大红蟒袍一套、官绿龙袍一套、汉锦二十匹、蜀锦二十匹、火浣布二十匹、西洋布二十匹，其余花素尺头共四十匹、狮蛮玉带一围、金镶奇南香带一围、玉杯犀杯各十对、赤金攒花爵杯八只、明珠十颗，又另外黄金二百两，送上蔡太师做贽见礼。蔡太师看了礼目，又瞧见抬上二十来扛，心下十分欢喜，说了声“多谢！”便叫翟管家收进库房去了。

照上述的派头看来，西洋布于晚明时期乃是上流人家才能享有的奢侈品。据冒辟疆《影梅庵忆语》的记述，董小宛身上这件西洋布退红轻衫乃是当时的外国人毕今梁所赠，他说："时西先生毕今梁寄余夏西洋布一端，薄如蝉纱，洁比雪艳。以退红为里，为姬制轻衫，不减张丽华桂宫霓裳也。"美人着靓装，宛如春江配月夜，无怪乎，董冒两人出游要引来千万人的呼啸围观。

毛泽东说“江山如此多娇”，胡兰成说“江山如梦”，皆是说江山的风姿多么令人醉倒。

胡兰成在《山河岁月》里说：

秦朝以私情起，而亡于不许天下人有私情，自古江山如美人，她只嫁于荡子，刘邦即是这样的荡子。他的人妙乐自在，无可无不可，秦朝丁是丁卯是卯的江山，碰着他就豁啷一声都坠地，给破了法了。……

汉朝的诗：江南可采莲，莲叶何田田，鱼戏莲叶间，鱼戏莲叶东，鱼戏莲叶西，鱼戏莲叶南，鱼戏莲叶北。

汉朝人世的城郭山川，田里庐舍，便好到像荷叶荷花，人则可以往来游戏。孔子赞诗可以兴，可以观，可以群，汉朝人从这悠余活泼里出来行动的大力，此即是可以兴;《两京赋》里的山川草木城市闾阎有现世的美好，此即是可以观；而出得起荡子荡妇，天下世界鱼有鱼路，虾有虾路，此即是可以群。

这无限江山何处不是胜景！而胜景之中，才子佳人更是胜景中的胜景，天涯惆怅，即便是远行，亦有他们自身的活泼可爱；“岁月静好，人世安稳。”

江山最胜处，亦有我的一首诗《荡子心声》(写于 2013 年 8 月 2 日)：

往事霸图如梦，小桃一树初开；
早春星，筑波山，清凉山呢？
人在哪里，太平洋涌起，我久久伫立……

朝霞里吹着朝风，那是诗经的兴。
幸甚至哉，歌以咏志……
云之海，山之树，月之影……
王风——井田禾苗吹来的风……
燕燕差池其羽，寒暑宜人心意
之子于归，宜其室家……
柔情神宫，我想留下来做个扫地人。
柔情南京，1944，扫叶人曾在扫叶楼前。

自古就有追星族，特别是对那些才华横溢的漂亮男女，常人更是趋之若鹜。南朝刘义庆的《世说新语·容止》里讲当时就有女粉丝：

潘岳妙有姿容，好神情。少时挟弹出洛阳道，妇人遇者，莫不连手共萦之。

卫玠从豫章至下都，人久闻其名，观者如堵墙。玠先有羸疾，体不堪劳，遂成病而死。时人谓“看杀卫玠”。

而另一个著名的追星例子出现在汉乐府的《陌上桑》里：

日出东南隅，照我秦氏楼。
秦氏有好女，自名为罗敷。
罗敷喜蚕桑，采桑城南隅。
青丝为笼系，桂枝为笼钩。
头上倭堕髻，耳中明月珠。

缃绮为下裙，紫绮为上襦。
行者见罗敷，下担捋髭须。
少年见罗敷，脱帽著帩头。
耕者忘其犁，锄者忘其锄。
来归相怨怒，但坐观罗敷。

看来，从古至今，美好的东西都是一种风景，让人流连。时间来到1642年，另一道风景也为当时的人们备齐：

偕登金山，时四五龙舟冲波激荡而上，山中游人数千，尾余二人，指为神仙。绕山而行，凡我两人所止则龙舟争赴，回环数匝不去。（冒辟疆：《影梅庵忆语》）

这种千万人围观的场面可谓宏大之极，而这也足以说明两人在当时的地位和影响力，实非一般人可比拟，难怪陈瑚要激赞他们为“神仙中人”。

卜正民研究明代的商业与文化，有一节专讲旅游和书信，其中他讨论了“游历的女性”。他说：

> 像明代中国的许多其他东西一样，旅游也仅仅是男人的事情。……女性是没有外出游历的自由的，但进香显然除外。虽然男人们也去进香，但女性特别执著于进香，则是明代社会女性忠孝角色的延伸表现。她们比男人更虔诚地祈求神灵的保佑、照看祠堂、延请巫师。在这一过程中，她们中间建立起了一个部分独立于男人世界之外的情感交流世界。这种独立使一些男子不安，他们批评女性不该去寺院进香，不该参加秘密宗教组织。只有当干瘪老妪——那些年纪老得不会引起男人注意的妇女——参加的时候，这样的活动才可以举行。（卜正民：《纵乐的困惑》）

为了说明这个观点，卜正民还特别引来

了《醒世姻缘传》里一段描写进香妇女可笑的模样：

> 一群婆娘，豺狗阵一般，把那驴子乱串乱跑。有时你前我后，有时你后我前。有的在驴子上抱着孩子；有的在驴子上墩吊鬏髻；有的偏了鞍子坠下驴来；有的跑了头口乔声怪气的叫唤；有的走不上几里说肚腹不大调和，要下驴来寻空地屙屎；有的说身上不便，要从被套内寻布子夹屄；有的要叫儿吃乳，叫掌鞭来牵着缰绳；有的说麻木了腿骨，叫人从镫里与他取出脚去；有的掉了丁香，叫人沿地找寻；有的忘了梳匣，叫人回家去取，跐噔的尘土扛天，臊气满地。（西周生：《醒世姻缘传》，齐鲁书社，1993年，第527—528页）

进香的妇女都是可笑的吗？“观世音生日进香，对于平时不能自由外出的妓女们来说，可说是出门散心的绝佳时机了”（大木康：《风月秦淮——中国游里空间》，联经出版事业股份有限公司，2007，第202页）。读清人捧花生所著《画舫余谭》，我们也了解到秦淮妓女在观世音菩萨诞辰这天（六月十九日），进香的愉快情景：

> 城东蟒蛇仓侧石观音庵，香火最繁盛。六月十九，传为菩萨诞辰，都人士瞻礼不绝，至十八日，则竟夜喧豗

矣，习以为例。三年前，忽迁于鸡鸣棣之白衣楼，城东遂寥落殆尽。过浮桥纱帽巷口，迳到成贤街府学前，沿途搭盖灯篷，结彩讽经，以待远近进香之人盥手憩息，又特设厂煎茶，任人就饮，谓之结缘。诸姬之心出家者，相率斋戒素服而来，贝叶低宣，莲花悄合，香舆小驻，藉以眺览湖山。简斋太史（即袁枚）诗云："观音无别乐，受尽美人头。"观此益信。

而董小宛和冒辟疆，这对金童玉女的旅行当然又显现了另一种俊逸的"携偶踏波"之美。天地之悠悠，他们的青春要去天地间上演短暂人生华丽深邃的一幕（江山漫游）：

千万人争步拥之，谓江妃携偶踏波而上征也。（张明弼：《冒姬董小宛传》）

从冒辟疆的《影梅庵忆语》来看，董小宛似乎不只这一次出游，在此之前她就曾游历西湖、黄山等地，而且时间之长，匪夷所思：

在庚辰夏，留滞影园，欲过访姬。客从吴门来，知姬去西子湖，兼往游黄山白岳，遂不果行。辛巳早春，余省觐去衡岳，由浙路往，过半塘讯姬，则仍滞黄山。

从上述材料可以见出，旅行在董冒二人的感情生活中扮演了重要角色。尽管婚后两人安心过起了一种隐逸生活，但可以想像他们已经将旅行转移到了那片“巨大的”水绘园。白日荡舟，夜间凉亭私语，都表现出一种昔日踏波的旅行美的余韵，一种悄悄去做一份人家的平凡。

巫仁恕曾经指出，明中叶以后，士大夫的旅行之风已经十分盛行，对旅行的线路（“旅道”）以及各种旅行用的交通工具和携带的器具（“游具”）格外讲究。比如，《桃花扇》里写南京的明媚春光里，有钱的游客“花里行厨携着玉缸，笛声吹乱客中肠”。这里的“行厨”，就是游具的一种，食盒内装着酒食，由仆人携带或肩挑至旅游之处。

除此之外，李孝悌还专门举了高彦颐书中所展示的“提炉”和“山游提盒”。前者下方有火炉可供热水、暖酒，中间有煮粥的圆锅、茶壶，上方则是盛炭用的方箱；而后者也分好几层，可分置壶、杯、筷子、大碟、小碟等。考究和情趣可见一斑，实在是现在机械化、电气化的旅游不能比拟的。

旅行，也是许多西方浪漫文人的钟情。有关论述和感慨数不胜数。一生钟情于旅游的蒲宁就不多说了，在此趁手抄一段“小蒲宁”（帕乌斯托夫斯基）对旅游唯美浪漫的憧憬：

> 我要在漫游中度过我的一生，不管赋予我的生命有多久，——是很长呢，还是很短，——但我一定要经常带着新颖感度过这一生，以便竭尽所能，用我的全部力量把这样度过的一生写成许多部书，并且把这些书，把整个大地，连同它所诱人的角落，赠送给一位我还没遇到的年轻妇女，她的存在将使我的一生岁月变成一条连绵不断的喜悦和痛苦的洪流，变成在世界之美前面强忍着眼泪的幸福——世界应该永远是这样的，但是在现实中它却难得会是这个样子。（帕乌斯托夫斯基：《一生的故事》第三部《一个未知时代的开始》，河北教育出版社，2001 年，第 239 页）

一七 飞扬跋扈、兀傲豪华

汉魏六朝有荡子，初唐有游冶郎，民国世界有白相人，其实都是时代的好运气，人与物的能飞扬跋扈。（胡兰成：《山河岁月·民国世界的王气》）

崇祯十五年，公元1642年，冒辟疆32岁，正当而立，他携董小宛江山漫游，白日踏波，引来无数羡慕的眼光。余怀说他“兀傲豪华，睥睨一世”。堂堂才华、飒飒仪表，为人又是高自标置，“义所不可，抗言排之，品核执政，裁量公卿，虽甚强梗，不能有所屈挠”，颇有李太白当年“安能使我摧眉折腰事权贵，使我不得开心颜”的豪气。杜甫的一首《赠李白》，虽说是在写李白，却也可把它（尤其后二句）看作是冒的气概：

> 秋来相顾尚飘蓬，未就丹砂愧葛洪。
> 痛饮狂歌空度日，飞扬跋扈为谁雄。

公元744年初夏的一天，33岁的杜甫

在洛阳第一次与比他大 11 岁的李白相遇。当时李白已名满天下，他每写一篇新诗皆能震动诗坛，而杜甫才刚刚建立起自己的诗风。尽管二人当时交往的差距尚在，但还是很快一见如故，并成为终生的朋友。他们二人的相遇及友谊早已成为中国文学史上的千古佳话。从此，杜甫写了许多诗，题赠李白，他终身为李白的天才与风采所倾倒，自不用多说。正如清代杨伦所说："窃谓古今诗人，举不能出杜之范围；谓太白天才超逸绝尘，杜所不能压倒，故尤心服，往往形之篇什也。"

在众多杜甫赠李白的诗中，为何单单挑选了这首，那是有一点意思的。如果我们把盛唐诗歌分为两个时代，第一个时代是李白的时代，第二个时代是杜甫的时代。李白的时代可以用杜甫这首诗中的一句总括之："飞扬跋扈为谁雄"，即施蛰存所说的"盛唐前期是李白'飞扬跋扈'的时代"。杜甫的时代也可按施先生的解说，即"盛唐后期是杜甫'暮年诗赋动江关'的时代"。

现在，我们回头来看一下这首诗。天宝四年（公元 745 年），杜甫在兖州又与李白重逢了。杜甫在悲喜交加中写出这首《赠李白》。

此诗一二句写杜甫自身。他以尚在飘零之身于这个秋天

“相顾”李白；同时他还感叹他访道不成，“愧葛洪”（葛洪著《抱朴子》，为晋代道仙）也可解为愧李白。因为李白最喜游仙访道，饮酒吃药（即服丹砂一类）。杜甫初遇李白之时，也曾被李白的人生追求所吸引，受其影响，他还跟随李白去求过一阵仙道，后终因现实生活所累而放弃，当然也从此走上了一条与李白“天上飞”的诗风迥然不同的道路。这是后话，在此不多说。

末二句专说李白。看得出他对李白的敬慕之情。太白“痛饮狂歌”、“飞扬跋扈”，当是天仙一般的人物，而杜甫却飘蓬江湖，穷困潦倒，当是自愧不如了。

诗中“相顾”二字，可见杜甫对李白用情之深。正如金圣叹所说：“看他用相顾字，每每舍身陪人，真是盛德前辈。”

他们二人在兖州度过了一个愉快而难忘的秋天，把酒夜谈文学，醉时共被酣眠。也是在这个秋天，李白才送给杜甫惟一的一首诗《鲁郡东石门送杜二甫》。兖州一别后，他们就永久分手了。

下面是冯至所写的《杜甫传》中的一段，笔者以为用在此处颇为贴切，现录之：

（兖州一别后）那海阔天空的李白在他的旅程中又遇

见了许多新的朋友，杜甫的名字再也不在他诗里出现；可是一往情深的杜甫，后来无论是在长安的书斋，或在秦州的客舍，或是在成都或夔州都有思念李白的诗写出来，而且思念的情绪一次比一次迫切，对于李白的诗的认识也逐渐加深：在长安时说“白也诗无敌”，在秦州时说李白“笔落惊风雨，诗成泣鬼神”，在成都时说他“敏捷诗千首，飘零酒一杯”，再也不说他的诗只像阴铿了（阴铿为南朝诗人）。

李白一生豪迈，自视甚高，狂歌痛饮，堪称人间狂客，而冒辟疆也是年少风流，举止蕴藉，吐纳风流，只可惜后者不胜酒力，文章篇什也不比天上谪仙，但怎么说他也是大明王朝那最后的灿烂与高标。

那时，我们的恋爱“观渡于江山最胜处”
千万人争步拥来，就为一睹我携偶踏波的风姿呀——
飞扬跋扈、兀傲豪华，正当而立……

一八　正当而立之年

孔子《论语》说人之一生十年一蜕变：

> 吾十有五而志于学，三十而立，四十而不惑，五十而知天命，六十而耳顺，七十而从心所欲不逾矩。

皇邢二《疏》皆说，此章是孔子隐圣同凡，劝人勤学。三十而立，皇《疏》："立，谓所学经业成立也。"刘氏《正义》："立，谓学立。"自十五岁，志于学，至三十岁，所学已成立。也就是学有根柢，有力，非外力所能摇动。

崇祯十五年，冒辟疆32岁，正当而立。这个自幼有着神童称号的翩翩少年，"十三辄能赋诗"，14岁刊刻诗集，29岁时更是名动公卿，"受知当世海内名流，诗文书画不胫骈集"。可以说，32岁的冒辟疆无论在才识、品性上都已臻至而立，有了自己的根底，不再随世事摇摆。这一点可以从他对水绘园遗民世界的建构上得到很好说明。明亡以后，冒并没有像一些人那样去“快快乐乐地追逐新朝功名”，也没有像另一些人“因为亡国而产生反省、追忆、悔恨、舍弃的意识”，不入城、不赴讲会、不结社。

除了缺少一份功名，32岁的冒辟疆应当说已经相当圆满了，至少在孔子制定的坐标上是这样。这一年董小宛要来，一份婚姻也要来成全他。但是，30岁之后的冒似乎离孔子的目标愈行愈远：他受命于天意，被一首签诗困惑半生；他受兆于梦，为母请命，怪力乱神；尔后更是在对董小宛的缠绵追忆中度过悔恨的后半生。

中国有句常言：“人到中年万事休。”对于逝去的青春，中国人又最爱感叹一句：“良辰美景奈何天。”辛弃疾说过（或许在他中年时）：“而今识尽愁滋味，欲说还休，欲说还休，却道天凉好个秋！”

中年，尤其让中国人，也包括东亚人大发感慨。丰子恺先生曾在他的《秋》中这样说过：

> 我的年岁上冠用了“三十”二字，至今已两年了。不解达观的我，从这两个字上受到了不少的暗示与影响。虽然明明觉得自己的体格与精力比二十九岁时全然没有什么差异，但“三十”这一观念笼在头上，犹如张了一顶阳

伞，使我全身蒙了一个暗淡色的阴影，又仿佛在日历上撕过了立秋的一页以后，虽然太阳的炎威依然没有减却，寒暑表上的热度依然没有降低，然而只当得余威与残暑，或降霜木落的先驱，大地的节候已从今移交于秋了。

中年的重锤在继续敲下。日本作家夏目漱石在而立之年时也说过："人生二十而知有生的利益；二十五而知有明之处必有暗；至于三十岁的今日，更知明多之处暗也多，欢浓之时愁也重。"

中年又怎一个愁字了得！十年怎一个无奈可说！不仅人生十年一变，古今中外的文学风气也是十年一变。"二十世纪英国诗史中存在着一种独特的现象，即风格主潮近乎每十年一更迭。"（见傅浩文章《现代英诗的运动轨迹：否定之否定》）我曾在《论江南的诗歌风水及夜航七人》文章里亦谈到此点：中国当代诗歌自 1978 年肇始至今已大约有三十年了，在这三十年的时间里，先是北京今天派以其英雄之姿隆重登场（1978—1985）；接着这股气脉被四川接引，很快，川人就以巫气取而代之，并迅猛地在中国诗歌版图上形成另一格局（1985—1992）；再接下来，诗歌风水又往东移，而后抵达江南这片锦绣明媚的大地。十年刚好是一种转变，刚好是一个时代。

说到这里，我又要斜逸一笔：人之一生，四十至五十，才是他的黄金岁月，这正是白居易推崇的人生的“白云期”，见其《白云期（黄石岩下作）》：

三十气太壮，胸中多是非。
六十身太老，四体不支持。
四十至五十，正是退闲时。
年长识命分，心慵少营为。
见酒兴犹在，登山力未衰。
吾年幸当此，且与白云期。

32岁的冒辟疆正是以这样的形象出现在世人面前，陈瑚为此而惊叹不已，说他是神仙中人。而他也正是以这样一种金贵鲜艳的形象，谢幕明末的金陵，开始了他水绘园的半世遗民生涯，同他的形象一样，水绘园也充满了这种高华贵气。所以，水绘园就是冒辟疆，冒辟疆即是水绘园。这两个形象如此紧密地纠缠在一起，以至于让所有人都误会，冒辟疆仅仅只有闲隐、逸乐的这一面。李孝悌说：

> 除了风流名士这个让人印象深刻的面相之外，冒辟疆同时也是一位议论时政、不畏强权的士大夫和忠实履践经世济民志业的地方绅士。更有意思的是，正是在忠实地扮演现世儒生这个角色的同时，冒辟疆以惊人的细节，展现了他狂乱而超现实的宗教信仰。儒家的道德观念，士绅的现实关怀，超自然的神秘信仰，极耳目声色之娱的山水、园林、饮食、男女和戏曲，

共同构成了冒辟疆生活的整体面貌。（李孝悌：《恋恋红尘》）

当然，鲜衣裘马、光动左右，首先是风流贵胄的形象。它让人想到了布罗茨基《抒情集束》中的一行："身体圣洁的绫罗"。如此风流俊逸的模样也让人想到嵇康，又想到王右军。

嵇康身长七尺八寸，风姿特秀。见者叹曰："萧萧肃肃，爽朗清举。"或云："肃肃如松下风，高而徐引。"山公曰："嵇叔夜之为人也，岩岩若孤松之独立；其醉也，傀俄若玉山之将崩。"

时人目王右军："飘如游龙，矫若惊龙。"（刘义庆：《世说新语》）

二〇 神仙中人

所谓神仙中人，自然是指那些在容貌或举止方面有超越常人之处的人物。《世说新语·容止》里说：

> 王右军见杜弘治，叹曰：面如凝脂，眼如点漆，此神仙中人。

又《世说新语·企羡》：

> 孟昶未达时，家在京口。尝见王恭乘高舆，被鹤氅裘。于时微雪，昶于篱间窥之，叹曰：此真神仙中人！

崇祯壬午，冒辟疆32岁，名高才盛，且又衣马光鲜，陈瑚一见而惊为天人：

> 冒子饰车骑、鲜衣裳，珠树琼枝，光动左右，予尝惊叹以为神仙中人。（陈瑚：《得全堂夜燕记》）

从上面三则材料看，神仙中人正是那些眉目清扬，而又于谈吐之间显露非凡的人物，用钟嵘的话说就是，有“风骨”的人。

二一 天下才

“普天之下，莫非王土，率土之滨，莫非王臣。”（《诗经·小雅·北山》）岁月悠悠，江河东流，这便是中国人的天下观。《辞源》上说：

> 旧说地在天之下，故称大地为天下。古籍中以家、国、天下连称，指积家成国，积国成天下，故三代统一诸国，称有天下；由统一而分裂，称失天下。所说天下，指全中国。统一天下，即统一全中国。《书·大禹谟》：“奄有四海，为天下君。”

又《辞海》：

> 《礼·曲礼》：“君天下曰天子”，注：“天下，谓外及四海也。”《吕氏春秋·不苟》：“天下有不胜千乘者”，注：“天下，海内也。”按古谓中国即世界，四境皆环以海，故谓天下外及四海，又谓中国为海内。

“天下”是古代中国人对中国的想象。中国古典的宇宙观是“天下之中央”，古人没有民族国家（nation-state）的概念。李欧梵、安德森（Benedict Anderson）等的民族国家的想象，或中国的想象是近代以来的事了，“也就是说作为现代民族国家意义上的‘中国’的正式出现，是在1842年的中英《南京条约》中。”（王一川：《文学理论讲演录》）

冒辟疆无论才华，还是仪表，在明末江南都是堪称翘楚的人物。余怀在给冒的70岁寿序里说：

> 当是时，东南无事，方州之彦，咸集陪京，雨花桃叶之间，舟车横满。余时年少气盛，顾盼自雄，与诸名士厉东汉之气节，掞六朝之才藻。……巢民以兀傲豪华，睥睨一世。（余怀：《冒巢民先生七十寿序》）

又陈名夏《冒辟疆重订朴巢诗文集序》里说：

> 时辟疆以终军弱冠之年，擅羽猎长杨之誉，岳峙渊停，玉映霞举。南中自三事以下，皆式庐倒屣，即吾党称辟疆与密之、子一鼎足文苑，以咸目为天下才也。

所以，天下才，按今天的话说，就是中国的良才、俊才、人才等意思。

黄庭坚《次元明韵寄子由》："春风春雨花经眼，江北江南水拍天。"天地无言，所以由万物来说话，来表现。《文心雕龙·原道》里说：

> 文之为德也大矣，与天地并生者何哉？夫玄黄色杂，方圆体分，日月叠璧，以垂丽天之象；山川焕绮，以铺理地之形：此盖道之文也。仰观吐曜，俯察含章，高卑定位，故两仪既生矣。惟人参之，性灵所锺，是谓三才。为五行之秀，实天地之心，心生而言立，言立而文明，自然之道也。傍及万品，动植皆文：龙凤以藻绘呈瑞，虎豹以炳蔚凝姿；云霞雕色，有逾画工之妙；草木贲华，无待锦匠之奇。夫岂外饰，盖自然耳。至于林籁结响，调如竽瑟；泉石激韵，和若球锽：故形立则章成矣，声发则文生矣。夫以无识之物，郁然有采，有心之器，其无文欤？

所谓天文、地文、人文，那都是道的表

征，道的说话。道就是无言独化，这于文明的建设也是一样的道理。胡兰成说：

> 日本史上桃山时代的清健繁华有名，但丰臣秀吉他自己只打天下，却让天下人去做美的东西，自然会出来得美人能歌舞，出来得文人能画画，出来得做茶道的千利休，出来得百工手艺者能建宫室庭园，造器皿与衣裳，皆是桃山文化的美。丰臣秀吉只是做了春天，而让世人去做春水春花。（胡兰成：《禅是一枝花》）

君子有成人之美，他是不必时时专美于人前的。隐逸在那万紫千红的春水春花之后，也是一副风和日丽的空阔光明。毛泽东有诗“待到春花烂漫时，她在丛中笑”，说的不正是这个意思吗？

冒辟疆和董小宛，一个才子，一个佳人，两两青春俊逸，半生都在他人的拥戴之中，如今他们终于要进到人世的风景里去做一份人家了，飞扬跋扈、兀傲豪华统统都可以收敛起来。《三国演义》里写曹操的句子：“古人作事无钜细，寂寞繁华皆有意。”倘若说到他们两个身上，亦是不会有错的。“花如解语应多事，石不能言最可人”的道理，如今又有几个人能真正领会呢？

江南苦夏已逝，转眼又是冬天。董小宛在钱谦益和柳如是夫妇的护送下，从秦淮来到如皋，而此时冒辟疆正陪父亲冒起宗饮宴，仓促之余，不敢相告。

> 虞山宗伯送姬抵吾皋，是侍家君饮于家园，仓卒不敢告严君。又侍饮至四鼓，不得散。荆人不待余归，先为洁治别室，帷帐 、灯火、器具、饮食，无一不顷刻具。酒阑见姬，姬云："始至正不知何故不见君，但见婢妇簇我登岸，心窃怀疑，且深惘骇。抵斯室，见无所不备。旁询之，始感叹主母之贤，而益快经岁之矢相从不误也。"（冒辟疆：《影梅庵忆语》）

董小宛初临如皋，正是在这江南冬天的清寒和落寞中，这冬夜让她感受到某种深入的怀念和些许的不安。但后来的生活却证明，这清冷的开始只是为了那九年的幸福生活作一个陪衬，也为后来二人阴阳相隔的结尾作一个铺垫而已。

时间和季节这样有意安排他们，就像三百多年后，这样刻意安排我一样，在江南，冬天的扬州，我吟出四行诗句：

冬天的江南
令你思想散漫，抓不住主题

照像吧，照像吧
他冻红的脸在笑……

就在那天中午，我和友人在一宁静的小面馆吃罢一碗面条，步行来到个园，此时天气愈发阴冷，缓缓吹来带有雨气的风，脸上感到凉飕飕的。进得个园，只见假山重叠，曲径通幽，起伏有致，想起古人能拥有如此殷实、深秀的幽静庭园作为私人居家花园甚为感慨，在个园后院一片苍翠的竹林中稍坐，竹叶临风嫣然摇动，宛若“冷香飞上诗句”，寒意顿添，我们走进一间屋里。屋内有一厢房帘子高高卷起，满室香烟缭绕，几位老人在炉火边吃茶，下围棋，优雅有趣，使人寒意尽消，顿生愉快之情，流连不忍离去。我想起《枕草子》的一个意境：冬天下围棋，下到深夜时分将棋子放进盒子里，那棋子清朗的声音伴着温暖冬夜的炉火实在令人怀念。岁月就在这棋声中淡淡流逝了，犹如目前的老人，这盘棋能否下到冬夜？我多想就此停止我无尽的漂泊，在这儿住下，冬夜学习围棋，春夜翻阅旧籍古词，夏天纳凉饮酒，秋夜听园子里蟋蟀的清鸣，倘若如此那该多好呀……

而扬州冬日的清冷逼走了多少向往繁华的年轻人，烦热的青春和急迫的理想催迫他们奔向异域他乡，留下的人多是平和气静的人。在扬州广陵刻印社，我认识了一对青年夫妇，他们从北京大学毕业后又回到故地扬州，他们在古籍、围棋、垂柳、清茶间过着安静的家居生活，平实恰切、独善其身并不想入非非；而我认识的另一位出身扬州的小说家却告诉我他受不了扬州的清与静（那清、静几乎让他疯掉）早已插翅飞去南京。南京虽也有扬州的禀性，但它更大，更兼备大都市的各种特征和消遣方法，扬州却是一座中年或老年人的城市，青年人呆不住。这里没有繁忙的商业，先锋的理想，它与世无争，修心养性，悄然流逝，那种美不是一般人所能体察入微而娓娓道来的。

为此，多年后，我写来我的“扬州梦”：

独鸟下东南，广陵何处在？

——韦应物

我曾在维扬的街头想起两个醉别江楼的人——魏二、王昌龄……

我曾在广陵刻印社黄昏的庭院观看过燕子何其微眇，飞来三两黑色

张智和李冰，清晨，富春包子，还有体育教师张志强，又何其昂藏

这里的居民清洁，有秋冬之美，青年们安度晚年。1989 年的左边呢

客心飘摇的人呀，该如何安顿；在扬州，你该怎样进入一座梦中之城？

我曾于 1986 年冬天在重庆北碚随意读过清人李斗所作的一册《扬州画舫录》，书里记载着乾隆年间扬州的繁华，如今“春风十里扬州路”的繁华已随着郑板桥、金冬心等扬州八怪的潇洒人生成为过眼云烟。扬州的清、静、暗、凉历经了多少“烟花三月”才透露出它平凡的神韵，这神韵在冬日

被风吹着，仿佛有一点惋惜，一点温暖、一点伤感……在苍凉的街市、在幽独的林庙、在旧日的深院别梦依稀、风韵尤在，居民是那样整齐清洁，男女如秋冬之美，杂货铺的日用品很丰富，饮食精美细腻让人留恋，加上绿荫如盖、婉约有致，我蓦然想到一位出自扬州、大学毕业于上海的诗人朱朱，他纤细唯美的诗句应该含着扬州的身影吧。

我曾到过许多中国城市，唯有这座城市最象故园，这故园专为曾经沧海的人准备的，返朴归真的人才能与这城市融为一体。我后来与我很多朋友谈起扬州，其中中国社会科学院外国文学所的李伟曾问我："如果你用一个词来概括扬州，你会想到哪一个词？"我告诉他，"爱情"，他先稍有吃惊，但后即有所悟。"爱情"——回忆与预感，缠绵与轻叹，就像这个扬州的冬日，江南的冬天，就像烟雨迷茫的市街，就像这里的生活，我将与谁在此度过平凡……我身边又响起了个园冬日午后的围棋声……

水仙在扬州的深冬开得汹汹，
燕子飞来还早呢。一出门，
阳光中有一股冰锋的青春气息。

我刚一闻到，她就问我：
“那本书你读了吗？童寯的。”

“哦，《江南园林志》，
还没读。今后有的是时间。”

2007年的6月，这回忆、爱情、午后的围棋声，乃至整个的冬天的江南，借着李孝悌的两篇文章统统回到了我的眼前。三百六十五年的时间过去了，江南的冬天依然清晰可辨，它是那样真切地活在冒辟疆的《影梅庵忆语》之中，不断地召唤人们去亲近它，理解它，正如鸳鸯蝴蝶派的赵苕狂所言：

> 它（《影梅庵忆语》）的文字里面，还涵有一种极丰富的感情，在给人们读到的时候，一颗颗的心，自然而然的，会都给它深深的抓住了的！而且，这《忆语》里所叙述的各桩事情，都是实实在在的，并不是出之于向壁虚造：这尤其是可贵的一点了！加以作这《忆语》的冒辟疆，他自己既是一个才子，而成为忆语中主体的董小宛，又是在当时秦淮乐籍中卓负盛名的一个美人；时代不论它是怎样的变迁着，关于才子和美人的奇情艳事，总是人所乐闻的；

> 这部书的所以能不胫而走，此又是它的一端了。至于，文字的优美，尚只能说是余事。（赵苕狂：《〈影梅庵忆语〉》考）

是的，1642年的冬天正是为了这一段才子佳人的爱情才开始的，江南的声华被物正是为了九年里那　香烹茗、抄诗雅集的细致事业准备的。

二四 另一番良辰已为我们备齐

汤显祖《牡丹亭》第十折写“游园惊梦”：

> 原来姹紫嫣红开遍，似这般都付与断井颓垣，良辰美景奈何天，赏心乐事谁家院？朝飞暮卷，云霞翠轩，雨丝风片，烟波画船，锦屏人忒看的这韶光贱。

水绘园的另一番良辰，则是一次次日常饮食起居的大盛宴：闲隐、写诗、品茶、饮酒……各种风景一一画来。微观微物，琐碎不急，镶拼成一种全新的文化景观。耳目声色之娱、山水诗文之乐，好一幅激荡着末世颓废精致的良辰美景！这里有悠悠的人间光阴……这美景将在后面的“水绘雅集”和“修禊”两条注释里集中呈现。

二五 家居

家居之美有和平清闲，也有富贵温柔……真可说是面相众多。很多年前我亦写过《家居》，一首我并不喜欢的诗（也是写失败了的诗，因全是套话），勉强引来如下：

三日细雨，二日晴朗
门前停云落寞
院内纳满微凉
秋深了
家居的日子又临了

古朴的居室宽敞大方
祖父的肖像挂在壁上
帘子很旧但干干净净
屋里屋外都已打扫
几把竹椅还摆在老地方
仿佛去年回家时的模样

父亲，家居的日子多快乐
再让我邀二三知己

酒约黄昏
纳着晚凉
闲话好时光

这是简净朴素之美。当然比不得冒辟疆水绘园里的千般风光，万般灯火，那是有钱人家的华丽深邃；饮茶品香，煮酒论诗，文人雅集，那都不是一般的手笔。

但现实中，总是日常的多，飞扬的少；凤冠霞帔，一生一次就够了。日日笙歌饮宴，必然会损坏安静的内心。所以，华丽的家居总是要朴素的底子来衬它，这犹如汹涌的波涛下面总是有平静的河床一样。张爱玲说：

文学史上朴素地歌咏人生的安稳的作品很少，倒是强调人生的飞扬的作品多，但好的作品，还是在于它是以人生的安稳做底子来描写人生的飞扬的。（张爱玲：《自己的文章》）

老杜的《江村》，平平和和消得长夏，说的正是这个道理：

清江一曲抱村流，长夏江村事事幽。
自来自去堂上燕，相亲相近水中鸥。

老妻画纸为棋局，稚子敲针作钓钩。

但有故人供禄米，微躯此外更何求。

光阴正值夏日，江水抱村，天气晴朗，老杜也不觉陶醉于长夏幽事之中。不久前，诗人还在流亡途中。如今已安居在风光清幽的浣花溪旁，想到此处，诗人不仅感慨良多，要当歌一曲眼下天伦之乐的家居生活了。

周遭是风调雨顺的风物，清江曲折、长夏幽幽，梁上燕子呢喃着飞来飞去，享受着夏日的自由；水中的鸥鸟也相亲相近，正凉快地畅游清江。生物如此之幽，更何况人呢。草堂边，诗人的老妻正在白纸上画着棋盘的格局；小儿子也在敲打一枚钢针，欲制造一个钓鱼钩。在此，不仅“事事幽”呼之欲出，美好和平的家居生活也跃然于目前了。如前人所说：言老妻奕棋，稚子钓鱼，文人无事，徜徉其间，真大快活也！

在这消夏的家居乐事中，老杜也想到了他那多病的身子。在这清朗的夏日，他那些老毛病都是些慢性病，因此来得并不剧烈。在这“事事幽”的光景里，病也显得缠绵而温和，只须日日用些“药物”，慢慢将息调养就行了。正如他在另一首诗中所说：“江村独归处，寂寞养残生。”其诗虽有淡淡忧思，但并不悲烈，仍取中庸调息之法，结尾一句，更流露出老杜知足长乐，带病延年的寒士之人生观。“微躯此外更何求”，那只是不再贪求更好的生活，只求象眼前这样安安稳稳、舒舒适适过完一生，他最多只是需求一些药物。而这也并不太难，他在草堂边就自行开垦出一块药圃。而且故人也会送些药钱给他，他只需作诗酬答就行了。

贫人自有贫人的乐趣，富贵也有富贵的过法，但要紧的是，把一个“家”字坐实、坐正，这样人才可以居其中，这世上的一切好的、坏的才会有了根底。

二六　春、夏、秋、冬

“春风如酒，夏风如茗，秋风如烟，冬风如姜芥。”（张潮：《幽梦影》）四时之美，在于变幻。谢和耐（Jacques Gernet，1921—2018）说：“季节的更迭让我们意识到时光流逝。而某些异常的气象则使亲临其境者永志难忘，成为人生的路标。”（谢和耐：《蒙元入侵前夜的中国日常生活》）春夏秋冬，便成为人的一生。四时变换犹如生命的变迁，生老寂灭，不可逆转。但四季又循环往复，绵延不尽……日本人清纳少言写的四时之美读之令人动容，随手抄来：

> 春天是破晓的时候最好。渐渐发白的山顶，有点亮了起来，紫色的云彩微细地飘横在那里，这是很有意思的。
>
> 夏天是夜里最好。有月亮的时候，不必说了，就是暗夜里，许多萤火虫到处飞着，或只有一两个发出微光点点，也很有趣味的。飞着流萤的夜晚连下雨也有意思。
>
> 秋天是傍晚最好。夕阳辉煌地照着，到了很接近山边的时候，乌鸦都要归巢去

了，三四只一起，两三只一起急匆匆地飞去，这也是很有意思的。而且更有大雁排成行列飞去，随后越砍去变得越小，也真是有趣。到了日没以后，风的声响以及虫类的鸣声，不消说也都是特别有意思的。

冬天是早晨最好。在下了雪的时候可以不必说了，有时只是雪白地下了雪，或者就是没有霜雪但也觉得很冷的天气，赶快生起火来，拿了炭到处分送，很有点冬天的模样。但是到了中午暖起来，寒气减退了，所有地炉以及火盆里的火，都因为没有人管了，以至容易变成白色的灰，这是不大好看的。（清少纳言：《枕草子》，周作人译）

王维有诗《春中田园作》，写农家的田园生活，正是四季之一的初春之美，生活之美。

屋上春鸠鸣，村边杏花白。
持斧伐远扬，荷锄觇泉脉。
归燕识故巢，旧人看新历。
临觞忽不御，惆怅思远客。

斑鸠鸣春，杏花吐白，农人或持斧休整林木桑树，或荷锄疏通泉水渠道。

燕子归来，旧人翻看新历，诗人欲举杯，却忽又放下，因为他在惆怅中思念起远方的异客来了。

初春的气息随着此诗的展读扑鼻而来，令人神清气爽，而又有亲临的欢喜。只是欢喜中夹着一缕“东风暗换年华”的惜春之情。

人是旧的，日历是新的，王维说得笔者的心为之悸动。生活日复一日，年复一年，人在和平与渐渐衰老中流逝着，真是寸寸流逝、秒秒陈旧啊！然而旧人却在初春的第一天阅读着新历；燕子也是旧的，但它已飞临这老屋。这的确是一个令人流连的春日—— 一幅乡间小风景。

王维这两句（五六句）写出了平凡的中国人对美好生活的憧憬。他们以乐天知命的情怀，在初春的黎明随意翻看日历。这一景象是多么细腻，多么感人，读来不觉叫我掩卷沉思，悲喜交加。

王维在“旧人看新历”中体会着春天，我却在 1989 年南京农业大学培训楼一楼宿舍一个冬天的正午，从一本江南的旧历书中体会了苏州的四时之美（须知，那时我还没有去过苏州）：

正月初一，岁朝
农民晨起看水
开门，放爆竹三声
继续晨，幼辈叩头
邻里贺年
农民忙于自己

初五，财神的生日
农民迎接不暇
采购布匹

十五，悬灶灯于厨下
连续五夜
挂起树火，大张灯市
山水，人物不见天日
妇女为去病过三座石桥
民众击乐，鼓励节日
二月初八，大帝过江，和尚吃肉
前三后四风雨必至
有人称龙头，有人吞土

农家因天气而成熟
有利无利但看“二月二十”

三月初三，蚂蚁搬米上山
农妇洗发、清目
又吃油煎食品

清明，小麦拔节，踏青游春
深蓝、浅绿插入水中
妇女结伴同行
以祈青春长存

四月初一，闲人扛大锣、茶箱
老爷从属西军夜
红衣班扮刽子手
（演员出自肉店、水果店、豆腐店）

立夏见三新：樱桃、青梅、元麦
中医这天勿用
蚕豆也等待尝新

四月十四日，轧神仙
吕纯阳过此
无需回避
他的影子在群众中济世

五月五，端午出自蒲剑
也出自夏至的替身
儿童写王字于前额
身披虎皮，手握蒜头
而城隍是大老爷

六月六，寺院晒经
各户晒书籍、图画、衣被
黄狗洗澡、打滚
老人或下棋、或听书、或无事
小孩吃茶于七家
面貌动荡不宁
立秋之日，以西瓜供献
也制巧果、蝶形油炸
以期颐养天年

八月十五，中秋
柿饼、月饼于月下
蔬菜吃完了
摆上鲤鱼
得下签者不予参加

九月九，郊外登高
望云、望树、望鸟
小贩漫游山下

十一月，日短夜长，市场发达
财主收租、收账、剥皮
而冬至大如年
农民重视

冬至，全家吃夜饭
豆芽如意，青菜安乐
年糕、汤团、圆之意
儿子不得外出
嫁女不利亲人

南瓜放出门外过夜

十二月过年，送灶
灯具多自制
热热闹闹、繁文缛节

除夕，又是鸡鸭鱼肉
提灯笼要钱者
来往不绝，直到天明

除夕之末，男孩怀旧
果子即压岁，即吉利
老鼠即女孩的敌人
惟大人不老，放爆竹三声

——《苏州记事一年》

写完此诗二十八年后，我仍意犹未尽，又来写一首《苏州的四季》，依旧是想反反复复体会人之一生——春夏秋冬：

一

称水也是称人生。《僧道行书》：
白鸡祭灶对蚕是有好处的。

鞭春吴自牧，打春顾铁卿——
美谶！人不摸春牛不得日新。

清扫隔年地，开口吃果子。
我问朱鹿田：感旧要添看面人？
怎么又是江西人偏来苏州谋生——
测字、起课、算命、相面。

二

何谓咬春——立春日吃春饼。
何谓去病，妇女走三桥走脱了百病。
烧香是一种修行，在苏州
十庙香烧完后，烧回头香
犯人香烧完后，烧草鞋香

碧螺春一出来，吓杀人香

四月麦秀寒，五月温和暖，立夏吃黑饭

三

乘风凉喝茶，半生缘晒书……
端午，我们要来称人的肥瘠。

人人有生日，物物有生日
荷花的生日，六月二十四日
靴钉的生日，九月十三日
十月五日，风的生日
……

秋天，为盐菜取一个好听的名字
——春不老。

四

山塘过年围炉，酒后思橘……
其实是酒后思人（名字保密）。

这天屠人还扛不扛元宝来——
那脸，那皱如寿字的风干猪头？
莫等闲，盘龙馒头后有安乐菜

不要舞，不要舞，不要舞
腊雪是被子，春雪是鬼子
听完叫火烛，我们打埃尘——
十二月二十四日夜，扫舍
阖家欢，人媚人莫如人媚灶。

二七 女红、饮食、财务及管理

董小宛秦淮名妓的一面，人尽皆知，余怀写她“天姿巧慧，容貌娟妍”，“针神曲圣、食谱茶经，莫不精晓”也是写的这一面，但她那贤淑妇人的一面，余怀只字未提，因为这是董在嫁到冒家之后才显露出来的，对于这一面大概连冒辟疆本人也始料不及：

> 入吾门，智慧才识，种种始露。凡九年，上下内外大小，无忤无间。其佐余著书肥遁，佐余妇，精女红，亲操井臼。以及蒙难、遘疾，莫不履险如夷，茹荼若饴，合为一人。（冒辟疆：《影梅庵忆语》）

在操家、避乱、侍疾的三部曲中，董的贤淑干练一面一一展露。她礼敬亲长、操持家务，深得冒辟疆母亲和妻子的喜爱。而她在理财方面的能力，更是让冒辟疆的父亲大为惊讶：

> 甲申三月十九日之变……群横日劫，

杀人如草，而邻右人影落落如晨星，势难独立，只得觅小舟，奉两亲，挈家累，欲冲险从南江渡澄江北。一黑夜六十里，抵泛湖州朱宅，江上已盗贼蜂起，先从间道微服送家 君从靖江行，夜半，家君向余曰：“途行需碎金，无从办。”余向姬索之，姬出一布囊，自分许至钱许，每十两可数百小块，皆小书轻重于其上，以便仓卒随手取用。家君见之，讶且叹，谓姬何暇精细及此！（冒辟疆：《影梅庵忆语》）

一代名妓“却管弦”、“洗铅华”，甘心过起了世俗生活，照李孝悌的分析，那是她厌倦了酒色争逐的欢场岁月。所以无论在爱情或婚姻生活中，董小宛处处表现出她的主动和努力。至此，一个德艺双全，福慧双修的女子已清清楚楚地展现在我们面前。

胡兰成说：“男人多做生产事业，但把生产的结果变成衣食器皿室家之美则仍是女人，故女人是文明的始启者。”（胡兰成：《山河岁月》）这话陡然说出来，可能有人不信，但现在有了董小宛这个旁证，我想是没有人不心悦诚服的。

在青楼有她的金贵妖娆，为人妇亦有她的平人潇湘。汉乐府云：

天上何所有，历历种白榆。
桂树夹道生，青龙对道隅。
凤凰鸣啾啾，一母将九雏。
顾视世间人，为乐甚独殊。
好妇出迎客，颜色正敷愉。
伸腰再拜跪，问客平安不。
请客北堂上，坐客毡氍毹。
清白各异樽，酒上正华疏。
酌酒持与客，客言主人持。
却略再拜跪，然后持一杯。
谈笑未及竟，左顾敕中厨。
促令办粗饭，慎莫使稽留。
废礼送客出，盈盈府中趋。
送客亦不远，足不过门枢。
娶妇得如此，齐姜亦不如。
健妇持门户，一胜一丈夫。

这首《陇西行》，“开头讲天上的风景，可是还有人世的风景更好，一份人家的主妇会知人待客，家务事情料理得头头是道，连天上的白榆树影都到了这家的堂前，青龙彩凤高

高地望下来，望着这家亦看之不厌。”（胡兰成：《山河岁月》）

秦汉有私情之美，唐朝气象里亦不乏这样的人间美意。王建的《新嫁娘》里写道：

三日入厨下，洗手做羹汤。
未谙姑食性，先遣小姑尝。

这正是一首咏新嫁娘的绝句，写得相当细致而传神，一个可爱的女人简直要从这幅小小的图画中呼之欲出了。

她下厨房为婆婆做羹汤，由于还不知道婆婆的口味，因此将做好的汤先拿给小姑尝尝。

一首小诗胜任了一生的家务，我们再次领略并慢慢地流连了一个中国文学史上最贤德、最细腻的女人，她成为我们男人的理想，而这理想又显得那么平常、易见，只是现在已不多见了。朴素的家居生活、悄悄的小而持久的快乐、知足恬淡的岁月、温暖而闲闲的家务，真是“布衣菜饭，可乐终身”。除此之外，我们还有什么可以期求呢？

这里有着人间一切的良辰美景，有淡泊的清福，有羹汤、对饮、谈话与瞌睡……总之有很多很多，而唯一没有的就是潦倒、野心、仇恨和折磨。

面对这样的女人，我们唯一能说的就是“得妇如此，吾无憾焉”。在我们中华古国，这样的妇人可是寻常见的呀（而现在须大力寻找）。她们温顺、雅静、清洁（如诗中所示一细节，做汤前先洗手）、勤俭，同时又是烹饪和缝纫的专家。面对这样的女人，我们必须心服口服。

二八 仁者静

《论语·雍也》曰：

知者乐水，仁者乐山；知者动，仁者静；知者乐，仁者寿。

“知”是“智”的通假，智慧的意思。“仁者静”，是说看花还是花，看水还是水，人和天地万物只是一个相安无事。这就是胡兰成说的，江山无限，亦是私情无限。

不仁者是一刻亦不能静的。当年樊哙说得最明白：“秦为无道，刑人如恐不胜，杀人如恐不举。”秦朝便是法严，变得没有了人的存在，所以后来沛公入关，但约法三章，就人人都欢喜了。并非像马克思的革命定义，为求解脱生产力的桎梏，因秦朝行施新制度，生产力真有了划时代的发展。亦不是旧势力的反动，因谁亦不攻击秦朝的制度，连秦法后来亦为汉所继承，不过失去了它的苛性。同样的制度与法，所争只是还要有情意之美，遂天下并亡秦，这在西洋是完全不能想象的。这里有比阶级竞争更高的东西。（胡兰成：《山河岁月》）

中国人是处处有仁者的静与私情，所以不是一个笨重凝固的世界，即便是扫起地来，也是有着一草一木皆泼辣新鲜的静气。余怀在《板桥杂记》里说董小宛：

性爱闲静，遇幽林远涧、片石孤云，则恋恋不忍去；至男女杂坐，歌吹喧阗，心厌色沮，意弗屑也。慕吴门山水，徙居半塘，小筑河滨，竹篱茅舍。

仁者静，有多少人间好意思在里面，无怪中国人得着了它，是连宗教也不需要的。

这四个字里有中国人日常生活的清嘉与吉健。胡兰成在《山河岁月》里亦说：

> 中国人也讲勤勉，《尚书》里有《无逸》篇。西洋古时地主贵族可没有说勤劳是道德的。吴季札与孟子皆重夏禹的勤劳，历朝天子亦五更天气必上朝，连后妃亦不敢贪眠失时，这都是西洋所没有的。乃至民间现在爱挂的朱伯庐治家格言，亦开头即是“黎明即起，洒扫庭除”，不但为治事，亦为保持人的清新，不坠于惰意暮气。又说四民各勤其业，皆不因生存竞争的压迫感，而是说的“勤有余闲”。

说到底，这正是中国人与人间万物的不隔呀！写到这里，又想到曾国藩为修身所立的八字诀：书，蔬，鱼，猪，早，扫，考，宝。这其中“早”字和“扫”字，不正是“黎明即起，洒扫庭除”吗？

三〇 乃非常人

陈瑚激赞冒辟疆为神仙中人，而冒氏亲眷则盛赞董小宛乃非常人，都是说他们夫妻有过人之处。前者指他的容止气度，后者说她的德行举止。董小宛从秦淮旧院到如皋冒家，不但迅速完成了其由妓到妾的角色转变，更是在操家、避乱、侍疾中表现出她对冒辟疆的一片痴情。她相夫教子、侍上慈下，十分有礼，善体贴人意之极。

姬在别室四月，荆人携之归。入门，吾母太恭人与荆人见而爱异之，加以殊眷。幼姑长姊尤珍重相亲，谓其德性举止，乃非常人。而她之侍左右，服劳承旨，较婢妇有加无已。烹茗剥果，必手进；开眉解意，爬背喻痒。当大寒暑，折胶铄金时，必拱立座隅，强之坐饮食，旋坐旋饮食，旋起执役，拱立如初。余每课两儿文，不称意，加夏楚，姬必督之改削成章，庄书以进，至夜不懈。越九年，与荆人无一言枘凿。至于视众御下，慈儿不遑，咸感其惠。余出入应酬之费与荆人日用金错泉布，皆出姬子。姬不私银两。不爱积蓄。不制一宝粟钗钿。死能弥留，元旦次日，求见老母，始瞑目，而一身之外，金珠红紫尽却立，不以殉，洵称异人。（冒辟疆：《影梅庵忆语》）

正是因为董的贤淑美德，使得冒辟疆在其亡后，半生悔恨，痴情缠绵，“作《影梅庵忆语》二千四百言哭之”，情真意切，催人泪下：

在风尘虽有艳名，非其本色。倾盖矢从余，入吾门，智慧才识，种种始露。凡九年，上下内外大小，无忤无间。其佐余著书肥遁，佐余妇精女红，亲操井臼，以及蒙难遘疾，莫不履险如夷，茹苦若饴，合为一人。今忽死，余不知姬死而余死也！但见余妇茕茕粥粥，视左右手罔措也。上下内外大小之人，咸悲酸痛楚，以为不可复得也。传其慧心隐行，闻者叹者，莫不谓文人义士难与争俦也。（冒辟疆：《影梅庵忆语》）

三一 余闲也有情

中国文化讲“闲”与“静”，那是私情，亦是癖好。王维的“夜静春山空，人闲桂花落”那是生活。宋祁的“红杏枝头春意闹”那是别趣。别趣如花草，花草作春天的见证，但是不能做春天的保证。只有春天可保证花草。胡兰成说：

> 原来英雄美人的亦不过是闲愁，王者之兴亦不过是爱管闲是非，乃至释迦渡人，唐僧取经，亦皆不过是这样的心思热。（胡兰成：《今生今世》）

所以，人生世上，待人接物，惟有“闲”字在，那才是响亮可人。“渔樵闲话”有平人的潇湘，中国人日常的气派。冒辟疆和董小宛选择水绘园隐居，那也是“闲”字当头，莺莺燕燕常啼不已，那也是闲出来的好，这正是“命运等于地理／同时间的混合”（布罗茨基：《抒情集束》），时空之外，就别无长物，惟在其间，那才是切实的生活。洒扫庭除，安顿家务，那都是有它自己的好，不是说："静中参动大般若，忙里偷闲三菩提"吗？连当官也是一个闲字当头，所以白居易说他自己是："月俸百千官二品，朝廷雇我作闲人。"并进而说出这样的人生座右铭："先务身安闲，次要心安适。"白居易的一生是"闲官在闲地"（白居易：《咏怀》）的一生。在其《咏慵》的诗篇里，白居易更是将闲逸提升至慵懒的大境界：

有官慵不选，有田慵不农。
屋穿慵不葺，衣裂慵不缝。
有酒慵不酌，无异樽常空。
有琴慵不弹，亦与无弦同。
家人告饭尽，欲炊慵不舂。
亲朋寄书至，欲读慵开封。
尝闻嵇叔夜，一生在慵中。
弹琴复锻铁，比我未为慵。

白居易一生作为闲人堪称心满意足，他曾翻来覆去、不厌其烦地书写过几百首"闲适诗"来说此心境——"吾亦适所愿，求闲而得闲"（白居易：《小阁闲坐》）。今晨，无事，随手翻书，打开便读到白居易《春日闲居三首》，尤其喜欢"其三"，抄来如下：

劳者不觉歌，歌其劳苦事。
逸者不觉歌，歌其逸乐意。
问我逸如何，闲居多兴味。
问我乐如何，闲官少忧累。
又问俸厚薄，百千随月至。
又问年几何，七十行欠二。
所得皆过望，省躬良可愧。
马闲无羁绊，鹤老有禄位。
设自为化工，优饶只如是。
安得不歌咏，默默受天赐。

顾随先生曾说：

必须有闲，且为精神上有闲（通常所谓有闲多为物质——不用奋斗挣扎去生活。）……一个诗人无论写什么皆须有一种有闲的心情。可以写痛苦、激昂、奋斗，然必须精神有闲，否则只是呼号不是诗。如老杜“朱门酒肉臭，路有冻死骨”，这样诗可以写，而太没有有闲之心情，快不成诗了。肉可臭酒何能臭？且人可冻死骨何能冻死？此种事可写成诗，而老杜写的是呼号不是诗。可以写而不能如此表现。老杜写时，至少精神上不是有闲的。而又如韦庄之《秦妇吟》，写黄巢起义前后情形，所写事情尽管惨、乱，而韦庄写此总是抱有有闲心情。虽非最好的诗，然至少不是失败的诗。（顾随：《顾随诗词讲记》，叶嘉莹笔记，顾之京整理）

张潮在《幽梦影》里也说："人莫乐于闲，非无所事事之谓也。闲则能读书，闲则能游名胜，闲则能交益友，闲则能饮酒，闲则能著书，天下之乐孰大于是？"

这闲与静，由中国人来悟，那是生活之大道，所以万事都可以用不着宗教。可是西洋人确是闲不得，做事情钉钉铆铆，上帝创世，工作是工作，休闲是休闲。闲是为着忙准备的，却不是中国人"能闲世人之所忙者，方能忙世人之所闲。"（张潮：《幽梦影》）

蒙田写《论闲逸》，那也是闲得心不安：

我最近隐居家里，决意在可能的范围内，不理旁事，优游闲逸以度过这短促的余生：似乎对我的心灵没有更大的恩惠，除了让它在闲暇里款待自己，逗留和安居在它自己身上。我希望它今后会毫无困难地这样做去，因为它已与日俱增地变为更坚定更成熟了。但我总觉得闲逸使心灵飘忽，而在另一方面呢？与无羁的马一般，它为自己跑比为别人跑快百倍；因而便产生了无数的妖魔与怪物，无次序，无目的，一个两个接踵而来。为要可以优悠默索它们的离奇不经，我已开始把它们一一写下来，希望日后用它们来羞它。

卡图卢斯（Gaius Valerius Catullus，约前 87 年—约前 54 年），这位古罗马诗人在一首诗《他幸福如神明……》里，还谈到闲逸的悲剧性结局：

卡图卢斯呵，闲逸使你烦闷，
闲逸使你欢娱放纵无拘束。
你可知，闲逸曾使繁盛之邦
宫垣崩塌遭覆灭！

中国和西洋，在文学和生活的血型上，终究不同。但后来的人却不理会这些，硬要用这西洋的血来输中国的脉，真正是搞错了。胡兰成说的好，“西洋文学给我们刺激是好，但是不必学它，如闻鸡起舞，但是不要学鸡叫。”（胡兰成：《中国文学史话》）吾国的境界是：棋声才使花园闲？人闲未必头白迟！“断送一生惟有酒，寻思百计不如闲。”（韩愈：《游城南十六首·遣兴》）哪里是西方人似的分得如此分明：工作时工作，玩乐时玩乐。

2013年我出版了《一点墨》（北方文艺出版社），在其中第21条，我又写到闲人：

古希腊认为闲人最为尊贵。

《梦粱录》卷十九说：“闲人本食客人。孟尝君门下，有三千人，皆客矣。”……（下略）

王维说：“人闲桂花落，夜静春山空。”

鲁迅说：闲人乃看客。

契诃夫亦说过：闲人是不自觉地专去听别人说的话，去看别人做的事之人。

在《白小集》（我的另一本书，第2706条）里，我说：“文人双手闲着，是为了偶尔握笔；刽子手双手闲着，是为了偶尔杀人。闲人双手闲着，则是为了让眼睛更好地久久观看。”此番说辞，也是为了点出闲的无用之用吧。而且闲人还有一个爱回忆的特点（说是优点未尝不可）。闲人不适合学音乐，倒是可以听音乐。此两点很少被人注意。我终须说：闲人才产生激情！这不，我一下想到北岛诗句：“激情，正如轮子／因闲置而完美。”

在《成都笔记》里，我又说：闲人性急，而急性人注意心理细节。瞧，那急性的闲人一读到“皮里子的气味，在薰风里觉得渺茫得很。”（参见张爱玲《怨女》第十章开篇一段）便赞叹不已，立刻抄来。

清人赵翼论诗有趣，也抄几句：“不老笔不洁，不闲意不新。天予老且闲，使之作诗人。”（《瓯北集》卷二十六）为此，我们可以改变一个固有的观念，即诗是青春的。一个人要成为诗人，按赵翼的说法，首先应满足的条件，就是成为一个老人和闲人。

三二　逸园和洗钵池

“南北东西，皆水会其中”，水绘园因诸水汇集而得名，而其中占地十亩的洗钵池，正是它的核心：“水绘庵以水胜，其弥漫屑瑟，碧澄而深窈者，为洗钵池。”（冒辟疆：《水绘庵六忆小记》）

洗钵池原为唐代建造的中禅寺的放生池，位于中禅寺的左侧。宋代著名文学家曾巩的三弟曾肇，幼年曾随父亲来到如皋，在寺里读书，常在池中洗钵，因而得名洗钵池。后来曾肇考中进士，做了泰州知州，因怀念在如皋中禅寺读书的经历，特地镌刻“隐玉斋”三字石碑，置于寺中。洗钵池在冒家基本上也是做放生池之用，康熙诗人施闰章有诗《逸园放生歌》：

水汇庵前一池水，花发芙蕖香十里。
冒家三世皆放生，水族波臣不可纪。

在冒家之前，洗钵池“原为郭兵宪所有，很可能是冒辟疆的祖父奉直公冒梦龄买来作

退休之用。”（李孝悌：《恋恋红尘》）

洗钵池的东面是逸园，系冒辟疆的祖父和伯祖所建，以为退休之用，占地两亩。他们曾在此大宴宾朋，喝酒彻夜不休。后来，在冒掌管水绘园之后，也延续了这一传统。当然，比起这豪宴的一面，冒辟疆和董小宛的浪漫荡舟显得更加闲逸安静，也更为来者称道和记忆：

> 逸园……盖即辟疆与宛君小艇游泳地。……辟疆时时出其画阁中茗碗香瓣，啜且爇之，俱属宛君手供，迥异凡味。（陈焯：《影梅庵忆语题词》）

事实上，这也就是说，除了那清扬的文人气质，水绘园还带有一种悄悄的爱情之乐，它钟情于蓝天白云，明月清风，别具一种“大隐隐于市”的幽美。我国著名的建筑大师童寯先生在《园论》里说：

> 中国的园林，则是为了想象……他的环境是一种虚构，他的生活是一种哲学，他的宇宙是一个梦想。只有与世隔绝的人，才能体验到完美的快乐。
>
> 与追求享乐主体的艾斯泰别墅和图埃乐里宫苑相比，

中国园林之宗旨则更富有哲理，而非潜止于感性。在崇尚绘画、诗文和书法的中国园林中，造园之意境并不拘泥而迂腐。相反，舞文弄墨如同喂养金鱼，品味假山那样漫不经心，处之泰然。闲暇之余饮茶品茗无疑要比藩篱之后调情说爱更有益身心，情场争风吃醋往往以决半告终。西方世界似乎会更完美，如果西方向东方学习生活的艺术，隐逸沉思则比哗众喧闹更为享乐。

这样看来，董冒两人的白日荡舟，入夜焚香烹茗，乃深得中国园林隐逸沉思的三昧。《影梅庵忆语》的千古知音朱剑芒说：

《影梅庵忆语》所载，琐琐屑屑，……它随意随写，不加雕琢，反而真情暴露，成了一部古今绝妙的作品！（朱剑芒：《〈影梅庵忆语〉校读后附记》）

冒辟疆的漫不经心里，不仅有两人爱情之真，更有二人隐逸之闲。可惜只是后来人只把它叫做“忆语”，而忘了它是“影梅庵”的“忆语”。或许，这也正是前面说的“余闲也有情”，闲人爱回忆的真正意味吧！

三三 雾重月斜

夜阑人静，雾重月斜，这是我们描绘自然环境时常用的形容，但有时也可用来比喻一个时代。正好像我们说到大漠孤烟，长河落日，那是唐朝；说到杨柳岸，晓风残月，那便是宋代。至于雾重月斜，也许五四是最好的写照。且再看胡兰成在《山河岁月》里如何说：

> 民国初年上海杭州的女子，穿窄袖旗袍，水蛇腰，襟边袖边镶玻璃水钻，修眉俊目，脸上擦粉像九秋霜，明亮里有着不安。及至五四时代，则改为短衫长裙，衫是天青色，裙是玄色，不大擦粉，出落得自自然然的了。那时的青年是，男子都会做诗，女子都会登山临水，他们不喜开会，不惹群众，而和朋友或爱人白日游冶，夜里说话到雾重月斜。他们轻易离家去国，无人可以责其负心，而去到希腊罗马或美国呢，希腊罗马美国亦像在贵客面前不可以诉说辛苦恩怨事，他们是到了那

里，那里即呈吉祥，他们有这样的奢侈，连脂粉都怕污了颜色。

以前我们单是知道五四的热血和呐喊，却忘了鸳鸯蝴蝶的三春花事，张爱玲的流言蜚语，当然更忘了新青年的简静与朴素。“是这样的美景良辰，人世正有许多好事情要做。他们废弃文言要白话，破除迷信要科学，反对旧礼教而要男女自由恋爱。”（胡兰成：《山河岁月》）也正是这样的世俗明亮，才让草木不惊，民国堂堂，即便是风来吹它，雨来淋它，亦是这样的风日晴妍。那浩荡岁月里，登山临水，做诗私语，直到雾重月斜，那真是有一种莫名的志气，行事的大洒然。

冒董两人，生在大明朝的风雨飘摇里，金戈铁马、血雨风腥的变故要来，却也只烧茶煮饭，饮酒唱诗。他们只是去做悠悠人世里的一对小夫妻。空旷天地里多少悲欢离合，还是这样寻常的日子，寻常的两人，寻常的春夜。此情此景，不禁让我记起多年前所写的《演春与种梨》其一，现录如下：

日暮，灯火初上

二人在园里谈论春色

一片黑暗，淙淙水响
啊，几点星光
生活开始了……

暮春，我们聚首的日子
家有春椅、春桌、春酒
啊，纸，纸，纸啊
你沦入写作
并暂时忘记了……

光景如箭，眨眼就是2015年4月21日星期二，这天凌晨，我写了一首诗《基辅之春（二）》，再次来呼应那“雾重月斜”的春夜：

这世上哪来彻夜不眠的春夜
——老栗树下的基辅！
一个乌克兰少女在读书……

如此春夜，不写华丽的诗
不与梦中人登山临水，

——一个中学生，可惜。

政治多么美。我说过吗？
老年痰多，孩子话多。春夜
我不想惹群众，我想出去……

这一句是我化用了帕斯捷尔纳克（Boris Leonidovich Pasternak）《白夜》里的一句，“清晨的寒意侵袭着我们”，可谓互文，但语境又完全不同，帕氏在此是将这种“白夜”式的私人爱情叙述转化为一种宏大的俄罗斯式的对抗美学姿态，一种我们才能理解的“民族寓言”（相关“白夜”的阐释后面还将细说；而我在这里化用来的帕斯捷尔纳克这句诗，却是反其意而用之，只为描写这对明朝仙侣隐逸生活的悠悠之美），现将全文录下（哪怕仅仅因为我私下里非常喜欢这首诗），以供中西文艺不同美学之参照，更供懂得的人时时会心把玩流连：

我见到遥远的往昔：
彼得堡涅瓦河边一间楼房，
你，大草原里一个小地主的女儿，
从库尔斯克来读书。

美人儿，你赢尽男子们的倾慕。

但在这白色的夜里，你和我
舒适地坐在你家的窗前
从高楼向下俯视。

像下面那蝴蝶似的煤气街灯，
清晨的寒意侵袭着我们；
像那沉睡中的远景一般
我柔声和你长谈。

我们，仿佛是沿着无际的涅瓦河
延展出去的彼得堡，
在怯羞的虔诚之中
被一个神秘的谜笼罩。

野外，远处，在密林中，
在这白色的春夜，
枝头夜莺千折百转地高唱，
咏叹的歌声震动着林野。

夜莺的高歌激越入云，

这细小而平凡歌手的歌声
在那迷乱的树林深处
挑逗着、唤醒了欢乐的心。

夜，像赤脚的朝圣妇人，
徐徐地挨近围墙，
从窗棂跟踪到她的背后的
是我们细语的声响。

在这些被她偷听的细语的回声中，
在围墙里边的园榭里，
苹果和樱桃在枝上
开着美丽的白花。

这些树，像白色的幽魂
从园里挤出到外面的路上，
如同挥手告别
这白色的夜，和整夜里的见证。

三五 燕语呢喃

禅宗有“对一说”的讲法。胡兰成说：

“对一说”是犹如男女的对唱山歌，各不示弱。你无论是对于大自然或对于圣贤，不可以只是跟着他说，而是你也要来说你的，他说东来你说西，他若说月亮，你就说太阳，你是与大自然对话，与圣贤对话，可比燕语呢喃，是燕子与大地春阳对话，而对话亦可比是对舞。

《红楼梦》里贾宝玉与林黛玉的对话，晴雯对宝玉及袭人等的对话，凤姐对贾母等的对话，是人世的活泼热闹，山高水深，都像一朵花的满开了。这就是云门的“对一说”。（胡兰成：《禅是一枝花》）

既非人云亦云，亦不东拉西扯，双方你来我往，各自成趣，这就是“燕语呢喃”。用巴赫金（Mikhai Bakhtin）的话来说，就是对话，就是复调，比如好听的音乐抑扬顿挫，相映成趣。

董小宛虽不像柳如是那样，以诗文创作见称于世，但在古典文学上的造诣，却足可以和冒辟疆坐而论道。冒收集唐诗，她“阅诗无所不解，而又出慧解以解之”。真是燕语呢喃，燕子对春阳，明媚的一对碧玉人儿。

或许也是燕语呢喃暗中的刺激，2013 年 6 月的一天，我也写了一首诗《论燕子》(在此多说一句，此诗直到 2017 年 5 月 31 日，在新加坡才最后改定)：

燕子飞过时，会有一股中午的味道。
这句话是谁说的？我想不起来了。
镜湖宾馆一个晚间（在西南交大）
法国来的天文数学家朗读着俄语……

“我似乎忘了想要说什么，失明的
燕子已飞回昏暗的殿堂……”在成都
命运平淡，生活琐碎，人该怎么办？

像叶芝那样“沉思一只燕子的飞翔——
沉思一个老妇的生活以及她的住房……”
人也从每个遇见的人身上发现一点点

自己。不用说，此句当然与燕子无关。
“可我在人世亦好像那燕子”（胡兰成）

在德国，赫塔·米勒的笑声依旧铁硬
在宋朝，“燕子来时，绿水人家绕”……

三六 不胜酒力，常以茶代酒

董小宛善饮，崇祯十五年，銮江汪汝为在江口梅花亭宴请冒辟疆和董小宛，她“轰饮巨叵罗，觞政明肃，一时在座诸妓，皆颓唐溃逸”。但冒却不善饮酒，《影梅庵忆语》里说：

> 姬能饮，自入吾门，见余量不胜蕉叶，遂罢饮，每晚侍荆人数杯而已，而嗜茶与余同性。

因冒辟疆不胜酒力，董小宛遂罢饮，陪他饮茶，足见夫妻恩爱。这里所说的“蕉叶”，是一种容量很小的浅酒杯，因貌似蕉叶得名。苏轼在《东坡志林》里还说：

> 吾兄子明饮酒不过三蕉叶，吾少时望见酒盏而醉，今亦能三蕉叶矣。

又元杂剧《刘晨阮肇误入桃源》，中间有一回（第三折）唱道：

我受用淡氤氲香喷鹊尾炉，光潋滟酒倾蕉叶杯。

由此看来，冒辟疆在饮酒上实在不行，可谓一杯即醉。但正因这不善饮，反倒是培养了他对茶的特殊喜好，而这一点我们放在后面说。

三七 读诗或抄写

冒辟疆有几年的时间曾费心收集唐诗，而董小宛则凭其出色的鉴赏能力，成为他最好的助手：

> 姬终日佐余稽查抄写，细心商订，永日终夜，相对忘言。阅诗无所不解，而又出慧解以解之。尤好熟读楚辞、少陵、义山、王建、花蕊夫人、王珪三家宫词，等身之书，周回左右，午夜衾枕间，犹拥数十家唐诗而卧。（冒辟疆：《影梅庵忆语》）

除抄写商订唐诗之外，二人还编撰了一部以日常起居、闺阁奇僻之事为主的书稿"奁艳"，并受到另一位秦淮名妓顾媚和其夫龚鼎孳的称赞，两人还有意为之出版：

> 乙酉客盐官，尝向诸友借书读之，凡有奇僻，命姬手抄。姬于事涉闺阁者，则另录一帙。归来与姬遍搜诸书，续成之，名曰《奁艳》。其书之魂异精秘，凡古人

女子，自顶至踵，以及服食器具、亭台歌舞、针神才藻，下及禽鱼鸟兽，即草木之无情者，稍涉有情，皆归香丽。今细字红笺，类分条析，俱在奁中。客春顾夫人远向姬借阅此书，与龚奉常极称其妙，促绣梓之。（冒辟疆：《影梅庵忆语》）

从上述材料可见，二人的志趣爱好非同凡人。而其所编修抄订的这些内容也一一在他们的生活中再现，有过之而无不及。

有关董小宛抄写诗词的耐心与鉴赏力，在此无需多说。我倒想起一个书法的故事：据诗人向以鲜说，古代的文人家庭有这样的风俗，从小孩出生时那一年，开始写“池塘生春草，园柳变鸣禽”，一年只写一画。孩子年幼时无法握笔，由父亲代写，直到孩子能够执笔，才由孩子自己书写。就这样，孩子一年年长大，每一年只写一笔，一直写到死的那一年才罢笔。按康熙字典的笔画数，这两句诗共118画，而人能够活到118岁吗？

一年一个笔画，还让我想到丰子恺在《不惑之礼》一文里说的：“人生好比喝酒，一岁喝一杯，两岁喝两杯，三岁喝三杯……我已经喝了四十杯酒，……”丰子恺活了七十七岁，一生喝酒七十七杯。

2016 年 1 月 9 日，中午，在遂宁某羊肉餐馆，我当场写了一首诗，来说上面这个书法的故事，现抄录相关几行如下：

出自一句诗
池塘生春草，园柳变鸣禽
“池”的三点水是爸爸写的
四岁时我从“也”字开始

一年一个笔画
我会写到哪个笔画灭亡？

——《出身论及书法的故事》

三八 人闲桂花落，夜静春山空

人闲桂花落，夜静春山空。
月出惊山鸟，时鸣春涧中。

——王维:《鸟鸣涧》

王维这首抒写山中春夜景致的小诗，读后的确让人“万念皆寂”。

“花落”使得周遭的风物与看花人更加闲寂，山鸟的叫声使得春月朗照的空山更加幽静。总之，诗人王维为我们绘出的这幅山中春夜寂静图，并非如《过香积寺》那样令人惧怕，而是给人带来某种幸福的感受与和平的心境。

这首诗不仅有画面、声音、动作、香气，同时还有禅机，有佛教之“静”与“寂灭”的大境界。而担任这大境界的并不是一首大诗，而是一首小诗。诗人正是从一粒沙或一朵小花中看到了一个伟大的世界。在这“无言独化”的春山中，诗人只撷取万物万象中的几点，花落、月出、鸟鸣，就抵达了静中之动、动中之静、寂中之音、音中之寂、虚中之实、实中之虚……这一至深的“山水之道”，即“山水如何自成天理”的。同时，王维在这一刹那，也顿悟了“人闲”的道理。

试想一位终日忙碌的人又怎能体会“人闲桂花落，夜静春山空”呢？然而，现在的中国人日日在生意间奔走，这正是“活得匆忙，来不及感受”（普希金 Pushkin），殊不知岁月就在匆忙中流逝了，最后人也老了，死了。所以，人闲是闲在情趣、意趣上。花落空山，人事两忘，这便是唐朝人的隐逸与闲静了。

而到了明中期以后：

> 为士人所强调，且为之别辟意涵的闲隐生活，并非循着山林隐逸的传统，也并未简单地以“朴素”对抗“繁华”（或者以“原始”对抗“文明”），事实上，它是在发展一种“闲”而“雅”的生活模式，它开展出极为繁复、丰富的生活形式及相关论述。它在建立一套新的生活美学——一种优“雅”的生活文化，且以此自我标榜，以此对抗世“俗”的世界，进而试图以此新的生活美学来参与社会文化的竞争……这就是明清文人文化发展的契机与内涵。（王鸿泰：《闲情雅致——明清间文人的生活经营与品赏文化》）

当然这也是冒辟疆和董小宛以及他们的水绘园生活所呈现的真实意义。犹如“空气有自己的生活，与我们不同，/不易理解，那是蓝色的风的生活……”（布罗茨基语）水绘园的美也是它自己的美，它有它自己的生活，但一对华丽的人居于其中，参与其中，各种闲雅的情趣与品位也自然流露了。

比起王维澄清的禅隐境界，水绘园的优雅生活不免有华贵的一面，但追求超尘的理想却是一致的。可这种逸民的心态，到了五四就不要了，在时代的大晃动里，追求现世的安稳已变得不易，大的破坏说来就来。谢天谢地，另一种美（与冒董近似）又为我们呈现：英雄豪气不是去腥风血雨，而只是茶几上两三只枇杷，一册古版的书。这种美就在胡兰成的笔下：

> 五月的杭州紫气红尘，浣纱路上千柳丝，汲水洗衣的女子走过，有晴天的湿润鲜明，旗下包车丁当，菜担柴担花担和露带泥。沪杭铁路城站的喧阗，如潮水潮去，亦如好花开在墙外，游蜂浪蝶并作春意闹。西湖的水色淡素，白堤上寂历禅院无人到，栅门掩着，里边石砌庭阶，桃花李华都开过了，那花呵，开时似欲语，谢时似有思，都付与了迟日疏钟。

刘朝阳来杭州住在一家小旅馆，房里只有隔板、床与桌椅。板壁上日光一点，静得像贴上金色。床上枕被，因为简单，因为年轻早晨醒来自己闻闻有一股清香。桌上放着一部古版《庄子》，一堆新上市的枇杷。（胡兰成：《山河岁月》）

如此具体，如此新鲜，如此闲雅，一下就把“五四”深隐的美好气息带出来了，而用词简静、朴素，传达的意蕴真是无穷，直让人读后想回到那一刻，完全可以触摸的那一刻。那也是冒董二人在水绘园凉夜或晨风中私语的一刻呀。

这一刻，我在2013年夏天写《天涯道路》时，也深有体会：

天涯道路，1947，那赶路人爱惜起眼前人来

从永嘉的报纸识得一些名字……瞿时娟吗？
刘景晨、张红薇、吴天五、夏瞿禅……

杭州的小旅馆，五月之晨，庄子打开在桌上
那赶路人身负量子论、相对论、政治论

天地不仁是黄老，那赶路人想起了孙逸仙；

一个夜晚，孟浩然的诗宜于在曹娥旅馆里读；

七月流火，厨川白村的书，上虞有一份人家等着。

三九 闻风相悦

张九龄《感遇》:“谁知林栖者，闻风坐相悦。”胡兰成说他远游，在南京，谋事不得头绪：

> ……住在碑亭巷的一家旅馆，却也不忧急。白天无事到近处街上走走，还有心思去台城与莫愁湖登山临水，身穿一件蓝布长衫，真真是一无所有，连学问亦没有，企图亦没有，所有只是我一个人，如此谦逊，但是对谁亦不卑屈。我本为职业衣食而来，倒像是探访花的消息，此花不比凡花，惟许闻风相悦。（胡兰成:《今生今世 · 远游》）

清朗朗一个男子，走在他乡，衣食无着，但却也不急不躁，有闲情亦有镇定。他将切肤的生计只看作是人世的风景，仿佛“陌上花开，可缓缓归矣”，好大的一个境界。于是，“此花不比凡花，惟许闻风相悦”，倒也有周敦颐“可远观而不可亵玩”的意思。

2016 年 10 月 23 日，我写了一首《南京》，以遥想胡兰成当时在南京闻风相悦的生活：

蓝幽幽的光景供电不足，马路却发亮
风生草书，幻美！一笔雕凿吹了过去——

夏天，年复年，热，成为万类的话儿……
一个老太婆在瓮里腌菜，你眼尖看到了

有什么必要呢，你总说，你几乎落泪……
声音闹得凶，非人间；太静，也非人间。

请别等到日落后才读古书呀，胡老师
改旧作，少寂寞，思姚合，空虚用破心

再想想你要多少世纪才能度过这天下午
——南京石婆婆巷，1944 年，我还在初恋……

《碧岩录》里说：

佛问云门禅师："树凋叶落时如何？"云门云："体露

金风。”

树叶凋落时，就把身体显露在大自然的金风里，这就是中国文学讲的“物我两忘，天人合一”。胡兰成说：

文明生于人对大自然的感。若是浴汤都不能以手试之温度，而必要用寒暑表来量，这就是人体与大自然隔绝，一切建设亦都成为不亲切，不能成为文明的了。从来贫寒之家的子弟多有志气，志气是生在薄衣俭食，肌体对于大自然的星月风露的感激。诗里有花时清寒，暑气荷风，立秋与冬至，于人体皆感受得亲，但是现代人住在冷暖气温度调节的室内，先就肌体与时令节气隔绝了。现在的人们也不看月亮。

史上开国之人皆是“体露金风”。大英雄是贵气喜气他都有，而常不免衣食之忧。他与当代的志士们自然闻风相悦，而亦必定受到小人的侮辱。他是露出在大自然的意志与息里，所以感知历史的气运，会无因由的感知天幸。

（胡兰成：《禅是一枝花》）

这正是：没有体露金风，何来闻风相悦！

四〇 永夜

奔走失前计，淹留非本心。
已难消永夜，况复听秋霖。
渐解巴儿语，谁怜越客吟？
黄花徒满手，白发不胜簪。

——郑谷《通川客舍》

永夜抛人何处去？绝来音。
香阁掩，眉敛，月将沉。
争忍不相寻？怨孤衾。
换我心，为你心，始知相忆深。

——顾敻《诉衷情》

江汉思归客，乾坤一腐儒。
片云天共远，永夜月同孤。
落日心犹壮，秋风病欲苏。
古来存老马，不必取长途。

——杜甫《江汉》

“永夜”是古诗词中时常出现的一个意象，究其本意十分简单，就是说“整夜”。然而“整”与“永”的隽味，一个意老一个步舒，或者说前者实而后者虚，多少分出了不同语境的用意来。老杜另有一首七律《宿府》，给了“永夜”千古难消的蕴藉，却不见温恭雅致，独有凄凉：

清秋幕府井梧寒，独宿江城蜡炬残。
永夜角声悲自语，中天月色好谁看？
风尘荏苒音书绝，关塞萧条行路难。
已忍伶俜十年事，强移栖息一枝安。

——杜甫《宿府》

767 年秋天的一个晚上，在严武幕府中做官的杜甫实在在办公室呆不下去，他躲在自己的单身宿舍，写下了这首独宿幕府的凄凉诗篇。

清秋夜，井梧寒，诗人睁目对残烛，真是长夜漫漫难熬呀。长夜角声又响起了，诗人只能喃喃自语，悲切之声无人过问；中天的秋月煞是宜人，但诗人此时恼火得很，哪有心思去流连呢？想到自己沦落人间，亲友难见，只能独守幕府，而要返回故里洛阳或京都长安又是那么困难，只好当此秋夜肝肠寸断了。最后，诗人突生去职之意。说自己既然10年漂零都忍受过来了，难道还要在这区区幕府内“栖息一枝安”吗？

此时的老杜早已年迈体衰，他年轻时就患过肺病、疟疾，这时又添了风痹，在办公室坐得久了，就会腰酸背痛、四肢麻木。总之，他天生是一个诗人，哪是坐办公室当职员的材料？此夜他写完这首悲凉的《宿府》后，就愈发想走了。他一再请求严武放他回草堂去过田园生活，并一直写诗给他。他甚至还抄了两句他以前写的诗“苦被微官缚，低头愧野人”赠给严武，以表去志之坚。第二年春节刚过，严武只得惜别这位不愿当小官的大诗人，让他回浣花溪去了。同时，他也慢慢明白了杜甫所说的“古来材大难为用”的道理，即老杜并非不愿当小官，而是“材大难为用”也。

老杜的“永夜”是悲凉孤独的注脚，却也不妨他人的美满和谐——譬如我们的主人公冒辟疆和董小宛的清隽或华丽的“永夜”。

四一 食

一、食养小

孟子最爱从大处论事，比如大众皆知他说过“天将降大任于斯人”及“养浩然之气”等，不过这里不谈孟子的此类大话，且看他下面一段大论：“饮食之人，则人贱之矣！为其养小以失大也。”（《孟子·告子章句上》）此话大意是：追求吃喝的人，人们就会轻视他，因为他只保养了小部分（指满足口腹之欲），而丧失了大部分（指忽视了道德修养）。一句话，孟子倡导“养大”，反对“养小”。殊不知事实正好相反，几千年来中国人皆“养小”而绝不“养大”。不是吗？如有人问中国人最爱什么，想来想去只有一个字最能概括，那就是“吃”。不仅普通百姓如此，就连大小文人也不例外，而且爱得更加热烈疯狂。如李白雄奇眩目的“将进酒”，白居易的“红泥小火炉”，杜甫最后的胀死，苏东坡津津乐道的“东坡肉”，李渔《闲情偶寄》中令周作人大为折服的“饮馔部”，袁枚的老饕圣经《随园食单》以及近代文人铺天盖地的谈论吃喝玩乐的文章，无不一致以“养小”反“养大”。

以食养小也非青年人专有，常见中国老人食量比年轻人还大，不觉想起杜甫《病后遇过王倚饮赠歌》两句：“但使残年饱吃饭，只愿无事常相见。”我甚至还受老杜“饱吃饭”的刺激写了一首诗《学老杜度晚年》：

新妇洗面摸着鼻
这又有何不妥？
那避俗人对来客
动辄灿然，才怪！

痛饮人个个胸中
了了？唯老杜知
如何欢度晚年——

但使残年饱吃饭，
只愿无事常相见。

老人养小可大到什么程度（前提是愉快的老年不积食）？

我曾在《一点墨》第606条《老人的吃》说过：

五十岁，作别青春食品，吃细粮；
六十岁，无肉不饱，各种肉常备；
七十岁，每餐做两份，稍饿即食；
八十岁，吃八珍（《礼记·内侧》）；
九十岁，室内食品如山，随吃随取。

历史悠悠，在这一场紧接一场的全民集体无意识的反孟“养大”行动中，我们这就来到一个亮点人物，那就是顾仲清。这一位一生不得意的清初文人可说是一位一锤定音的“养小”先锋。他鲜明地举起《养小录》这部著名菜谱，反抗“养大”的姿态可谓斩钉截铁（其实早就在反了，且看《战国策·齐策四》：“晚食以当肉，安步以当车，无罪以当贵。”但却要到清朝由顾仲清来一语道破）。顾仲清是清朝浙江嘉兴人，从小便显出多才多艺的天赋，但一生未取得什么功名，只短暂入过“闱学”，做过家庭教师。顾仲清偏爱庄子，对其有独见，有“顾庄子”之称。顾仲清曾患下肢麻痹、火疮等病，在病痛中度过十余年。病后写诗自遣，作有“蝴蝶绝句数百首”，故时人又称之为“顾蝴蝶”。这顾蝴蝶于康熙37年写成一部流传后世的饮食之书，初名《食宪》。但顾仲清不满此名，他一贯就与世俗格格不入，终于有一天从孟子那段话中悟到了“养小”的真谛，遂取名《养小录》，以明其志，即养小反养大，并为饮食之人正得一个清白之名。

无事乱翻书，见到曾国藩还于1868年，专门为他家里的妇女订下了工作时间表。这可从他幼女的自传（曾纪芬：《崇德老人八十自订年谱》）中得知，更可见他对养小的重视（众所周知“书蔬鱼猪”是他生活的座右铭）再抄来如下：

早饭后做小菜、点心、酒酱之类食事

巳、午刻后纺花或绩麻衣事

中饭后做针黹刺绣之类细工

酉刻（过二更后）做男鞋、女鞋或缝衣粗工

养小的境界又是什么呢？在此，我仅以独饮所需之食品来说：茄鲞、鳝鲞与春笋、五香豆腐干共烧一盘，挂炉鸭子一盘，熏猪舌一盘，油酥花生米一盘，再佐以满壶绍酒。

如今养小之风在中国吹得更加迅猛炽热。且莫说中国古代饮食界的绮丽奢华，空前绝后，当下饮食更是气冲牛斗、灿若星辰、无奇不有。瞧，正大光明的写食主义者（如逯耀东）在大行其道，两肩担一口，东西南北走；到处觅食、贪食的饮食文化学家更是登堂入室与道德文章家平起平坐，推杯换盏了。

中国人骨子里是养小者，因此才有时下的小资成为流行。也因此可以对中国人普遍的人生观作出一个结论：我们养小不养大。后来，孙隆基在其大著《中国文化的深层结构》中又对中国人的身体化、口腔化倾向进行了批判检讨，对“民以食为天”也予以了讥讽嘲笑。他这一番议论就不在此展开了。

二、食之美学

《尚书》在《洪范》篇中说：“八政：一曰食”。可见饮食在中国人的心中是绝对的头等大事，“民以食为天”也自然成为我们理直气壮的口头禅。清代的朱彝尊还说过：“闻之饮食，乃民德所关。”的确，饮食是关系到社会风化的大事。观一时饮食之风潮，可洞见社会风尚之流变，如《金瓶梅》《红楼梦》等书中的大话饮食即大话世风。

翻开中国饮食文化史，独立成书的食谱可谓浩如烟海，从公元5世纪《崔浩食经》问世以来，至元代的《饮膳正要》《云林堂饮食制度集》，再到清代的《养小录》《食宪鸿秘》，林林总总，眼睛都要看花。但其中最吸引我们眼球的却是《随园食单》。这部堪称中华烹饪圣经的食书是袁枚拼足四十年的功力，在晚年（70岁后）以平静之心写出的。这位美食家在书中总结了一生的饮食生活，并对陈眉公、李笠翁等人的饮食态度表示不屑，认为他们是一知半解的食客。这些食谱全出自文人的风雅之手（今日情形一样，乃是文人大写饮食之文、之书）。在此，随手写来一份来自明代的年节饮食表（从明朝刘若愚所著《明宫史》中得知）从中可见一年四季的汉人饮食之美：

> 正月元旦，食水果盒儿（柿饼、荔枝干等）、驴肉、春饼、元宵、饺子。二月熏虫节，食枣粒、桃花鲊、饮芦芽汤。三月清明节，食年糕、烧笋鸡。四月立夏，食白煮猪肉、包糯饭、饮白酒。五月端午接，食棕子、吃长命菜。六月过三伏，吃过水面、莲子汤、西瓜、吃银苗菜。七月七夕节，食菠萝蜜、鲥鱼、焖菜饭。八月中秋节，食月饼、螃蟹、醋蒜、饮苏叶汤。九月重阳节，食重阳糕、饮菊花酒。十月颁印新年历，食奶窝、酥糕、羊肉。十一月冬至，食糟猪蹄、鹅掌馄饨。十二月年终守岁，吃年糕、喝腊八粥。

时光到了民国，谭延闿（1880—1930），即谭院长（湘人皆这样称呼他，因他做过行政院院长）是极端著名的美食家（亦是一流书法家，民国颜体第一人），一生偏爱鱼翅（几近每餐必吃），所创制的“祖庵菜”有二百余种。在此特别抄来谭院长宴客的“乳猪鱼翅席”食单一份，也是别有一番美学也：

> 四冷碟：云威火腿、油酥杏仁、软酥鲫鱼、口蘑素丝。四热碟：糖心鲍脯、番茄虾仁、金钱鸡饼、鸡油冬菇。八大菜：祖庵鱼翅、羹汤鹿筋、麻仁鸽蛋、鸭淋粉松、清蒸鲫鱼、祖庵豆腐、冰糖山药、鸡片芥蓝汤。席面菜：叉烧乳猪（双麻饼、荷叶夹随上）。四随菜：辣椒金钩肉丁、烧菜心、醋溜红菜苔、虾仁蒸蛋。席中上点心一道：鸳鸯酥盒。席尾上水果四色。

为此，我还专门写了一首《谭延闿小像》：

> 谭延闿患了好食症不害羞，鱼翅肥牛加
> 海参，凉拌青椒皮蛋，他每吃必觉年轻

生与死是一种心绪呢，如同书法或大肉
真的好，午醉醒来无事，出去走走看看

又忽一日读到一则上世纪50年代中国公共食堂的食谱，终于看到一股来自民间的饮食伟力，不觉有些古怪的兴奋。或许是想起了那个时代的火热，不！应该是沸腾的生活，或许在这个食谱中，我发现了历史的小注脚，或许这个食谱代表了一个特别的事件。总之，我要在此把它写下来，一是可以让我们共同回味那段历史，二是可让我们一道认识那段素朴的生活之美。

1958年12月10日，毛主席在武昌会议上，让与会者读《三国志·魏志》中的张鲁传。他对张鲁所行的"五斗米教"当中的"置义舍"（免费住）、"置义米肉"（免费吃）等兴味浓烈。他提笔写下批语："道路上的饭铺吃饭不要钱，最有意思，开了我们人民公社食堂的先河。"

1958年冬日的一天（又是冬天），湖北光化县书记赵富林召集全县著名厨师和人民公社有经验的炊事员开会，研究改进公社食堂的饮食。最后得出一个一周不重样且富有营养的食谱。再抄来如下：

星期一：早餐——烤面包、苞谷糁、萝卜丝、豆腐；中餐——红薯大米干饭、粉条汤、炒白菜等；晚餐——面条、辣酱、白菜。

星期二：早餐——锅贴馍、小米汤、炒辣椒丝、酸菜；中餐——油饼、萝卜豆腐汤；晚餐——五香胡椒汤。

星期三：早餐——蒸花卷馍、大米汤、烧豆腐、红薯等；中餐——炸油膜、溜白菜、萝卜丁面汤；晚餐——面条。

星期四：早餐——蒸发糕、高粱糊、包菜、泡菜等；中餐——蒸面条、青菜汤；晚餐——肉丝汤。

星期五：早餐——五香锅贴、萝卜白菜汤；中餐——蒸菜包子、红薯片汤、辣椒酱；晚餐——烙饼、萝卜粉条汤、腌菜。

星期六：早餐——糖包子、伏汁酒；中餐——小米干饭、白菜汤、炒豆芽、萝卜；晚餐——三鲜面片汤。

星期天：早餐——糖炸馍、红薯圆子汤；中餐——大米干饭、肉丝汤、烧萝卜；晚餐——炸椒面条。

写到此，意犹未尽，对食堂之美还想在此多说几句，仅以1959年5月建于四川省简阳县解放公社民主大队的食堂为例：你看，那可容纳一千公社社员吃饭的餐厅，红绿油漆闪亮，给人日新（make it new）之感，还有那么多的房间，它们都挂着花花绿绿的招牌：俱乐部、图书室、保管室、男来宾室、女来宾室、缝纫室、理发室、医疗室、托儿所等等。房间四壁装饰着花卉，摆设了各种台面，如批评与自我批评台、诗歌台、社员五好评比台、团员评比台、毛主席著作学习台、创作台、来宾诗话、留言台。客厅正中置一铺有花毯的长桌，上面摆有花瓶、热水瓶、书刊。客厅前的天井里，修建了一个五角形的花坛，种着美人蕉、凤仙花、兰草等花卉。大门上壁房顶竖列一排五彩旗杆十多根，正中最高的一根是国旗，大门两边亦分列彩旗十余根。"的确，中国人在运用旗子来产生眼花缭乱效果这方面，堪称天才。"（Paul S. Reinsch 的一个论述中国彩旗的观点，可参见其著作 *An American Diplomat in China*）

食之美……，茨维塔耶娃逸出神秘的一句："难道一个人兴奋的时刻会想到食物？人越聪明，饭量越小……"（参见［俄］萨基扬茨：《玛丽娜·茨维塔耶娃：生活与创作》，广西师范大学出版社，2011，第 30 页）

偶尔无事，我就来写食之美学的点点滴滴：

照着镜子饮食、起居，是享乐主义者的事。

朝食草，午食花，暮食木……

吃素食者也是清新空气热爱者

秋风白，山林黑，寺钟响，入食堂。

厨房鱼泪红柿；山谷马尿少游；凉风苦桃清酒。

汴梁饼店兴隆，临安面店繁华，这是吾国大江南北的生活。

没错！但我要再次提到饼干——这份孤独者的食品

吃薄饼总要包点什么吧。黄山谷《谢张泰伯惠黄雀鲊》云：

麦饼薄于纸，含酱和咸鲊。

我们该怎样去吃豆腐呢？且看我写的《文思豆腐》：

这里不写葵花大斩肉（狮子头）、鉴真素鸭、仿豹胎，专说一种豆腐：

它比大煮干丝还细，它细若汗毛，它取名“文思”

（文思细密之意）；

这“文思豆腐”在水中化开，又若一小帧中国山水。

记住：食客吃之前最宜于观赏流连，切不可一口吞下。

记住：这道菜来自扬州72岁的伟大厨师——居长龙。

再请记住宴会三级吧，我曾在《一点墨》（北方文艺出版社，2013，第258页）里写道：

燕礼，礼数最轻之宴会，一醉方休。

食礼，有酒不吃酒，只吃饭的宴会。

飨礼，最隆重丰盛的宴会，设于朝。

而食之美学的最高境界，孔子早就说过了：“割不正，不食。”

三、食之残忍

吃是中国人的宗教，凡地球上可吃的东西，我们都吃。而且我们还发明出许多吃的花样。我常年生活在四川，因此只谈四川的两个花样。一是点杀，将一笼活蹦乱跳的鸡、鸭、兔等动物关在一铁笼里，将铁笼置于餐馆门首，食客只要看上哪一只动物，便可令店家当场杀之、煮之。二是生抠鹅肠，只需听这四个字，便知吃法残忍。硬生生地将活鹅的肠子抠出来吃，的确令人胆寒，但众多食客却对此欢呼雀跃、激动无比。

那么，肯定有人会问，中国人的吃法真是太残忍了？殊不知中国人还当不了这个冠军，世上还有更加残忍的吃法，出现在 18 世纪的英国。当时城市的居民出于无聊，而着迷于虐待、巫术，以及残忍的娱乐方式，于是有了以折磨动物使其肉质鲜美健康的想法。蒲伯（Alexander Pope，英国诗人，1688—1744）、兰姆（Charles Lamb，英散文家，1775—1834）及其他人撰文批评，但仍有不少人以残忍的方法准备菜肴，使厨房变得如同停尸间一样。他们在杀牛前必折磨牛一番，并相信非如此肉质就不卫生；他们以有结的绳子鞭笞猪和小牛，使它们的肉质软嫩；他们倒挂鸡，慢慢地放血使之死亡；他们也活生生地把动物的皮剥下。当时的食谱以如此的方式开头：“取用一只红公鸡，把它活活打死……”这全是基于让动物先活着，经过炼狱，肉质会更甘美的古怪想法。凯欧纳博士在《大厨圣经》中引用了下面这个古怪的食谱，是由一名叫密左德的厨师所发明的，方法是如何准备生吃鹅肉：

准备一只鹅或鸭，或是其他活的家禽，拔光其羽毛，只留下颈处的毛，然后在其周围生火，以免烟呛到它，也避免火马上烧到它；但也不要让火离它太远，以免它逃走。在火圈中旋转小杯的水，并掺入盐和蜂蜜，再准备大盘子，上面装满浸渍的苹果，切成小块。鹅身必须涂满油脂，再把火围在它四周，但不必太急，因为当你开始烤的时候，鹅受热四处走动且飞起，却又被四面火网关在其中，使它降落下来喝水止渴纳凉，而苹果酱可令其排粪，清除肠胃。在烤的过程中，记着用一块湿海绵擦洗它的头和腹部，当你见到它因跑而眩晕，开始颠簸时，它的肚子缺乏水分，就可以算熟了，可以立刻上桌，在宾客面前切下任何一部分它都会大声叫喊，在它还没死前就吃得差不多了；这真是一幅教人心旷神怡的景象！

如此看来，我们的点杀和生抠鹅肠与其相比只能是小巫见大巫了，不足挂齿矣。而所谓的心旷神怡，恰恰是我们人性中最黑暗的渊薮。或许也应了我过去的一句诗："孩子们在食物中寻找颓废"（《美人》）。

食之残忍对于饿者来说可达到什么程度，赫塔·米勒的《呼吸秋千》里说得够残忍了，饿得吃沙。再补充两句：在吾国似乎唯有饿者才会成为作家，譬如虹影，正是由于幼时所遭受残忍的饥饿，才使她后来写出了史诗般的《饥饿的女儿》；譬如莫言（他曾饿得吃煤），在获得诺贝尔文学奖之后几天，他就正大光明地宣称“饥饿使我走上创作之路”，并且还连说了三个因为“吃”而发生在他身上的大事：“因为吃我曾经丧失过自尊，因为吃我曾经被人像狗一样地凌辱，因为吃我才发奋走上了创作之路。”

最后一幕食之残忍，来自寿岳章子《京都思路》（三联书店，2013）之《序曲：道路是相逢的场所》第2页，我震惊地发现：“烤小鸟”竟然成为了京都伏见区一种“极具魅力”的食品。

好了，说点趣事，不说残忍：关于鹅的食品的取名，在汉语里层出不穷，颇为美丽，并非如生抠鹅肠般残忍。我在一首诗《吃鹅》中写了出来：

汉人吃鹅，名目华丽，悠悠……

胭脂鹅、杏酪鹅、绣吹鹅、云林鹅……

白炸春鹅、排骨鲜鹅、煎鹅事件……

花折鹅糕呢？在隋朝，我们曾吃过……

四、食之日常

谢和耐《蒙元入侵前夜的中国日常生活》里有一节是专门谈饮食的，他的材料多是从《梦粱录》《武林旧事》《都城纪胜》等书中得来。他说：

> 在有关13世纪之杭州的记载中，包含了数百种菜肴的名称，……而且，如果从最经常提到的食物成分、所适用的调味佐料（胡椒、姜、茴香、酱油、食油、盐和醋）以及主要的烹饪方法来判断，我们可以知道13世纪杭州菜的做法似乎与如今中国菜的做法出入不大。要说有什么区别的话，那就是——当时的菜肴似乎比现在更为多彩。

的确，美食在南宋的杭州可谓殚极精侈，甚至精侈到颓废。且不说宫中璀灿纷呈的食品，就连一般市民对于饮食起居也达到了审美的最高境界，仅平日所吃饭菜便高达五百多种。在《梦粱录·卷十六·分茶酒店》一节所列浩瀚的食单中，有一种食品名叫枨酿蟹，其实是蟹酿橙。其制法的想像力及优雅唯美之品位可谓登峰造极：先将黄熟的大橙子，截顶，去瓤，只留下少许汁液，再以蟹黄、蟹油、蟹肉放入橙子里，继而又用截去的带枝的橙顶盖住原截处，放进小甑内，用酒、醋、水蒸熟后，用醋和盐拌着吃。这种橙酿蟹，不仅鲜且香，而且还能使人进一步领略到美酒、菊花、香橙、螃蟹色香味交融一处的秋日之氛围。

即便是一份日常的食谱就到达了如此美不胜收的程度，无怪乎《鹤林玉露》说，金主完颜亮听了柳永的《望海潮》，欣然有慕于“三秋桂子，十里荷花”，遂起投鞭渡江之志。现在我就将这首豪华之词转录下来，以作参照：

> 东南形胜，三吴都会，钱塘自古繁华。烟柳画桥，风帘翠幕，参差十万人家。云树绕堤沙，怒涛卷霜雪，天堑无涯。市列珠玑，户盈罗绮，竞豪奢。
>
> 重湖叠巘清嘉，有三秋桂子，十里荷花。羌管弄晴，菱歌泛夜，嬉嬉钓叟莲娃。千骑拥高牙，乘醉听箫鼓，吟赏烟霞。异日图将好景，归去凤池夸。

今天，我们依然吃得日常而美丽，在《四海江南》里，我说：

白萝卜、红萝卜、胡萝卜……
思南京，唯有杨花萝卜兼香肚

焖肉面、卤鸭面、爆鳝面……
思苏州，唯有胥城大厦奥灶面

五、食之古怪

春秋天气，我开始寻找英国树林的气味：

森林本身就是一个世界，一个有些令孩子望而生畏、感到不安的世界，单是气味就能让人静气凝神，林木土壤散发的陈旧、柔和的芳香；略带霉味的甜蜜气息；无数鲜花落叶长年发酵、蒸馏，在阳光几乎照射不到的地方、树底下无休无止地腐烂所散发的独特气息；永恒不绝的生长、死亡和发酵的幽暗味道。这是一种我在春天没有注意过的气息。那时就有这气味，不过被报春花和蓝铃花的芳香多多少少地改变或掩盖了。但是到了秋天，天气转潮，这股气味就变得很浓烈，四处弥漫。这味道其实就是树林的精神，一种幽暗的甚至有些令人兴奋的毒品。它就像毒品一样引诱着我步步向前，热切地渴望着饮下更多、吸入更深。树林的味道确实有催眠作用。（H.E. 贝茨：《穿林而过：四月到四月的英国树林》，百花文艺出版社，2017，第 15 页）

中国古人与自然是素面无隔，直见性命的，这就全不像西洋人，他们是“月光下一只蝴蝶停在戴白手套的手背上”，与自然是隔着的。

道家说：“人法地，地法天，天法道，道法自然”，到底天地人是合在一起的，于是这自然里有人气，亦有人意。神怪小说中的花妖狐怪，是聚了自然的气而成人；人是集了山川的风气而又飞仙的。所以，这做人飞仙都是要讲求有日月风露的滋养。

董小宛“酿饴为露”也是这个道理，采阴采阳，采风采气，那都是要让肴馔显出它的清香来，犹如中药的草草之美。卞之琳正好说道：“黄色还诸小鸡雏，青色还诸小碧梧，玫瑰色还诸玫瑰。”徐步奎亦有好语：“把绿色还给草地，嫩黄还给鸡雏。”只可惜现在的人不懂了：

食物是味精的味，颜色是化学颜料，天下孰知正音？孰知正味？孰知正色？刊物泛滥，连小孩亦无复单纯感知字的美。现代人是这样的对物的素面隔断了，也就是对大自然隔断，与神远离了。

（胡兰成：《中国文学史话》）

现在人们常吃的虎皮肉，即走油肉，据说就是董小宛的发明，因此它还有一个鲜为人知的名字叫“董肉”。这个菜名虽然有些唐突美人，但和苏东坡的“东坡肉”倒是相映成趣。人生之冬，吃不分南北（岂止“董肉”），且看我们今天的饮食起居：

白肉，血肠，大酒，高天与古树
在北方，烂炖春风二月初！

蒲宁刚坐上一辆飞驰的明亮快车
“我多么幸福，在漆黑的暴风雪里。”

南酒烧鸭，妩媚江山，隆冬……
我饱食闲卧，我只想读《云林堂饮食制度集》。

——柏桦《人生之冬》

日本汉学家大木康在其著作《风月秦淮——中国游里空间》(台湾，联经出版事业股份有限公司，2007）第六章《妓院的游乐》里这样说到董小宛厨艺方面的养成：“董小宛在厨艺方面也拥有绝佳的眼光和拿手技巧，足以见得她是一位教养有加的才女。至于这些教养，都是她自幼时起在秦淮妓院接受调教而培养的。”

上面我们已说了食之种种，食是养小，食是历史，食之残忍与日常，这里我们来讲食的比赛，食的精致情趣——盒子会。所谓盒子会，顾名思义那是食盒的大聚会。它是明代南京妓业的岁时风俗，多在每年上元佳节（元宵节）举行。届时，择一清幽之所，诸结拜之名妓竞妍新妆，各携一食盒赴会。以所带果品肴馔或玩意儿之新奇为胜。席间各人演奏或弹唱，作为娱乐，一连多日。余怀的《板桥杂记》有记载：

沈石田作《盒子会辞序》：其序云：

“南京旧院，有色艺俱优者，或二十、三十姓，结为手帕姊妹。每上元节，以春檠、巧具、殽核相赛，名‘盒子会’。凡得奇品为胜，输者具酒酌胜者，中有所私，亦来挟金助会，厌厌夜饮，弥月而止。席间设灯张乐，各出其技能，赋此以识京城乐事也。”辞云：“平康灯宵闹如沸，灯火烘春笑声内。盒奁来往斗芳邻，手帕绸缪通姊妹。东家西家百络盛，装殽饤核春满檠。豹胎间挟鳇冰脆，乌榄分搀椰玉生。不论多同较奇有，品色输无例赔酒。呈丝逞竹会心欢，裒钞裨金走情友。哄堂一月自春风，酒香人语百花中。一般桃李三千户，亦有愁人隔墙住。”

其实，盒子会也并不总是限在上元节这天，《桃花扇》第五出《访翠》里描述的就是清明这一天。

[生，侯方域]是了，今日清明佳节，故此皆去赴会，但不知怎么叫做盒子会？

[丑，柳敬亭]赴会之日，各携一副盒儿，都是鲜物异品，有海错、江瑶、玉液浆。

[生，侯方域]会期做些什么？

[丑，柳敬亭]大家比较技艺，拨琴阮，笙箫嘹亮。

顺便说一句："盒子会禁止男子参与，不过男客虽然不能加入其中，只要对会中心仪的姑娘抛掷鲜果，而对方也回掷鲜果的话，那么私下相会可说不成问题了。"（大木康：《风月秦淮——中国游里空间》，联经出版事业股份有限公司，2007，第193页）

但不论是上元，还是清明，这诸多美丽的往事都已成烟云。我们今天的人惟有在典籍里才能看到那洋溢着旧日秦淮芳香的生活。真的吗？在我的《食建康》（*Eating in Nanjing*）里，我试着再现了南京今日饮食的"秦淮芳香"：

鸡酸羊辣总是吃，食鹅肉才知黑白；
有何法度可寻，加餐饭，当尊《食宪章》

袁枚呢？李渔呢？连东坡都不足观，
唯《猪肉颂》除外。黄昏翻《南京味道》
得"大烧马鞍桥"，"金陵炖生敲"。

深冬鲫鱼呢，苦夏猪手呢，姹紫嫣红之
眉毛圆子醉在春日，当渔者握鳝，妇人拾蚕。

何谓"大烧马鞍桥"（红烧马鞍桥）？此乃淮扬名菜，因鳝鱼段与猪肉合烹，形似马鞍桥而得名。此菜色泽酱红，汤汁稠浓，鳝段酥香。

何谓“炖生敲”？此道菜是南京传统名菜之一，具有300年以上的历史，传统的制法是将鳝鱼活杀去骨，用木棒敲击鳝肉，使肉质松散（故名生敲），而后入油炸后炖制而成。

多么可爱的“眉毛圆子”，此即肉丸之一种，因状似眉毛而得名。

四五 不涉理路、不落言筌

严羽《沧浪诗话》说：

> 夫诗有别材，非关书也；诗有别趣，非关理也。然非多读书、多穷理，则不能极其至，所谓不涉理路、不落言筌者，上也。诗者，吟咏情性也。盛唐诸人惟在兴趣，羚羊挂角无迹可求。故其妙处透彻玲珑不可凑泊，如空中之音、相中之色、水中之月、镜中之象，言有尽而意无穷。

严羽“以禅喻诗”，讲作诗之法；我这里“以诗比食”，讲食之精妙。物虽相异，理却相通。这便是世间万物皆出于一理也，这还让我想起诗人杨键的一个说法：

诗只是我存在的一种方式，如果我是木匠，我会感谢鲁班，我这样说的意思是，不管从事什么样的行业，人都应当有从其中认识自我的能力，说白了，诗人同一个木匠并无差别，因为智慧存在于每一个行业里。

四六 岕茶

冒辟疆不胜酒力，所以常以茶代酒，为此他对茶别有研究，特别是对其钟情的岕茶，更是不遗余力地推荐介绍，作有小品《岕茶汇抄》。该文大半取材于冯可宾《岕茶笺》，还钞自许次纾《茶疏》和熊明遇《罗岕茶记》。刊本有昭代丛书本，张潮撰序和跋；有冒氏小品四种本，光绪乙酉（1885）刊；有冒氏丛书本，光绪已亥（1899）刊。

现将全文录下，不嫌其长，但求增广益闻。本文以冒氏小品四种本为底本，参校他本，特此说明。

茶之为类不一，岕茶为最，岕之为类亦不一，庙后为佳。其采撷之宜，烹啜之政，巢民已详之矣，予复何言，然有所不可解者，不在今之茶，而在古之茶也。古人屑茶为末，蒸而范之成饼，已失其本来之味矣。至其烹也，又复点之以盐，亦何鄙俗乃尔耶。夫茶之妙在香，苟制而为饼，其香定不复存。茶妙在淡，点之以盐，是且与淡相反。吾不知玉川之所歌、鸿渐之所嗜，其妙果安在也。善茗饮者，每度卒不过三四瓯，徐徐啜之，妙尽其妙。玉川子于俄顷之间，顿倾七碗，此其鲸吞虹吸之状，与壮夫饮酒，夫复何姝。陆氏《茶经》所载，与今人异者，不一而足。使陆羽当时茶已如今世之制，吾知其沉酣于此中者，当更加十百于前矣。昔人谓饮茶为水厄，元魏人至以为耻甚，且谓不堪与酪作奴，苟得罗介饮之，有不自悔其言之谬耶。吾香三天子都，有抹山茶，茶生石间，非人力所能培植，味淡香清，采之甚难，不可多得。惜巢民已殁，不能与之共赏也。心斋张潮撰。

环长兴境，产茶者曰罗嶰，曰白岩、曰乌瞻、曰青东、曰顾渚、曰筱浦，不可指数，独罗嶰最胜。环嶰境十里而遥，为嶰者亦不可指数。嶰而曰岕，两山之介也。罗氏居之，在小秦王庙后，所以称庙后罗岕也。洞山之岕，南面阳光，朝旭夕晔，云滃雾浡，所以味迥别也。

产茶处，山之夕阳胜于朝阳。庙后山西向，故称佳。总不如洞山南向，受阳气独专，足称仙品。

茶产平地，受土气多，故其质浊。岕茗产于高山，泽是风露清虚之气，故为可尚。茶以初出雨前者佳，惟罗岕立夏开园，吴中所贵，梗粗叶厚，有萧箬之气。还是夏前六七日，如雀舌者佳，最不易得。

江南之茶，唐人首称阳羡，宋人最重建州，于今贡茶两地独多。阳羡仅有其名，建州亦非最上，惟有武夷雨前最胜。近日所尚者，惟长兴之罗岕，疑即古之顾渚紫笋也。介于山中谓之岕，罗隐隐此故名罗。然岕故有数处，今惟洞山最佳。姚伯道云：明月之峡，厥有佳茗，是上乘品。要之，采之以时，制之尽法，无不佳者。其韵致清远，滋味甘香，清肺除烦，足称仙品。若在顾渚，亦有佳者，人但以水口茶名之，全与岕别矣。

岕中之人，非夏前不摘。初试摘者，谓之开园。采自正夏，谓之春茶。其地稍寒，故须待时，此又不当以太迟病之。往日无有秋摘，近七八月重摘一番，谓之早春，其品甚佳，不嫌少薄也。

岕茶不炒，甑中蒸熟，然后烘焙。缘其摘迟，枝叶微老，炒不能软，徒枯碎耳。亦有一种细炒岕，乃他山炒焙，以欺好奇。岕中惜茶，决不忍嫩采，以伤树本。余意他山摘茶，亦当如岕，迟摘老蒸，似无不可。但未试尝，不敢漫作。

岕茶，雨前精神未足，夏后则梗页太粗。然以细嫩为妙，须当交夏时。时看风日晴和，月露初收，亲自监采入篮。如烈日之下，又防篮内郁蒸，须伞盖至舍，速倾净匾薄摊，细拣枯枝病叶、蛸丝青牛之类，一一剔去，方为精洁也。

蒸茶，须看叶之老嫩，定蒸之迟速，以皮梗碎而色带赤为度，若太熟则失鲜。起其锅内汤频换新水，盖熟汤能夺茶味也。

茶虽均出于岕，有如兰花香而味甘，过霉历秋，开坛烹之，其香愈烈，味若新沃，以汤色尚白者，其洞山也。他嶰初时亦香，秋则索然，与真品相去霄壤。又有香而味涩，色淡黄而微香者，有色青而毫无香味，极细嫩而香浊味苦者，皆非道地。品茶者辨色闻香，更时察味，百不失矣。

茶色贵白，白亦不难。泉清瓶洁，叶少水洗，旋烹旋啜，其色自白。然真味抑郁，徒为目食耳。

若取青绿，天池、松萝及下岕，虽冬月，色亦如苔衣，何足称妙。莫若真洞山自谷雨后五日者，以汤薄浣，贮壶良久，其色如玉，冬犹嫩绿，味甘色淡，韵清气醇，如虎丘茶作婴儿肉香，而芝芬浮荡，则虎丘所无也。

烹时先以上品泉水涤烹器，务鲜务洁。次以热水涤茶叶，水太滚恐一涤味损，以竹箸夹茶于涤器中，反复涤荡，去尘土、黄叶、老梗尽，以手搦干，置涤器内盖定，少刻开视，色青香洌，急以沸水泼之。夏先贮水入茶，冬先贮茶入水。

茶花味浊无香，香凝叶内。

洞山茶之下者，香清叶嫩，着水香消。

棋盘顶、乌纱顶、雄鹅头、茗岭，皆产茶地，诸地有老柯嫩柯，惟老庙后无二，梗叶丛密，香不外散，称为上品也。

茶壶以小为贵，每一客一壶，任独斟饮，方得茶趣。何也，壶小香不涣散，味不耽迟。况茶中香味，不先不后，恰有一时，太早未足，稍缓已过。个中之妙，清心自饮，化而裁之，存乎其人。

忆四十七年前，有吴人柯姓者，熟于阳羡茶山，每桐初露白之际，为余入岕，箬笼携来十余种，其最精妙不过斤许数两，味老香淡，具芝兰金石之性。十五年以为恒。后宛姬从吴门归，余则岕片必需半塘顾子兼，黄熟香必金平叔，茶香双妙，更入精微。然顾、金茶香之供，每岁必先虞山柳夫人，吾邑陇西之倩姬与余共宛姬，而后他及。

金沙于象明携岕茶来，绝妙。金沙之于精鉴赏，甲于江南，而岕山之棋盘顶，久归于家，每岁其尊人必躬往采制。今夏携来庙后、棋顶、涨沙、本山诸种，各有差等，然道地之极，真极妙，二十年所无。又辨水候火，与手自洗，烹之细洁，使茶之色香性情，从文人之奇嗜异好，一一淋漓而出。诚如丹丘羽人所谓，饮茶生羽翼者，真衰年称心乐事也。

又有吴门七十四老人朱汝奎，携茶过访，茶与象明颇同，多花香一种。汝奎之嗜茶自幼，如世人之结斋于胎，年十四入岕迄今，春夏不渝者百二十番，夺食色以好之。有子孙为名诸生，老不受其养，谓不嗜茶，为不似阿翁。每竦骨入山，卧游虎虺，负笼入肆，啸傲瓯香，晨夕涤瓷洗叶，啜弄无休，指爪齿颊与语言激扬赞颂之津津，恒有喜神妙气，与茶相长养，真奇癖也。

冒辟疆对岕片的产地、质量、采摘时间和节气，如此熟稔乃至挑剔，无怪乎李孝悌要说他“泥于小道”，且送他“逸乐”两字。

董冒二人耽于小道，以逸乐为尚，特别是董不但“针神针绝，前无古人”，在酿饴为露、烹茗焚香之事上也是无所不精，仿佛一部活的生活百科全书。上面提到的冒的《岕茶汇抄》就是一种见证。此处说的洗涤、煎制之细琐工作，事实上上面都已引过，本可以省去不说，但实在是这里面大有趣味，所以，不怕麻烦再引一次：

> 烹时先以上品泉水涤烹器，务鲜、务洁。次以热水涤茶叶，水太滚，恐一涤味损。以竹箸夹茶于涤器中，反复涤荡，去尘土，黄叶老梗，尽以手搦干，置涤器内，盖定少刻，开视，色青香洌，急取沸水泼之。夏先贮水入茶，冬先贮茶入水。

泡制一盏小小的香茗，就需如此耗费功夫，这足以见出对一种精致生活的崇尚乃是两人共同的追求，甚至是整个明清文人的追求。王鸿泰在《闲情雅致——明清文人生活经营与品赏文化》里说：

> 明朝后期士人“闲隐”理念的具体落实乃开展出一套“雅”的生活，而所谓雅的生活可以说就是在生活领域内，放置新的生活内容，这些生活内容如上所言：无非“若评书、品画、瀹茗、焚香、弹琴、选石等事”，也就是说将诸如书画、茶香、琴石等各种无关生产的“长物”（或万物）纳入生活范围中，同时在主观态度上耽溺其中，对之爱恋成癖，以致使之成为生活重心，进而以此来营造生活情景，作为个人生活的寄托，如此构成一套文人式的闲尚文化。

可惜，这种生活的闲尚和逸趣，在后来的日子里逐渐被烽火和时事摧残了，生活里只有冰与火，文字里光有血和泪，到处都是感时忧国。所以，老舍的《茶馆》出了名，但周作人的苦茶庵，怕只在知识阶层才有所流传，而且声名不见得有多好。正是国难危亡的时候，他说什么：

> 喝茶当于瓦屋纸窗之下，清泉绿茶，用素雅的陶瓷茶具，同二三人共饮，得半日之闲，可抵十年的尘梦。喝茶

之后，再去继续修各人的胜业，无论为名为利，都无不可，但偶然的片刻游乃断不可少。

这样的乐得逍遥，或许于今天看来都是奢侈之举，但是，闲里有深意，俗中大道理。我想，换了老舍，绝对是体验不了周作人这样清清白白的意思来的，当然我无意品评高下：

茶道的意思，用平凡的话来说，可以称作为忙里偷闲，苦中作乐，在不完全现实中享受一点美与和谐，在刹那间体会永久。

《影梅庵忆语》里说：

> 每花前月下，静试对尝，碧沉香泛，真如木兰沾露，瑶草临波，备极卢陆之致。

此句中的“卢陆”分指唐朝的卢仝和陆羽。前者是诗人，一生爱茶成癖，作有《茶歌》，千古流唱；后者是茶圣，著有《茶经》一书。《新唐书·陆羽传》记：

> 羽嗜茶，著经三篇，言茶之原、之法、之具尤备，天下益知饮茶矣。

卢仝作《走笔谢孟谏议寄新茶》，又名《饮茶歌》、《七碗茶歌》，诗家茶人咏茶时，无不吟及。

> 日高丈五睡正浓，军将打门惊周公。
> 口云谏议送书信，白绢斜封三道印。

开缄宛见谏议面，手阅月团三百片。
闻道新年入山里，蛰虫惊动春风起。
天子须尝阳羡茶，百草不敢先开花。
仁风暗结珠琲瓃，先春抽出黄金芽。
摘鲜焙芳旋封裹，至精至好且不奢。
至尊之馀合王公，何事便到山人家。
柴门反关无俗客，纱帽笼头自煎吃。
碧云引风吹不断，白花浮光凝碗面。
一碗喉吻润，两碗破孤闷。
三碗搜枯肠，唯有文字五千卷。
四碗发轻汗，平生不平事，尽向毛孔散。
五碗肌骨清，六碗通仙灵。
七碗吃不得也，唯觉两腋习习清风生。
蓬莱山，在何处。玉川子，乘此清风欲归去。
山上群仙司下土，地位清高隔风雨。
安得知百万亿苍生命，堕在巅崖受辛苦。
便为谏议问苍生，到头还得苏息否。

关于茶之妙，宋徽宗说得最好：“茶之为物，擅瓯闽之秀气，钟山川之灵禀。祛襟涤滞，致清导和。伊古以来，搢绅之士，韦布之流，咸以雅尚相推，从事茗饮。今则采择之精、制作之功、品第之胜、烹点之妙，莫不盛造其极。碎玉锵金，啜英咀华，较筐箧之精，争鉴裁之别，虽下士于此时，不以蓄茶为羞，可谓熙世之清尚也。”

关于茶之意义，胡兰成则说得更干脆：“和敬清寂。”

四九　吐纳

道家文化讲一个“无”字，一切变化都在里头，“一生二，二生三，三生万物”。无不是没有，恰恰相反，它是一切。张潮在《幽梦影》里这样说：

> 物随息生，故数息可以致寿；物随气灭，故任气可以致夭。欲长生只在呼吸求之，欲长乐只在和平求之。

自然万物的生命在呼吸吐纳里，于是望人、望物都以望气为主。

望气的人行色匆匆
登高眺远
眼中沉沉的暮霭
长出黄金、几何与宫殿

穷巷西风突变
一个英雄正动身去千里之外
望气的人看到了

他激动的草鞋和布衫

更远的山谷浑然
零落的钟声依稀可闻
两个儿童打扫着亭台
望气的人坐对空寂的傍晚

吉祥之云宽大
一个干枯的导师沉默
独自在吐火、炼丹
望气的人看穿了石头里的图案

乡间的日子风调雨顺
菜田一畦，流水一涧
这边青翠未改
望气的人已走上了另一座山巅

——柏桦《望气的人》

这有关“无与有”的辩证，还是胡兰成说得奇妙，下面引一段他在《中国文学史话》里的说辞：

> 有限的社会而涵无限的风景，这是人世。
>
> 文明是悟得了“无”与“有”，这也才知神，而如希腊人的惟知世界是有，那宙斯神就是个大俗物。无与有的话，在今世纪的物理学上可得新的见证。原子的核假如是一粒豆大，则其电子轨道有数十公尺大，其间当然是无，连所谓宇宙尘亦没有的。然而有着息，但因息不是物质，所以不能说是有。无即是息。人世的风景即是生在息里。

而息即吐纳也。

胡兰成说得“奇葩”:“井田是成立了中国人的福慧双修。慧是中国人能与逻辑亦调笑游嬉，没有服从真理那样的话。”（胡兰成:《山河岁月·中国与西方之始分歧》）

清人张潮在《幽梦影》里却说得井井有条:“才子而富贵，定从福慧双修得来。”下面又有陈鹤山的评语，说:

> 释氏云:“修福不修慧，象身挂缨珞;修慧不修福，罗汉供应薄。”正以其难兼耳。山翁发为此论，真是夫子自道。

美好的东西总难两全，鱼和熊掌岂能兼得，凡事总嵌着点不足。但此刻光景悠悠，月白风清，董冒两人对饮成欢，这不正是福慧双临的平正简静吗?

《影梅庵忆语》：

> 寒夜小室，玉帏四垂，毾（登毛）重叠，烧二尺许绛蜡二三枝，设参差台几，错列大小数宣炉，宿火常热，色如液金粟玉。细拨活灰一寸，灰上隔砂，选香蒸之，历半夜，一香凝然，不焦不竭，郁勃氤氲，纯是糖结。

接着让我们再来欣赏一段清少纳言所说的雪夜中女人的快乐：

> 雪也并不是积得很高，只是薄薄地积着，那时候真是最有意思。还有，或者是雪下大了，积得很深的傍晚，在室内可以看到外面的靠窗处两三个意气相投的人，围绕着火盆说话。其时天已暗了，室内去也不点灯，只靠了外面的雪光，隔着帘子看去全是雪白，用火筷搅着灰消遣，互相讲讲那些可感动的和有风趣的事情，觉得

很有意思。女人都不能够那样地正业坐谈到天明，可是像这样有男人参加，便同平常的时候不同，很有兴趣地过这风雅的一夜，大家聚到一块互相谈论着男子的风度等话。

（清少纳言：《枕草子》）

日本人的天寒独处亦自有一番我们东亚人特具的娴静，冒董二人却在娴静中透出深稳的华丽，稍有分别，但也饶有“互文”呢。

我甚至也在冒董二人的寒夜小室里想起了英国诗人罗伯特•勃朗宁一首香气四溢的诗《一生中的爱》：

心啊，不要怕，心，你马上会找到她，

找到她自己！她刚刚还在此地——

瞧，帘幕整洁，散发着床的香气！

五二 气味

气味！这是我们与世界融合的第一见证。人在闭上眼睛时就能产生对过去气味的回忆……（巴什拉《梦想的诗学》，三联书店，1996，第173页）大部分的生活都会褪为背景，但艺术却在阴暗的背景上投下了一桶一桶的光影与气味，使生命再度更新。此处，冒辟疆对气味的敏感，正是和一种强烈的悼亡之情关联在一起。死亡与更新，借助气味奇妙地还原了一种永不褪色的情感：

> 令人与香气俱散矣，安得返魂一粒，起于幽房扃室中也！（冒辟疆：《影梅庵忆语》）

顺便说几句，冒这一笔墨亦非独创，另有传统可循，如潘岳《悼亡诗》就首开这样的表达法："流芳未及歇，遗挂犹在壁。怅恍如或存，周遑忡警惕。"后来阴铿《和樊晋陵伤妾诗》云："名香不可得，何见返魂时。"杜审言《代张侍御伤美人》云："应怜脂粉气，留著舞衣中。"

事实上，不光冒辟疆，许多作家都曾对气味或香气写过精彩的文章，以下篇幅来自我曾经编著的一本书《感觉画廊》：

普鲁斯特的莱姆花茶和玛德琳蛋糕；法国女作家柯莱蒂（Colette）的花香，使她回到童年的花园和母亲塞朵的身边；维吉尼亚·伍尔夫（Virginia Woolf）对城市气息的描述；乔伊斯（James Joyce）对婴儿尿液和油布、神圣与罪恶的记忆；吉卜林（Rudyard Kipling）对雨湿刺槐的叙述，使他想起了家和军旅生活中复杂的军营气息；陀思妥耶夫斯基（Fiodor Mikhailovich Dostoevski）的"彼得堡恶臭"；柯勒律治（Samuel Coleridge）在其笔记中忆及那气味藏在书桌的抽屉里；梭罗（Henry David Thoreau）在田野间的月光下漫步，当时玉蜀黍的长穗须有干燥的气味，越橘丛散发出霉臭，山桃与浆果闻起来"像小蛋糕"；波德莱尔（Charles Baudelaire）纵情气味，直到他的"灵魂翱翔于音乐之上一般"；密尔顿（John Milton）描述上帝神圣的鼻孔觉得他闻的气味，以及撒旦（Satan）——一流的腐尸嗅闻好手（"尸体、不可胜数的猎物……行尸走肉的气味……"）所爱的气味；哈瑞克（Robert Herrick）崇拜偶像似地亲密地嗅闻其甜心，她的“胸部、双唇、玉手、大腿、脚部……全都 / 漫溢着芳香”，的确是“东方所有的香料皆散布于此”；惠特曼（Walt Whitman）赞赏汗液，说“香气比祈祷还美好”；莫里亚克（Francois Mauriac）的《礼服的借口》，是经由其气味想起了豆蔻年华；乔叟（Geoffrey Chaucer）的《磨坊主的故事》，首次在文学中提到口气清香剂；莎士比亚（William Shakespeare）对花朵也有精美至极的譬喻，对紫罗兰，他说：“甜蜜的穷贼，若不是由我受的呼吸，你又能从哪里偷来了这份甜蜜？”；米罗什（Czeslaw Milosz）的亚麻橱柜，“充当了记忆沉默的喧嚣”；于斯曼（Joris-Karl Huysmans）对各种嗅觉幻想十分沉迷，酒的气味和女性的汁味充斥在他奢华、颓废，且享乐主义的小说《倒转》中。他提及其中一角色时，说她是“失衡、紧张的女人，喜欢把乳头浸泡在香气中，但只有在梳子搔触其头皮时，才真正使她体验到纯粹且征服的狂喜”，而且她也能在情人爱抚之时，随着大喜之日的迫近，在诗句中相互倾吐爱意。当他在她处用餐时，他如“羚羊”般肌肉发达，充满光泽。在他那儿，她坚贞的贞操是个私有的“园子”……一口锁紧的井。她的唇“滴蜜，在你的舌头底下有蜜有奶，你衣服散发的幽香，活像黎巴嫩山清新的气息和芬芳怡人的香柏树。”他告诉她在新婚之夜将进入她的花园，并列举了所有他知道将在园中找到的水果和香料：乳香、树脂、甘松香和番红花、菖蒲和肉桂、树脂和沉香，以及一切上好的香料。她将为他织爱的织品，充满他的五官直到洋洋满溢，她受到爱的礼赞感动莫名，充满了欲望，因此答应为他打开花园的大门：“北风啊，醒来吧！南风啊，你来吧！吹向我的园子，使它的清香四溢吧。愿我的良人走进自己的园子，享受那里的美果。”

在聚斯金德（Patrick Suskind）骇人的当代小说《香水》中，主人翁住在十八世纪的巴黎，他是生来便无丝毫体味的人，虽然他有非凡的嗅觉能力：“不久他不但只闻出木材的味道，而且可以嗅出它们的种类：枫木材、橡木材、松木材、榆木材、黎木材、老的、新的、正在腐坏的、已经腐朽的、甚至单一的圆木、木片和木屑——他能清楚地区分其差异，而其他人甚至运用眼睛看，也还未能分辨出差别。”他每天喝一杯牛奶，可以嗅出母牛在分泌乳汁当时的情绪；外出散步时，他也能轻而易举地辨识出任何烟味的来源。他缺乏体味这件事吓坏了其他人，对他的态度非常恶劣，而这扭曲了他的个性。最后他为自己制造了个人的气味，其他人虽不察觉，却能使他显得正常，甚至包括如下的细微气味："毫不显眼的气味，似老鼠般、平凡无奇的气味，带有人类仍然有的酸臭、干酪似的味道。"于是他成了杀人犯——香水师，就像提炼花朵般从某些人身上提炼香精。

许多作家都曾描写气味如何诱发丰富的回忆。在《斯旺之路》中，普鲁斯特这位气味的伟大宣扬者遍及奢华与回忆深处追寻气味踪迹，如此描述当年一阵突如其来的情感：

> 我会在祈祷桌与刻花天鹅绒座椅之间，来回旋转，这两者总罩着辍褶的罩布，而炬火像烤炉一样烤着这两者，发出令人垂涎的香气，室内的空气因此浓重地凝结，早晨露湿而晴朗的清新已"升起"，开始"凝固"。炬火向祈祷桌和天鹅绒座椅喷气，磨利它们，向它们吹气，使它们发起成看不见却非触摸不到的乡村蛋糕，一个巨大的海绵蛋糕，而身在其中的我，等不及欣赏更紧硬、更细微、更文静，也更干燥的食橱、五斗柜和花纹壁纸的气味，总带着未曾告白的贪婪，把自己深深埋入难以描述、饱含树脂、单调、不能消化、水果般的气息中。

狄更斯（Charles Dickens）在长大成人之后，常说只要一阵粘瓶身标签浆糊的气味，就会带回他早年生活中难以承受的痛苦；当年他的父亲因为破产，不得不让他到炼狱似的工厂制造这种瓶子。公元十世纪时，日本一位才华洋溢的宫女紫式部写下了日本第一部真正的小说《源氏物语》，是编织在宽广的历史及社会绣帏中的爱情故事，其中的角色包括调香师——炼金师，他们根据每个人的气味和命运来调制香味。作家，尤其是诗人，真正的试炼是在于他们对气味的描写，如果他们描述不出教堂圣坛的香味，你又怎能相信他们能描述心灵的境界？

好了，结束以上引文，下面，我将要来继续追踪气味（当然也要继续引文）。在巴什拉《梦想的诗学》（三联书店，1996，第173—181页），我读到多少诗人童年的气味：

丹麦祖辈灰暗的房屋，……童年习惯于充满古老住宅的风雨黄昏的温馨气息。失去的住宅中，房间、过道、地窖与仓房都是忠实的气味居留之地，都是梦想者知道只属于他的气味的停留地：

我们的童年使丝绒般的芳香永存。

可怜的风帽的气味
被你，秋天浸湿，
有谁能不回想起
一棵树，一栋房或一个童年
——啊，手足情。

每人将在自己的记忆中找到春天萌蕾的气味。对我来说，春天的芳香来自白杨树的叶芽。啊！年轻的梦想着，请将白杨树带粘性的叶芽用手指揉碎，并尝一尝这细腻苦涩的叶浆，你们将终生保留这难忘的回忆。

因此气味在第一次的散发中是世界的根源，一种童年的真实。气味为我们提供正在扩张的童年的各种天地。在诗人使我们进入这消失了的气味时，他们给予我们极其单纯的诗篇。

有时，气味的奇特混合唤起我们记忆深处如此独一的一种不同的味道……“薄荷向我们迎面抛来它的气息，清凉的青苔以低沉的调子护送我们。”薄荷的气味独自兼有炎热与凉爽。

在谈到童年时代的雪时，亨利·博斯科说他呼吸到“玫瑰与盐的气味”，这正是使人活力倍增的寒冷的气味。

“我的故乡的气味像一只苹果。”

人越远离故乡，越是怀念故乡散发的气味。……干草和酒窖，干燥的和湿润的，地窖和谷仓，这一切都汇集起来给流落异乡的浪子提供家里的全部气味。

“……因为气味像音乐的声响，属于罕有的几种使记忆的精粹升华的纯化剂”。与气味的回忆相连的童年必然是悦人心性的。

看，各个年代的诗篇在乘兴歌唱……
啊，往昔的花园芳香的长明灯……

童年时代的每种回忆都是回忆库中的一盏长明灯。

童年褪色的扶手椅
你的气息将永沉睡在我的心底。

我的童年上溯到那麦香的面包，

奶油浸润的太阳在蓝色的天空中烧烤。

在幸福的日子里，世界真是美食佳肴。当预告盛宴的甜美香味再呈现在我的记忆里，我这个波德莱尔的崇拜者，好像感到“我咀嚼着回忆”。我突然起了收集诗人的诗篇中所有热面包的念头。这将多么有助于我赋予我们的回忆那重新开始的节目庆祝的美好香味，和人们在感激最初的幸福而再次开始的生活的气味。

苏联作家帕乌斯托夫斯基也是个写气味的高手，他在《一生的故事》第二部《动荡不安的青年时期》（河北教育出版社，2001，第 266—267 页），这样写道：

靠码头的每一尊铁炮，炮口里都灌满稍有点咸味的水，就像是盛在杯子里。弯下腰去，你就能闻到一种会使你心怦怦直跳的气味——海洋和苦艾的气味，这气味能让人神清气爽，并联想到有益于心脏和对头脑有良好作用的远航。

接着他在《一生的故事》第三部《一个未知时代的开始》

（河北教育出版社，2001，第239页），再次俯临敖德萨海洋：

> 我爱上了雾的气味——淡淡的煤烟味和蒸汽味。那是车站、码头、甲板的气味，是这样一些事物——凡是与旅行联系在一起的一切，与辽阔广大的陆和海洋相互交替出现的一切，风从遥远的玫瑰色海岛上吹来淡淡的柠檬清香，凡是与在这些群岛之间发光的、蓝中透紫的广阔空间里航行密切相连的一切，与湿润的风、与拉芒什浮动灯塔上不安的灯光紧密相连的一切，与俘获人类脆弱的心灵、并使之终生陶醉的那些事物密切相关的一切都散发着这样的气味。

仍然是帕乌斯托夫斯基，他在《一生的故事》第四部《怀着巨大希望的时期》（河北教育出版社，2001，第3页），他谈到了一些德文经济学书籍的气味：

> 这些书散发出一股很浓的来苏气味和调料丁香味。从那以后，对于我来说，这种气味就成了似乎令人感到苦涩的、烦闷的象征，特别是调料丁香——这种黑色的、像小泡钉一样的、热带植物种子的气味。

还是帕乌斯托夫斯基！请闻已经生锈的1912年型的水雷味。

巴别尔：“有时生活在这个世界上，呼吸柏油和海水的气味是很愉快的。”（帕乌斯托夫斯基：《一生的故事》第五部《投向南方》，河北教育出版社，2001，第104页）

而夏志清却说：“那些狗闻到我的气味同白人的不一样，就会叫起来……”我认为，其实一个中国人（也包括日本人）是无气味的。而白人有尸体的气味。黑人有布鲁斯的气味。中国闲人染上了柳树的气味。他身上有一股江西丝绸的气味。

在越南西贡的中国城，我们能闻到什么气味呢？只要翻开玛格丽特·杜拉斯的《情人》我们就能读到：

> 房间里有焦糖的气味侵入，还有炒花生的香味，中国菜汤的气味，烤肉的香味，各种绿草的气息，茉莉的芳香，飞尘的气息，乳香的气味，烧炭发出的气味，这里炭火是装在篮子里的，炭火装在篮中沿街叫卖，所以城市的气味就是丛莽、森林中偏僻村庄发出的气息。

旧书的气味让我想起人生不老。而夏日星期天的气味适于阅读杜甫《江村》或《客至》。夏天——旧书——童年。

重庆：回锅肉的气味；广州：牛柏叶的气味；南京：鲫鱼汤的气味；成都：猪蹄花的气味。关于气味我可是乐此不疲地流连呀，在《重庆气味》里，我说：

> 2011 年 9 月 19 日，星期一下午
> 14 点 45 分，我在成都九里堤
> 家中的沙发上闻到了重庆市
> 劳动人民文化宫 1960 年代
> 晚春下午的气味——
> 那是人与兽与黄葛树
> 混杂而出的阴凉气味。
>
> 快注意！人！
> 附近的春森路
> 它既潮湿又痛苦。
> 而那双鞋呢（绣花的）
> 请再快些！人！

在《桉树的气味》里，我回忆了我的初中时代：

晚夏浓雨明亮，桉树的气味
压倒厕所墙角潮湿的白石灰

在《两人的气味》里，我又说：

昨天，那英俊的人身上有马的气味。
马比人美。

在刚刚过去的中秋之晨，
那老作家身上有一股红烧鱼头的气味。

2011年5月1日，我在一首诗《永嘉，1946——给张爱玲》中还说过："一坛酱油的气味欲上人衣来。"

普通汉人身上有什么气味呢？

白色的梨花在凋零，他生活平静而规矩；
不抽烟、不喝酒、不锻炼，早睡早起；
唉，只是衣服上有股猪肉拌白菜的气味。
兰花的气味呢？
这一种兰花有腐肉的气味

这二种兰花有茉莉的气味
这三种兰花有甘露的气味
这四种兰花有颓废的气味

我也记得唯一的清晨的气味是1969年早春，重庆上清寺，特园，鲜宅大门前那排大树及其土坡上的青苔气味。而黄昏的气味也必然是这一年夏日，从此直下山崖底端嘉陵江边，屎尿、蝇群以及汹汹向前推进的河水的逼人气味。此外还有什么气味令我难忘呢？1970年代的love juice——好闻的气味？另一个夏日……它早已作古。

“……长期没有列车通行，还形成了一种酸味，一种熟透的锈味，这种气味的酝酿成熟发生在那些精彩纷呈、深不见底的疏散岁月里，特别是在黎明时分，……”（参见托马斯·品钦（Thomas Pynchon）《万有引力之虹》（*Gravity's Rainbow*）之开卷第一页。）

哦，对了，让我再深深地吸一口（在想象中）已死的蒲宁（Ivan Bunin）隔空递来的气味吧；那可是大西洋岸边浓黑的月华下，荒凉壮丽的爱尔兰气味呢；那儿有一幢“人类尽头”的别墅，书房里传来一个瘦瘦的有洁癖的中年意大利妇人的无味之味。

她喜欢微微的墨汁味，浓浓的汽油味、煤油味，头发里的油汗味，大脚趾头的指甲味，驱蚊水的气味，地下车库的气味，……但她不喜欢任何水果的气味。但她最爱吃一切动物的肛门（譬如鸡屁眼、鸭屁眼），是因为那不同动物特殊部位的强力气味吗，谁知道呢？无腮鲤鱼有毒，无论气味，莫吃。

吾国火车站候车室并无“离别诗”，有的只是榨菜与方便面混合的气味。

1910年，圣彼得堡有一股海军的白铁气味，梨子肥皂味、嗅盐味、水果蛋糕味、油煎薄饼味、马铃薯味、洋葱味、蘑菇味、卷心菜味……“月亮在白银时代上空冷却下来”的气味呢？这还要等到1940年，这一年，阿赫玛托娃将在其组诗《没有主角的长诗》里逸出此句。

馊茶，晨尿——气味；煤油，头发——气味；牛粪，橘子——气味……悲哀的幸福的出神的气味呀！

V.S.奈保尔在南美的印第安人居住区闻到了什么气味：

木屋里散发出树皮、锯末、泥土、油和烂树叶的气味；好比调色盘里所有的颜色搅合在一起会变成那种暗淡的棕色，所有这些气味和外面烧荒大火后的咸味渗杂在一起，就形成一种浓浓的馊掉的烟草的气味。……回到他的木屋去，一进门，就闻到那种馊烟草味儿。吃的东西是这个味儿，河水是这个味儿，森林是这个味儿，现在他自己身上也是这个味儿。（V.S. 奈保尔：《世间之路》，南海出版公司，2016，第 45—46 页）

依然是奈保尔，他初到伦敦时又闻到了什么样的早晨气味：

浓郁的牛奶味混合着烟灰味，又被不通风处蟑螂似的陈灰味道盖过去。这是早晨的味道。（V.S. 奈保尔：《抵达之谜》，南海出版公司，2016，第 122 页）

当库切说“荷兰女孩身上有一种财产的气味”（参见库切《幽暗之地》浙江文艺出版社，2013，第 80 页），我们就说，朝鲜女孩身上有一种领袖的气味。德国女孩身上有一种黑马的气味。贵州女孩身上有一种云的气味。俄罗斯女孩呢，轻盈的气味。（蒲宁

的一个观点）

芥川龙之介二十二岁写下美文《大川之水》，在文中结尾时，他说：

> “所有的城市，都有其固有的气味。佛罗伦萨的气味，就是白蝴蝶花、尘埃、雾霭和古代绘画上清漆的混合气味。”（梅列日科夫斯基）倘有人问我东京的气味是什么，我会毫不犹豫地说，是大川之水的气味。

还有一种气味，我童年时在重庆邮局食堂常闻到的气味，那曾有的气味真要等到五十三年后某个五月的早晨才能被我精确嗅出（借助阿列克谢耶维奇：《二手时间》，中信出版集团，2016，第 173 页），那气味是：

> ……苏联大食堂的漂白粉抹布的气味，这种气味再也闻不到了。……可是如今它们在我头脑里……成为一种感情。

耶利内克在《钢琴教师》（北京十月文艺出版社，2005，第 19 页），为我们描写了洁癖使钢琴教师对气味异常敏感的样子：

肮脏的躯体像黏糊糊的树林围在她的四周。她不仅仅闻得到身体的污物，咯吱窝和怀里的不洁气味，老妇人身上的尿味，从老头身上毛孔里散发出的尼古丁味，无数低劣食品的味和它们从胃里冒出的难闻的气味；她不仅闻得到脓疱疹味，头上焦痂的蜡味，在像发丝那样细小的逢里的指甲垢物的气味，对她来讲，最糟糕的是这些气味混合在一起，直冲她的鼻子。

罗兰•巴特在《罗兰•巴特自述》（百花文艺出版社，2006，第90页）中也专门谈到气味：

对于不能再回来的东西，只有其气味可以重新回到我身旁。因此关于我在巴约讷市的童年的气味：就像被各种几何图形所围住的世界那样，整个巴约讷都被收拢在一种合成的气味即小巴约讷（尼夫河与阿杜尔河之间的居民区）的气味里了：制造凉鞋的工人加工的绳子、黑暗的杂货商店、老树树脂蜡、不透风的楼梯口小屋、身穿黑色衣服甚至连扎头发的手绢也是黑色的年迈的巴斯克妇女、西班牙食用油、潮湿的手工作坊和小店铺（装订书籍的铺子、五金店铺）市图书馆图书上的灰尘、正在修理的钢琴的粘胶味、巧克力的某种气息、城市的垃圾，这一切都是持久的、历史的、乡下的和南部的。

我疯狂地回想起这些气味：这是因为我在变老。

日本春天的气味呢？我读到了惊人的一幕，唐纳德•里奇，1947 年在北镰仓圆觉寺内，第一次闻到了日本春天的气味：

我记得我第一次意识到春天的气味。那是一九四七年，我在北镰仓圆觉寺院内，跟吉恩·兰斯顿一起，我们正在铃木博士的客房过夜，而吉恩突然停住，抽着鼻孔："奇怪——闻起来就像精液。"的确很像。（唐纳德·里奇：《日本日记，1947—2004》，上海译文出版社，2011，第 275 页）

还有一种气味，被法国作家佩纳克写来，我一读之下，难免大笑出声：

1964 年 5 月 23 日星期六，下午陪孩子们去卢森堡公园玩时，眼睛余光瞥见一个网球女将在嗅自己腋下的气味。当时她正往更衣室走，胳膊下夹着球拍，然后突然快速做了一个鸽子的动作，想闻闻自己腋下是什么气味。……我们总是在私下里享用我们在公共场合试图掩盖的气息。这种双面游戏对我们的思想来说也适用，而这种双重性是我们生活中最重要的事件。回到家中，我的网球女将和我，我们各自都会陶醉在自己长长的屁中。靠着一种古老的知识，我们早已懂得如何扇动被子，让我们的屁一直飘至我们的鼻孔。（达尼埃尔·佩纳克：《身体日记》，人民文学出版社，2016，第167—168页）

电影导演英格玛•伯格曼说，有两种他小时候闻过的气味令他终生难忘："……在任何时候，我都能回忆起幻灯机烤热后金属发出的气味，衣柜中尘埃和樟脑丸的气味，……"（《魔灯——伯格曼自传》，中国电影出版社，1993，第14—15页）在同样这本书的第18页，伯格曼更仔细地说出了他少年时在家里闻到的各种气味：

房间里的地毯经过夏日晾晒后重新摊开使用，这时如果俯身将鼻子凑到地板上，可以闻到地板散发出来的新鲜而强烈的防蛀剂香味。每到星期五，莱拉都要用蜂蜡和松节油擦亮陈旧的席纹地板，擦过的地板散发出极强烈的芳香。木地板接头的缝隙间总是留下皂液擦过的气味，而亚麻油地毡则要用气味难闻的酸脱脂加上水来擦洗。只要在房间里走上一圈，闻到的气味就像一组百味交响曲——香粉、香水、焦油味的香皂、鸟臊、寒酸狐臭以及发油、鼻烟和烹饪的气味。还有一些常有的人的气味，有的好闻，有的恶心。父亲的姑母——肥胖的艾玛戴了一顶假发套，她喜欢用一种特殊的胶水把假发粘在她光秃肥硕的头上。她浑身都散发着那种胶水味。外祖母身上是“甘油和玫瑰香水”的气味，这是一种在药房里买的天然药液。母亲身上则充满着像是香草的味道。她生气的时候，嘴角上的绒毛变得湿润了，并且发出一种类似金属的气味。我最喜欢的气味是保姆身上的香味，她很年轻，红色的头发，人也老实，名叫玛丽塔，是个跛子。我以为世界上最惬意的事就是在床上躺在她怀里，用鼻子摩擦她身上穿的粗糙睡衣。

卡夫卡在写给米伦娜的一封信中，谈到了他第一次性生活所感觉到的气味：

……在我有的最美好的东西中，还有一些东西，它有

一股难闻的味道，有点硫磺味，该死的气味。（罗纳德·海曼《卡夫卡传》，作家出版社，1988，第 368 页）

一天下午，诗人杨子突然从广州发来一条信息：

我帮你补充一种气味（罗曼·罗兰的《莫斯科日记》，第 69 页）：“……这位公爵的女儿曾对高尔基说过，女人在月经期不应洗澡，如果她还想让男人爱上她的话：她身上的气味正是吸引男人的好东西。”

中国县城过年的气味呢？诗人庞培在 1970 年代的江阴县闻到了：

……裁缝店总是要去一趟，闻闻皮尺，滑石粉香味……（见庞培散文《冬至》，贵州《山花》杂志，2017 年第 12 期）

美国诗人艾伦·金斯堡（1926—1997）临死前两个月，在一首诗《福气》里写到：

闻大蒜和铁锈的味道，品尝柿子与比目鱼的味道……

（艾伦·金斯堡诗《福气》，《金斯堡诗全集》下集，人民文学出版社，2017，第313页）

1902年8月末，德国诗人里尔克初到巴黎就闻到了这几缕夏天的气味：

街道开始从四面八方散发出气味。拿可以辨别的来说，有碘仿的气味，生煎土豆丝的油脂味，恐惧的气味……（林克译里尔克《布里格手记》，四川人民出版社，2018，第4页）

春秋天气，我开始寻找英国树林的气味：

森林本身就是一个世界，一个有些令孩子望而生畏、感到不安的世界，单是气味就能让人静气凝神，林木土壤散发的陈旧、柔和的芳香；略带霉味的甜蜜气息；无数鲜花落叶长年发酵、蒸馏，在阳光几乎照射不到的地方、树底下无休无止地腐烂所散发的独特气息；永恒不绝的生长、死亡和发酵的幽暗味道。这是一种我在春天没有注意过的气息。那时就有这气味，不过被报春花和蓝铃花的芳香多多少少地改变或掩盖了。但是到了秋天，天气转潮，这股气味就变得很浓烈，四处弥漫。这味道其实就是树林的精神，一种幽暗的甚至有些令人兴奋的毒品。它就像毒品一样引诱着我步步向前，热切地渴望着饮下更多、吸入更深。树林的味道确实有催眠作用。（H.E. 贝茨：《穿林而过：四月到四月的英国树林》，百花文艺出版社，2017，第 15 页）

而年轻的纳博科夫（Vladimir Nabokov）却说："记忆可使一切重现，惟独无法重现气味。" 2015 年 10 月 5 日星期一，天助我也，我重现了我知青时代的气味：

糖果店的气味已被一个诗人写了，
供销合作社的气味呢？他准备写。
在山乡，蔬菜的气味竟很难闻到，
饼，老菜油的气味，我闻了又闻。

还有什么气味让我感到美的颤栗？
是他无毛的皮肤白皙得不像农民？
1975 年，巴县龙凤公社公正大队
赤脚医生小诊所那红药水的气味呀……

谁知道三年后，天空突然飞了起来
空军标图一幅，有抹布蘸汽油擦的味道。

——《知青时代的气味》

是的，我偏爱一个有气味的世界，胜过一个没有气味的世界。

冒辟疆与董小宛“静坐香阁，细品名香”。这些香名目繁多，各有奇妙，且看《影梅庵忆语》：

宫香话品淫，沉水香俗。俗人以沉香著火上，烟扑油腻，顷刻而灭。无论香之性情未出。即着怀袖，皆带焦腥。沉香坚致而纹横者，谓之“横隔沉”，即四种沉香内隔沉横纹者是也，其香特妙。父又沉水结而未成，如小笠大菌、名“蓬莱香”，多蓄之。每慢火隔砂，使不见烟，则阁小皆如风过伽楠、露沃蔷薇、热磨琥珀、酒倾犀斝之味，久蒸衾枕间，和以肌香，甜艳非常，梦魂俱适。外此则有真西洋香，得之内府，迥非肆料。丙戌客海陵，曾与姬手制百丸，诚闺中异品，然热时亦以不见烟为佳，非姬细心秀致，不能领略到此。寅初出诸番，而真腊为上，皮坚者为黄熟桶，气佳而通；黑者为隔栈黄熟。近南粤东莞茶园村土人种黄熟，如江市之艺茶，树矮枝繁，其香在根。自吴门解人剔根切白，而香之松朽尽削，油尖铁面尽出。

五四　羚羊之挂角，无迹可求

此处可参见注释“四五”。众所周知，中国自古以来就有以禅喻诗的情形，而在严羽的时代，这一情形更是普遍。对于这一情形有人欢呼，也有人认为是乱说，此二说历来形成水火。但无论如何，“直到今天，它依然是学者津津乐道的话题，也是《沧浪诗话》最折磨人的最没意思的方面。其实更有意思的地方是，严羽为了冒充禅学大师的权威腔调，对诗禅说作了独特的引申……然后，严羽提出了那个著名的、惊人的羚羊意象，为了隐藏踪迹，它把角挂在树上。”（宇文所安：《中国文论：英译与评论》）另外，郭绍虞在他的《沧浪诗话校注》里，以《传灯录》的几个公案，对这一意象的禅意作了很好的说明。在此，只为有兴趣的读者指出，以便查阅。

诗与禅是中国艺术上的一个大问题，一千多年来可谓论者极多，“读起来令我如入山阴道上，目不暇接。但是，一旦掩卷沉思，则又似乎没有在脑海里留下多少东西，杂乱而浑沌，一点也不明朗。……这些机锋的语言，看来五花八门，但是，据我看，纲只有一条，这就是中国汉语的模糊性。”（季羡林：《作诗与参禅》）的确，禅反逻辑，反理性，是一个极微妙又极难说清的东西，所以许多人说它与超现实主义艺术相通。禅宗的公案完全是一道谜，它要求的是绝对超人的侦破工夫，但我们也可退一步想，那就以空对空，以无对无，不作解释，保持沉默。如问佛是什么？答曰：麻三斤。那就麻三斤，无需追问（有关“麻三斤”，参见《无门关》第 18 条），或者我们也可再演示一遍佛祖与迦叶心领神会的一幕：一个拈花，一个微笑，不着一词。然而，话说回来，本诗这里所用“羚羊挂角，无迹可求”却是有所对应的，香之弥漫，香之无形无迹，不正好与那挂角之羚羊相吻合吗？因此，我如此写来，并非虚玄，也更非超现实主义，乃香之形式、香之动作、香之现实也。

波德莱尔对鸦片的沉溺是其成为“恶魔诗人”的重要原因。而且，不同于超现实主义者借吸食鸦片来获取“自动写作”的灵感，波德莱尔不仅仅只是将鸦片视为一种辅助性工具，他对其热烈赞颂，并将其视为一种神圣的之物：

> 啊，正直、微妙、全能的鸦片！您既使富人也使穷人称心如意，给不治之伤和“诱使灵魂背叛”之悲痛以缓解和安慰；您是多么雄辩有力啊！以您滔滔不绝的劝慰，愤怒的原由悄悄地溜走了，残忍无情的人也心软下来，一个晚上甜美的酣睡可以给罪人带来他婴儿时候的美丽幻想，并洗净他手上的血污。啊，公道正直的鸦片！您将我们传唤到梦的法庭，使受诬告而濒于绝望的无辜者获得胜诉，揭穿了伪证，推翻了不公道的法官的判决；您以头脑中的幻象在黑暗的内心建造起比巴比伦和赫卡汤皮尔还壮观的城邦和庙宇，菲迪

亚和普拉克西托的手艺也比不过您；您“从睡梦的王国中”将久已埋没的美人和宜家宜室的佳丽召唤到阳光底下，洗净了她们“坟墓中带来的污秽”。您只把这些礼物赠予人；您随身带着乐园的钥匙，正直、微妙、全能的鸦片啊！（戈蒂耶 Theophile Gautier：《回忆波德莱尔》）

波德莱尔对鸦片的沉迷和全身心的投入近乎到达疯狂和偏执的地步，但也正是这种疯狂使得他成为一个转折性的诗人，他开始了一个全新的时代。鸦片作为一种具有负面道德意涵的物品，历来为人侧目，但波德莱尔却斗胆一反常态，这正是他的非比寻常之处。当然，我这样说并无意于为鸦片或波德莱尔吸食鸦片的行为开脱，而是想指出这种对事物的痴迷态度，在塑造一个人的品性上的重要性，这犹如董小宛和冒辟疆对诸种香料的沉迷，说明了他们的逸乐品质为何如此优雅。

我们常以“玩物丧志”来指责那些耽于小道、小物件的人们，但事实上，这种对琐碎之物的钟情，正好说明了营建一种精致文化品位的基本需要。李孝悌对此曾有过精彩论述：

在习惯了从思想史、学术史或政治史的角度，来探讨

> 重要影响的历史人物后，我们似乎忽略了这些人生活中的细枝末节，在形塑士大夫文化中所扮演的重要角色。其结果是我们看到的常常是一个严肃森然或冰冷乏味的上层文化。缺少了城市、园林、山水，缺少了狂乱的宗教想象和诗酒流连，我们对明清士大夫文化的建构，势必丧失了原有的血脉精髓和声音色彩。（李孝悌：《恋恋红尘》）

是的，无论是鸦片，还是香料，它们都可以被视为道德上的颓废（decadence）之物，但同时，它们亦可被视为现代性的颓废面相，这是一种去其节奏的现代实践，它暗示了事物在脱离一般化认识之后可能具有的现代能量，而这正是一种王德威意义上的被压抑的力量。迷魅幻影，总有一天它们会统统返回历史的地表。或许，这亦是冒辟疆和董小宛值得关注和留恋的真实意义。

五六　蕊珠众香深处

《影梅庵忆语》里说冒辟疆和董小宛两人于热香薰绕间，仿佛有置身于众花香处之意味：

> 热香间有梅英半舒，荷鹅梨蜜脾之气，静参鼻观。忆年来共恋此味此境，恒打晓钟尚未著枕，与姬细想闺怨，有斜倚薰篮，拨尽寒炉之苦，我两人，如在蕊珠众香深处。

这是怎样一番华贵美丽的馨香？我想到了另一个波德莱尔递过来的画面，那东方的“豪侈，平静和那欢乐迷醉”。波德莱尔的芳香穿行在他的诗——《邀游》——中（戴望舒译）：

> 孩子啊，妹妹，
> 想想多甜美
> 到那边去一起生活！
> 逍遥地相恋，
> 相恋又长眠
> 在和你相似的家园！

湿太阳高悬
在云翳的天
在我的心灵里横生
神秘的娇媚，
却如隔眼泪
耀着你精灵的眼睛。

那里，一起只是整齐和美，
豪侈，平静和那欢乐迷醉。

陈设尽辉煌，
给年岁研光，
装饰着我们的卧房，
珍奇的花卉
把它们香味
和入依微的琥珀香，
华丽的藻井，
深湛的明镜，
东方的那璀璨豪华，
一切向心灵

秘密地诉陈
它们温和的家乡话。

那里，一切只是整齐和美，
豪侈，平静和那欢乐迷醉。

看，在运河内
船舶在沉睡——
它们的情性爱流浪；
为了要使你
百事都如意，
它们才从海角来航。
西下夕阳明，
把朱玉黄金
笼罩住运河和田陇
和整个城镇；
世界睡沉沉
在一片暖热的光中。

那里，一切只是整齐和美，
豪侈，平静和那欢乐迷醉。

此处只说“雅集”，而“水绘雅集”放在后面“修禊”中去说。

梁启超曾在《近代学风之地理分布》之七论江苏说：“大江下游南北岸及夹浙水之东西，实近代人文渊薮，无论何派之学术艺术，殆皆以兹域为光焰发射之中枢焉。”不仅仅是近代，自隋唐以降，此地便一直是“光焰发射之中枢焉”。这里是风月繁华之地，是诗文鼎盛之地（就连诗圣杜甫都要去江南认真学习“吴体诗”），也是诗酒文会频仍，“诗酒主”（白居易）“风流帅”（苏东坡）轮番登场之地。尤其以居易、东坡这样的大诗人为号召的诗酒文会更是逝水流年、光华万丈，这可是至真至切的“光焰发射之中枢焉”。下面容我来叙述一番。另，这里说的诗酒文会其实就是文人雅集。

我曾于2005年初应邀出席虎丘诗会（之前，于2004年我曾出席过杭州印象画廊率先举行的“不完整世界”之诗会），在邀请函中我读到如下段落：

虎丘诗会拥有悠久历史，明末的复社曾举办过虎丘诗会。据《复社纪略》称：崇祯六年曾大会于虎丘，“先期传单四出，至日，山左、山右、晋、楚、闽、浙以舟车至者数千人”。清末 1909 年以柳亚子为首的南社成立，首次雅集就选在虎丘，并且，承继王羲之《兰亭序》之风尚，每次雅集都选在上巳日，即农历三月初三。本次虎丘诗会从时间和地点上沿袭传统，在内容上则与历史截然不同。我们希望为诗人创造一个彼此交流诗艺、增进相互友情的机会，共同探讨诗歌创新的途径，扩大新诗的影响力。

这个邀请函其实完全是依传统文人的诗酒文会行事，但它偏说在内容上与历史截然不同，有什么不同呢？是因为“新诗”吗？这是一个小失误。说穿了，新诗与古诗在内容上虽判然有别，但都是以汉字所书写的汉诗，因此不必太过计较。这里我并不纠缠，仅点到为止，下面我要翻转一笔，从大的传统文学意义上梳理一遍有关“虎丘诗会”的美与意义。而这一美与意义，当然也适合水绘雅集以及一切中国文人墨客的雅集盛会。

江南的诗酒文会是有深远的传统可循的。据《晋书》卷八〇所记载：

羲之雅好服食养性，不乐在京师，初渡浙江，便有终焉之志。会稽有佳山水，名士多居之，谢安未仕时亦居焉。孙绰、李充、许询、支遁等皆以文义冠世，并筑室东土，与羲之同好。尝与同志宴集于会稽山阴之兰亭，羲之自为序以申其志。

《兰亭集序》就不必引用了，从《晋书》卷八〇中，我们已见出兰亭雅集的人物与初衷，不外文人墨客饮宴嬉游、流连光景，品赏山水。从此，这一诗人的雅集形式便成了永恒的诗歌传统。一举命名，一锤定音，中国诗歌史上的创世行为（仪式）随即完成。

正如景遐东所说："兰亭文士集会开创了江南文人诗酒文会的滥觞，其后流风余韵代代不绝。"（景遐东：《江南文化与唐代文学研究》）

中唐江南诗人的雅集："较多的是以那些任职江南爱好文学的地方长官或江南本土颇负盛名的文士为中心，周围聚集一批文士进行群体诗歌创作。诗会中诗歌创作形式多种多样，常见的是同咏、分题、分韵、联句等。其中最能体现诗会社交性、群体性特点的莫过于各种或大或小的诗会联句。联句为多人共作一首诗，注重意脉的关联、对偶的精当及语言的丰赡，形式技巧要求很高，颇能显示作家的学识与才华，同时又带有很强的社交娱乐性质，所以成为文人集团群体创作的最好的形式。”（景遐东：《江南文化与唐代文学研究》）

韦苏州（韦应物，苏州刺史）就曾在苏州大兴诗酒文会。白居易曾回忆道：

> 韦应物为苏州牧，房孺复为杭州牧，皆豪人也。韦嗜酒，每与宾一醉一吟，其风流雅韵多播于吴中，或目韦、房为诗酒仙。（白居易：《吴郡诗石记》）

韦苏州这人，早年属泼皮无赖，后又狂热读书作诗，性格为之巨变。“为性高洁，鲜食寡欲，所居焚香扫地而坐。”（李肇：《国史补》）

以上引文是白居易后来回忆他少年时的情形，可见诗酒文会对一个儿童的影响，广而言之，是对社会的影响。后来，白居易成为江南诗坛盟主，号称“诗酒主”，有其诗为证：“杭州风光诗酒主，相看更合是何人。”（白居易：《元微之除浙东观察使喜得杭越邻州先赠长句》）。在杭州，他称“诗酒主”；在苏州时，又称“诗太守”：“何似姑苏诗太守，吟诗相继有三人”（白居易：《送刘郎中赴任苏州》）；而且还高唱：“吴中多诗人，亦不少酒酤”。这位中国历史上最著名的头号“快活人”一生只是不停地在江南行诗酒文会，观吴越歌舞，要么就是携众妓（有时多达几十名）漫游苏杭二地，他有一幅自画像：“两地江山游得遍，五年风月咏将残”（按：“两地江山”指苏州、杭州，“五年风月”指他在苏杭二地轮番所过的诗酒生活）。如此诗酒文会，他自己也有交待：“吟山歌水嘲风月，便是三年官满时。”可想而知，他任官杭州时，几乎无事可做，仅行他那日以继夜的诗酒文会，难怪他要说：“月俸百千官二品，朝廷雇我做闲人。”但也不要小视这诗酒文会，“通过他在杭州诗酒文会的示范，带动了江南社会更加热爱诗歌倒是事实。”（景遐东：《江南文化与唐代文学研究》）

白居易在江南最终形成了他的人生观：“外以儒行修其身，中以释教治其心，旁以山水风月、歌诗琴酒乐其志。”（白居易：《醉吟先生墓志铭》，卷七一）。而吴越日趋精致享乐的风尚也让他不停地在诗酒文会上体认到：“人生百年内，疾速如过隙。先务身安闲，次要心欢适。”看来，身心的逸乐是乐天的头等大事。另外，作为江南“诗酒主”，他在整个江南可谓一呼百应。不仅诗人，连稍有文化的百姓都模仿他。他任官杭州时，“江东进士多奔杭取解”（《唐摭言》卷二“争解元”条）。其中最可说的便是我私心热爱的二位诗人张祜与徐凝，二人为争解元，打了一个诗歌擂台赛，乐天为裁判，最终判徐凝二句诗“今古常如白练飞，一条界破青山色”胜出，《唐语林》卷三对其事有详细记载，恕不赘引。

有心的读者还可注意《武林旧事》卷第五湖山胜概中南山路这条，其中提到当时南宋临安的一座楼宇“丰乐楼”，这可是一座了不得的名楼，文人雅士常聚于此行诗酒文会，“吴梦窗尝大书所赋莺啼序于壁，一时为人传诵。”宇文所安（Stephen Owen）曾用戏剧性的笔法在《追忆》一书“绣户：回忆与艺术”一文中描绘过这一幕，也不必引来了。

至于清初王士禛在扬州所举行的“红桥聚会”，更可以用一本大书来书写，殊不知市面上就出现了这样一本书，《清初扬州文化》，作者为美国美女汉学家梅尔清（Tobie Meyer-Fong），由复旦大学 2004 年出版，其中第二章专谈这一大型诗酒文会之来龙去脉，在此就不展开了，我们放到后面来说。

时间到了 1909 年 11 月 13 日，这一天，苏州阊门外的惠中旅店突然到来了十九位江南青年俊彦。很快，他们雇上一只游船，携带酒菜与诗稿，直奔虎丘而去。这一天，陈去病、高旭、柳亚子等人要在虎丘举行南社成立大会，这可说是近代最有影响的一次文酒诗会，也被历史学家称之为“大聚义”。回到本文开头，梁启超那段话其实质是表达了对南社诸人的敬畏，因此才有江南为光焰发射之中心一说。

南社从此共举行了18次雅集，出版了22集《南社丛刻》。而他们的雅集后来多被认为是革命行为（当然这样说说也行，不过，我以为他们当时只属“文学愤青”，结社作诗是可以理解的，其原因有二：一是对郑孝胥，陈三立等人不可撼动的诗名既羡又恨，欲争一高低；二是1905年科举已废，前程断绝，南社诸人怀抱受阻，只好借诗发发牢骚），我却不以为然，这类诗酒文会不外诗人间联络感情，相互交流而已，这期间南社社员中的“唐宋诗之争”便是证明。还有一个好例子，便是著名的“迷楼轰饮”。1920年12月“柳亚子有事至岘江，岘江有一酒楼，酒楼有一红颜女子当垆，柳亚子邀陈去病、王玄穆、凌莘子、陈蘵人、费公直及堂弟抟霄、率初等十馀人集合酒楼，轰饮三夜，柳亚子写有《次韵和巢南兼示同人》……等诗。”（孙之梅：《南社研究》）

而最让我感慨系之的便是上世纪二三十年代鸳鸯蝴蝶派一干文人所举行的文酒诗会。最早的青社我就不多说，这里只说星社。星社最初由赵眠云、范烟桥等人发起于苏州留园，后来聚会人数高达105人，差一点就凑齐了他们梦想中的梁山泊108将。他们的每次聚会大多在苏州的各个名园举行，其内容也不外是行酒令、猜谜语、作诗、书法、绘画等等，最有趣的事，他们还弄了一个“集锦小说”，这等做法，犹如古代诗人的对诗联句，一部小说由众人联络合写，一人一段，这对每个人不同的心思如何去书写一个共同的主题（即多个主脑要变为一个主脑）是一个考验，其中思想，文脉，技艺等方方面面的协作与配合颇有讲究，这也算是文学锻炼的妙法之一吧，而写作中的娱思、娱艺、娱技更为人带来文本的愉悦和享受。

关于这类雅集，周瘦鹃专门写过一文，《记狼虎会》。何为“狼虎”，瘦鹃说：“盖谓与会者须狼吞虎咽，不以为谦相尚。而人人之中以体态作比，适得狼四，而虎亦四也。”（王智毅编：《周瘦鹃研究资料》）狼虎各四人，是说常聚的八人，皆一时“鸳蝴”之才俊。饮宴之中，每人还有表演，如演南词《断桥》，即席赋诗等不一而足。对于这样的诗酒文会，瘦鹃又说：“诚开竹林之生面，亦兰亭之别裁也。”总起说来，从兰亭开创诗酒文会至今，在江南就一直长盛不衰，而且不以“载道”说事，只是做诗人作家的风雅游戏，最多亦是寓教于乐。而乐是关键词，其中包含了多少难以言表的对人世光景的流连。我禁不住也想在此叹唱两句：

小竹楼、白衬衫

你是不是正当年？

难得下一次决心

夏天还很远

——《夏天还很远》

而当代虎丘诗会自2005年创办始，就本着“吾从周”的精神，遵循兰亭雅集以来所制定的古礼，诗人们聚集一处，畅怀林泉、登赏吟啸，颇有至今不信江湖老之慨。以我参加的第二届（2006年3月3日）虎丘诗会为例，当堪称古典雅集的重现，饮食起居无不染上传统的色彩，住在范石湖的隐居地旁边的一座宾馆内，去司徒庙前煮酒，邓尉胜处观“香雪海”，紫金庵内吃碧螺春新茶，夜深人静时又在酒吧里轰饮高歌。当然最重要的行动是去苏州少年宫登台朗诵诗歌，一会官话，一会方言，不亦乐乎。如此闲情悠游、诗人唱和、酣玩岁月真赏心快事矣。而杭州的诗会我参加了两次，每次不外亦是诗友相聚，朗诵与“细论文”交替，探春游湖依旧。尤其是第二次“诗画印刷”活动，更是诗人、画家齐聚，重演了一场古时江南诗画合璧的大型文酒诗会。诗人们似乎都摇身一变为当代杭州“诗酒主”，真是“诗人兴会更无前”

（毛泽东）。

“虎丘诗会”及杭州的“不完整世界”之诗会应是当今江南文化中的两个夺目的亮点，二者可称江南诗坛的双子星座，互为辉耀。诗人们借这两地的文酒诗会，一边追慕先贤一边继往开来，当然也表达了对良辰美景、静好岁月的向往。它的意义如此之多，在此，我仅概括为如下几点：

一是这两个诗会标志了中国当代诗歌风水已明确转移至江南。夜航船上的七位诗人均出自江南，便是证明；更不用说的是，他们作为江南的现代“诗酒主”已吸引了各地诗人的目光。而他们各自的诗风，或细密（长岛）、或繁复（陈东东）、或阴凉（潘维）、或雄浑（杨键）、或优雅（王寅）、或怀乡（小海）、或慷慨（庞培），几乎把江南的诗歌风骨均一一收拢了。

二是社会影响。这点前面也有提及，总结一下：通过这样的文酒诗会，诗教得以传播，江南民众感受到了诗意的人生。第一届虎丘诗会的朗诵会在苏州大学举行，第二届在苏州少年宫举行，这两次公共行为不仅具有象征意义，也有实际价值。它对于社会的诗性培养有不可估量之示范作用。

三是虎丘诗会与杭州诗会属诗人间集体性的文学活动，它必定能为诗人间切磋技艺提供一个良好的场所。而且杭州的“诗画印刷”之聚会活动，也使我想到了唐时“浙西诗会中韦渠牟作《天竺寺十六韵》诗，颜真卿不仅为之序、和诗，还使画工按其意境作画，所谓‘摘句配境，偕为胜绝。’”（景遐东：《江南文化与唐代文学研究》）又正如杭州诗会组织者所说：“在技术分工越来越细的今天，精神的博大，是否具有批判力和包容性，乃是诗人和艺术家的核心问题。故此，交流、学习，催生各自的创造因子，是我们的愿景。”这一愿景在杭州通过诗画合璧已经达成。

五八　车如流水马如龙

“车水马龙”这则成语是从东汉马太后诏书中简化而来，它形容车马往来热闹繁华的场景。《后汉书·皇后纪·明德马皇后》里讲：东汉名将马援的小女儿马氏，十三岁入宫。历三朝（光武帝、明帝、章帝）而被尊为皇太后，但生活俭朴。章帝时，有大臣建议皇帝对太后的弟兄封爵。马太后遵照已去世的光武帝有关后妃家族不得封侯的规定，明确反对，因此这件事没有办成。但第二年夏天，又有大臣借口当时的旱灾是因为去年不封外戚造成的，再次要求分封马氏舅父。马太后还是不同意，并且为此专门发了诏书，诏书上说，凡是提出要对外戚封爵的人，都是想献媚于我。天大旱跟封爵有什么关系？要记住前朝的教训，宠贵外戚会招来倾覆的大祸。先帝不让外戚担任重要的职务，防备的就是这个。今后，怎能再让马氏走老路呢？诏书接着说，马家的舅父，个个都很富贵。我身为太后，还是食不求甘，穿着简朴，左右宫妃也尽量俭朴。我这样做的目的，是为下边做个样子，让外亲见了好反省自己。可是，他们不反躬自责，反而笑话我太俭省。前几天我路过娘家住地濯龙园的门前，见从外面到舅舅家拜访、请安的，车子像流水那样不停地驶去，马匹往来不绝，好像一条游龙，招摇得很。这正是：

> 前过濯龙门上，见外家问起居者，车如流水，马如游龙，仓头衣绿，领袖正白，顾视御者，不及远矣。

由是看来，“车水马龙”不光是热闹，更带有一种奢华的贵气，恐怕是一般人家远远不及的。李煜的《望江南》一首，沿用马诏书，写的就是繁花似锦，凤舆鸾驾，车盖相连的南唐上苑。

> 多少恨，昨夜梦魂中。
> 还似旧时游上苑，车如流水马如龙。花月正春风。
> 多少泪，断脸复横颐。
> 心事莫将和泪说，凤笙休向泪时吹。肠断更无疑。

李煜笔下的南唐上苑是一派花月春风景致，但冒辟疆的水绘园比起他曾经的故国繁盛来亦不失色：

> 四方宾至如归，自所称四公子外，若东林、幾社、复

社诸先达及前后馆阁台省，下逮方伎隐逸缁羽之伦，来未尝不留，留未尝辄去，去亦未尝不复来。

如皋冒氏水绘庵，累石屹立，有携取五岳之势。垣墉不设，环以碧水，竹树蓊郁，群鸦聚于此者万计。庵四周多林园，鸟不止他屋而止水绘。先生于其中征歌唤伎，无朝非花，靡夕不月。海内贤士大夫未有不过从，数月盘桓不忍去者。负贱之交，通门之子，云集于是，常数年不归，主人为之致饩，不少倦。名贤题咏水绘，积至充梁。四十载宾朋之盛，甲于大江南北。（邓林梓：《匿峰庐记》）

这车如流水马如龙的水绘盛景持续了近四十年，其间，不断有人复制这种盛况，对其啧啧称奇，但是，在冒辟疆七十多岁的时候，水绘园也残败倾颓了：

惟见欹台跛榭与衰藤危石掩映于颓垣落照间。（杨周宪：《冒巢民先生七十有二寿言》）

西风残照，繁华弹指之间，此情此景怎能不让人心生感慨，而此又正好与李煜的词相吻合，同时也应了李易安一句：“物是人非事事休，欲语泪先流。”

五九 狂歌

《佩文韵府》“狂歌”一条，示例有三：

> 张九龄后汉徐徵君碣：颜阖凿坯以遁逃，接舆狂歌而诡激，此诚作者或类沽名。
>
> 杜甫诗：耽酒须微禄，狂歌托盛朝。
>
> 白居易诗：嵬峨狂歌教婢拍，婆娑醉影遣孙扶。

加上我们前面所引的杜甫《赠李白》一句：“痛饮狂歌空度日，飞扬跋扈为谁雄”，我们大抵可以看出，狂歌乃是高蹈自在之欢乐，似醉非醉，颇有魏晋狂士任诞之风。鲁迅在《魏晋风度及文章与药及酒之关系》里讲：

> 正始名士服药，竹林名士饮酒。竹林的代表是嵇康和阮籍。但究竟竹林名士不纯粹是喝酒，嵇康也兼服药，而阮籍则是专喝酒的代表。……吃药可以成仙，仙是可以骄视俗人的；饮酒不会成仙，所以敷

衍了事。

但酒喝多了就要出狂态，有狂举，当然也有狂歌：

他们的态度，大抵是饮酒时衣服不穿，帽也不戴。若在平时，有这种状态，我们就说无礼，但他们就不同。居丧时不一定按例哭泣；子之于父，是不能提父的名，但在竹林名士一流人中，子都会叫父的名号。旧传下来的礼教，竹林名士是不承认的。即如刘伶，他曾做过一篇《酒德颂》，谁都知道他是不承认世界上从前规定的道理的，曾经有这样的事，有一次有客见他，他不穿衣服。人责问他；他答人说，天地是我的房屋，房屋就是我的衣服，你们为什么钻进我的裤子中来？至于阮籍，就更甚了，他连上下古今也不承认，在《大人先生传》里有说："天地解兮六合开，星辰陨兮日月颓，我腾而上将何怀？"他的意思是天地神仙，都是无意义，一切都不要，所以他觉得世上的道理不必争，神仙也不足信，既然一切都是虚无，所以他便沉湎于酒了。然而他还有一个原因，就是他的饮酒不独由于他的思想，大半倒在环境。其时司马氏已想篡位，而阮籍的名声很大，所以他讲话就极难，只好多饮酒，少讲话，而且即使讲话讲错了，也可以借醉得到人的原谅。只要看有一次司马懿求和阮籍结亲，而阮籍一醉就是两个月，没有提出的机会，就可以知道了。

喝酒狂歌，对于魏晋名士来说，乃是出于避世之需要，这一点颇与冒辟疆他们相似。明末清初，正是改朝换代的时候，他们既不想去追逐新朝的功名，又不甘心就此销声匿迹，所以常常做出一些惊人的举动，成为一时的风向标。一代有抱负的文人，如冒辟疆等，统统进入水绘园的遗民世界里，进入觥筹交错的狂歌醉饮中。但是，他们又全不像魏晋名士的极乐，坦形裸体，无视父母，他们是在平静中行管弦轻歌的欢乐，纵是狂歌那也是闲中作乐，这意思就是王维的《辋川闲居赠裴秀才迪》：

寒山转苍翠，秋水日潺湲。
倚仗柴门外，临风听暮蝉。
渡头余落日，墟里上孤烟。
复值接舆醉，狂歌五柳前。

《旧唐书·王维传》说王维“晚年长斋，不衣文彩。得宋之间蓝田别墅，在辋口。辋水周于舍下，别涨竹洲花坞，与道友裴迪，泛舟往来，弹琴赋诗，啸咏终日。”

二人这天恐怕真的是啸咏了终日。由诗可见，此时已值夕暮的光景，深秋清朗萧爽的风物在辋川一带徐徐展现。王维与裴迪泛舟水上，把酒临风，陶醉在隐者的大欢乐里。

且看这种欢乐之大（最后二句），裴迪又若接舆般大醉了，在王维面前载歌载舞起来。酒后忘形，真情流露，王维不禁当歌一曲隐者的欢乐颂。“接舆”是春秋时楚国狂士，“五柳”指陶潜，陶潜作《五柳先生传》，并说：“宅边有五柳树，因以为号焉。”

王维这首诗显示了他高超的写作手法，的确堪称艺高人胆大。前六句只写风景，气韵闲雅，节奏舒缓；末二句突然加速，陡然切入，看上去似乎画面不和谐。然而诗之张力即刻发生了，诗意的高度与深度也得到最终的落实。

这里，顺便说几句，我们知道唐诗中真正的欢乐英雄是李白。而王维却以宁静擅长。但宁静的王维也有欢乐的时刻，“狂歌五柳前”一句便活脱出一个欢乐的王维，只是他在欢乐中仍不失平静的心绪（此诗前六句就写得十分平和）。

裴迪大醉这一节，还使我想到了周作人说过的一段话，他以为古人的酒量其实不大，一般只喝浅薄的米酒。而今人的酒量却大得多，一般人都能喝半斤以上白酒。然而即便是浅薄的米酒，裴迪也大醉了，可想这天是何等的疯狂与欢喜。

诗有别趣，酒有别肠（若某人愈饮愈醒，终席不乱）。酒王、酒相、酒将、酒孩儿（青少年饮者）……各有身分，亦各有心胸；又，若某无胡须人嗜酒，便呼其为酒后。

六〇 轰饮

《佩文韵府》"饮"字篇，列"饮"之众生相：寒饮、巢饮、极饮、荒饮、素饮、海饮、率饮、六清饮……品相之丰，却独缺"轰饮"一项。范成大《天平寺》：

> 旧游仿佛记三年，轰饮题诗月满山。
> 山上白云应解笑，又将尘土涴朱颜。

《辞源》释义：

> 轰饮，犹言闹酒，痛饮。

又《辞海》上说：

> 轰饮，谓群聚纵饮，大声让敨也。刘因诗："山中唤起陶弘景，轰饮高歌穆勒川。"

从以上解释来看，所谓轰饮，那是巴赫金式的狂欢饮宴，聚众欢歌。冒辟疆虽不善饮，但他却十分好客，善于款待宾朋。他的祖父冒梦龄和伯祖都是豪饮之人，冒13岁时，两人先后致仕归里，在洗钵池上建逸园，宴请四方宾客，常常轰饮至深夜，从床头到门外都摆满酒具。后来，水绘园传到冒辟疆手中，这里更是成了一个遗民嘉年华的大世界：

> 观有元之季，贤人志士，抑郁不平，辄寄之饮酒赋诗以自娱，而其时必有贤豪长者以为之主。……今辟疆捐弃一切，而独与友朋耽诗酒，园亭丝竹之盛，视昔有加。（葛云芝：《五十双寿序》）

葛云芝的这段回忆，通过比较元末与明末聚会饮宴的不同，强调了后者的繁盛。水绘园的轰饮生活是“四十载宾朋之盛，甲于大江南北”。另外，冒辟疆年轻时在南京时的排场更是宏大惊人，为了招待这些四方同人，常常“出百余金，赁桃叶河房前后厅堂阁楼凡九，食客日百人”，但也因这经年累月的轰饮，冒最终是落得床头金尽。

在这些轰饮生活中，最有名的莫过于康熙四年（1665）的修褉活动，李孝悌说，这简直就是一次臻于极致的文化展演。但这里我们暂且按下不表，而是另引一段与轰饮生活相关的文字来佐证这种欢宴的隆重与热闹，并从中看出这种饮宴的文化意义。这段文字出自孙之梅的《南社研究》：

> 12月柳亚子有事至岘江，岘江有一酒楼，酒楼有一红颜女子当垆，柳亚子邀陈去病、王玄穆、凌莘子、陈巘人、费公直及堂弟抟霄、率初等十馀人集合酒楼，轰饮三夜，柳亚子写有《次韵和巢南兼示同人》《赠玄穆用巢南韵》《坠楼三章次韵和巢南》《无端八章次韵和巢南》《迷楼题壁次韵和巢南、玄穆联》《步虚一章次韵和巢南》《望衡一章次韵和巢南》等诗。这次聚饮联日竟夕，柳亚子说："我们尽日沉醉于此，差不多像入了迷楼。从前，隋炀帝的迷楼是迷于色，我们这个迷是迷于酒。所迷不同，其为迷一也。"迷于酒是表，借酒浇愁则是实。柳亚子和诗云："欲凭沉醉敌凄寒，拼以温馨护肺肝。"《〈迷楼集〉序》亦云："仆本恨人，埋愁无地，填胸块垒，得醽醁浇之，乃蠕蠕欲动。"迷楼之地，迷楼之酒，甚至是中反复赞美的挡路女不过是这群对国事失望文人发泄郁闷牢愁、安置飘忽无着灵魂的媒体。

无论是水绘园的遗民世界，抑或是南社的轰饮论诗，都是欧阳修的"醉翁之意"，不禁让人想到贺铸《六州歌头》一曲：

少年侠气，交结五都雄。肝胆洞。毛发耸。立谈中。死生同。一诺千金重。推翘勇。矜豪纵。轻盖拥。联飞鞚。斗城东。轰饮酒垆，春色浮寒瓮。吸海垂虹。间呼鹰嗾犬，白羽摘雕弓。狡穴俄空。乐匆匆！

似黄粱梦。辞丹凤。明月共。漾孤篷。官冗从。怀倥偬。落尘笼。簿书丛。鹖弁如云众。供粗用。忽奇功。笳鼓动。渔阳弄。思悲翁。不请长缨，系取天骄种。剑吼西风。恨登山临水，手寄七弦桐。目送归鸿。

轰饮之余，也想到“一酌发好容，再酌开愁眉”的白居易的饮酒境界。这里，也趁兴抄一首我写的《饮酒诗》：

读白居易《不如来饮酒七首》，知人有七种醉貌：醉厌厌、醉悠悠、醉酣酣、醉昏昏、醉醺醺、醉腾腾、醉陶陶。如下择第六种来写。——题记

醉翁之意不在酒，在乎山水之间？
一生后悔事，贪污人才懂了死因
——鱼烂缘吞饵，蛾焦为扑灯。

项庄舞剑意在沛公，不如喝下去

那可是写诗人的身体呢，恰恰好

——不如来饮酒，任性醉腾腾。

陈后主《独酌谣》兴味洋溢，罗列出十种个人饮酒的境界：

一酌岂陶暑，二酌断风飙，三酌意不畅，四酌情无聊，五酌盂易覆，六酌欢欲调，七酌累心去，八酌高志超，九酌忘物我，十酌忽凌霄。

而仓山旧主袁祖志（1827—1902），袁枚之孙，更是写来酒话十四条（吃酒座右铭），此十四条亦可作为邀友轰饮之指南也：

一、不可不饮，分其目十：花前、月下、听雨、游山、看新绿、惜残红、山楼对雪、水阁临风、知己谈心、诗人联句。

二、不得不饮，分其目八：新醅熟、故人来、名妓持杯、新郎劝饮、寒夜无聊、客中默坐、水亭避暑、湖舫寻春。

三、少饮胜多饮，分其目六：良辰美景、赏心乐事、他乡话旧、旅店消闲、名优演佳剧、俊童歌妙曲。

四、虽饮如不饮，分其目六：公宴、素宴、春社散福、亲朋和事、主人无醉客意、座中乏善饮人。

五、饮之快意，分其目六：老亲上寿、久客还家、功名称心、暮年得子、闺中妻妾无妒容、岁终事务皆如意。

六、饮之乏趣，分其目六：主人惧内、座有腐儒、生客满座、俗人闯席、严父师拘束、正衣冠默坐。

七、饮之助兴，分其目六：听清音、歌新曲、器皿古雅、烹调精良、美酒温凉适宜、佳品及时陈设。

八、饮之败兴，分其目四：听邻家啼哭声、谈座客失意事、座有好量被人邀去、雅兴正豪杯中忽空。

九、饮不可有，分其目六：假道学、瞎文章、谈时政、装鬼腔、势利子夸扬大老、灰炭人铺张威势。

十、饮时不可无，分其目八：雅令、快谈、趣语、新文、海量主人、解事童仆、平生知己、得意吟怀。

十一、饮中高品，分其目四：不说家务事、绝谈嫖赌经、当饮即饮不留渣滓、觞政分明醉后弗乱。

十二、饮中下品，分其目六：打官话、说本行、好量作假、抗令不遵、大肆贪馋、饱餐逃席。

十三、饮中清品，分其目四：欢饮弗苛、出令不恶、只饮交九分不肯输量、但说到得意便不多言。

十四、饮中浊品，分其目四：嚼残鱼肉吐席上、故犯酒令不受罚、说酒话喷吐满地、撒酒疯沸反连天。

六一　小三吾

得名于唐代诗人元结在湖南祁东所筑的三个景观，浯溪、峿台、吾亭。浯溪，源出于湖南祁阳西南松山，那里水清石峻，唐代诗人元结在道州任上时，爱其景胜，构筑浯亭于溪上。冒辟疆十分崇尚元结的意趣。于是在水绘园仿造了小浯溪和小三吾亭。亭前有峿石，数块傲立水中。小三吾于顺治十年，即公元1653年建成，冒常与友人在此唱和赋诗，故有“小三吾诗”一说。

紫云、杨枝、秦萧，此三个人皆是歌童，且是当时名冠一时的优伶。其中徐紫云名声最大，时人瞿有仲有诗赞曰：“汉宫若得徐郎人，不把河山禅董贤”。这两句诗里用到了汉哀帝与董贤的典故，当时，哀帝一时兴起，说要禅位于董贤。当时著名词人陈维崧与徐紫云一直有断袖之恋，并为之写了大量诗词，还请名画家为徐作像，并遍求题咏，其中《紫云出浴图》有名士七十四人共题诗153首、词一首、断句二，为一时盛事。后徐娶妻，陈极为失落，以诗记其情怀，但婚姻并未阻止二人继续情事。这大概就是中国古代版的《断背山》。

上面说的“断袖”这个典故，出自《汉书》。哀帝宠幸董贤，于是董“出则参乘，入御左右，贵震朝廷，常与上卧起。尝昼寝，偏籍上袖，上欲起，贤未觉，不欲动贤，乃断袖而起，其恩爱至此。”

实际上，不光一个汉哀帝如此，古代的许多帝王都对男色颇为喜好。

《战国策·魏策》载：魏王与龙阳君一日同船钓鱼，龙阳君钓得十几条鱼，竟然涕下，魏王惊问其故，龙阳君谓：“臣之始得鱼也，臣甚喜；后直欲弃臣前之所得矣。”刚开始钓了一条鱼很高兴，可钓到后来，越来越多，就把前面的鱼扔掉了。由是龙阳君想到了自己身上，他说：“四海之内，美人亦甚多矣，闻臣之得幸于王也，必褰裳而趋大王，臣亦犹曩臣之前所得鱼也，臣亦将弃矣；臣安能无涕出乎？”魏王听到这里就说了：“你有这种想法，为什么不早点告诉我呢？”于是颁布命令，如果有人敢在王的面前提出另一个美貌者，就要满门抄斩。这个故事很有名，以致后人称同性恋为“龙阳之好”。

《战国策·楚策》中的安陵君也有类似情况，他是楚共王的男宠，有人提醒他，色衰会爱弛，应该向王表态，连死也跟随他，就能得到长期的信任与眷顾。他找了一个机会和共王讲了，共王大为感动，封他为“安陵君”。所以，同性恋又被称为“安陵之好”。

当然，有不少君王的男宠并没有好下场。例如卫灵公的男宠弥子瑕私驾灵公的马车去探母病，论律要砍去双腿，灵公却赞其孝；弥子瑕吃了一口桃子，把剩下的给灵公吃，灵公又说弥子瑕多么关心他。这就有了“余桃之爱”的说法，但后来弥子瑕年老色衰，灵公对他开始生厌，以上这些事都成为罪状了。这件事《韩非子·说难篇》、刘向《说苑》等均有记载。

“余桃断袖”、“泣鱼窃驾”都是讲的帝王之事，可事实上，到了明朝，这种追逐男色的风气已然成一种“性时尚”，它是区分名士与常人的重要标准。卜正民在《纵乐的困惑》里专门辟了一节来讲这个事情，他说：

> 虽然利玛窦是在北京注意到男性同性恋的，但是在江南上层绅士的社会生活中这种现象更普遍。……福建作家谢肇淛（1567—1642）坚持说，不管这种行为肇始于何地，“从吴越到燕云，未有不知此好者也”。像利玛窦一样，谢肇淛声称玩弄幼童的性享乐是众所周知的事情，不是什么秘而不宣的隐蔽事。在明代后期这种公开性对实现同性恋的社会目的来说是至关重要的。像购买珍稀的可供展览的手工艺品一样，这种行为将位于精英社会阶梯顶端的真正的少数与其他人区分开来。

这盛世歌舞做成了水绘江山，
也做成了我们的繁华、欢乐与记忆。

六三　盛事歌舞

水绘园除美食、好茶、诗文酬唱和金石书画鉴赏之外，丝竹管弦的表演也盛极一时。事实上，不光水绘园，整个万历年以来，士大夫中就十分流行备置家乐唱曲演剧的做法，张岱、阮大铖、申时行、邹迪光、钱岱等人的家班都闻名一时。借助张岱的一篇《虎丘中秋夜》，我们或可窥见当时的歌舞盛局：

> 虎丘八月半，土著流寓、士夫眷属、女乐声伎、曲中名妓戏婆、民间少妇好女、崽子娈童及游冶恶少、清客帮闲、傒僮走空之辈，无不鳞集。自生公台、千人石、鹅涧、剑池、申文定祠下，至试剑石、一二山门，皆铺毡席地坐，登高望之，如雁落平沙，霞铺江上。天暝月上，鼓吹百十处，大吹大擂，十番铙钹，渔阳掺挝，动地翻天，雷轰鼎沸，呼叫不闻。更定，鼓铙渐歇，丝管繁兴，杂以歌唱，皆“锦帆开，澄湖万顷”同场大曲，蹲踏和锣丝竹肉声，不辨拍煞。更深，人渐散

去，士夫眷属皆下船水嬉，席席征歌，人人献技，南北杂之，管弦迭奏，听者方辨句字，藻鉴随之。二鼓人静，悉屏管弦，洞萧一缕，哀涩清绵，与肉相引，尚存三四，迭更为之。三鼓，月孤气肃，人皆寂阒，不杂蚊虻。一夫登场，高坐石上，不箫不拍，声出如丝，裂石穿云，串度抑扬，一字一刻。听者寻入针芥，心血为枯，不敢击节，惟有点头。然此时雁比而坐者，犹存百十人焉。使非苏州，焉讨识者！

事实上，不光张岱，袁宏道亦有对虎丘中秋夜这歌舞管弦之盛的描述：

虎丘去城可七八里，其山无高岩邃壑，独以近城，故箫鼓楼船，无日无之。凡月之夜，花之晨，雪之夕，游人往来，纷错如织，而中秋为尤胜。

每至是日，倾城阖户，连臂而至。衣冠士女，下迨蔀屋，莫不靓妆丽服，重茵累席，置酒交衢间。从千人石上至山门，栉比如鳞，檀板丘积，樽罍云泻，远而望之，如雁落平沙，霞铺江上，雷辊电霍，无得而状。

布席之初，唱者千百，声若聚蚊，不可辨识。分曹部署，竞以歌喉相斗，雅俗既陈，妍媸自别。未几而摇手顿足者，得数十人而已；已而明月浮空，石光如练，一切瓦釜，寂然停声，属而和者，才三四辈；一箫，一寸管，一人缓板而歌，竹肉相发，清声亮彻，听者魂销。比至夜深，月影横斜，荇藻凌乱，则箫板亦不复用；一夫登场，四座屏息，音若细发，响彻云际，每度一字，几尽一刻，飞鸟为之徘徊，壮士听而下泪矣。（袁宏道：《虎丘记》）

冒辟疆的水绘园承一时之风气，筹建家班，自娱自乐，以迎嘉宾。其中紫云、杨枝等人就是冒氏家班中的著名歌童。"伶人者即巢民所教之童子也。徐郎善歌，杨枝善舞，有秦箫者解作哀音，每一发喉，必缓其声以激之悲凉。仓兄一座欷歔。"（张次溪：《清代燕都梨园史料续编》）

这些家班童子的表演，常常成为冒宴请宾朋时的重头好戏。他们或随舟而走，一丝一管，形式简单："与佳客各刺一舟，舟内一丝一管一茶灶"（冒辟疆：《水绘庵六忆小记》）；或尾客于后，小曲清唱："登舟，泛洗钵池。明窗尽开，水云一色。一小蜻蛉载清吹数部尾其后，歌丝为水声所咽，缭绕久之"（王士禛：《渔洋精华录集释》）；或者也有场面宏大之时，命歌儿开寒碧堂，演《牡丹亭》《紫玉钗》《邯郸梦》诸剧，借剧遣怀，以浇块垒："予之教此童子也，风雨萧萧则以为荆卿之歌，明月不寐则以为刘琨之笛，及其追维生死、凭吊旧游，则又以为谢翱之竹"。（陈瑚：《得全堂夜燕记》）

冒的水绘园歌舞不歇，经常是"夕阳一抹，林水荡漾无边际，紫澜小史吹洞箫佐酒，其韵冷绝而悠长，与水曲折，觉海天茫茫，此去不远。"（杜浚：《朴巢民文选序》）这盛事歌舞中自不乏家班歌童的演出，但时不时亦会有音乐方面的时代名流亲造。昆曲名家苏昆生、琵琶艺人白珏就是众多造临者中的鼎鼎人物。

苏昆生，《桃花扇》上说："本姓周，是河南人，寄居无锡。"乃是和说书艺人柳敬亭齐名的明末昆曲大师，两人曾同在左宁南幕下供职，梅村先生为赋《楚两生行》。左良玉死后，苏流寓江南，一度在阮大铖家班中供职，后投身青楼，成为名妓李香君的昆曲教习。苏善曲度，"于声音一道，得其精微"，在当时被人为是"魏良辅遗响"。但时势转移，苏所代表的"古道"乏人问津，其几乎沦落到无以为继的地步，一度以砍柴为生。康熙六年，吴伟业两番去信向冒辟疆推荐此人：

古调虽自爱，今人多不弹。昔年知交，大半下世，沦落江湖，几同挟瑟齐王之门矣！方今大江南北，风流儒雅，选新声而歌楚调，孰有过我老盟翁者乎？弟故令一见左右。……嗟乎！士方穷苦，扁舟铁笛，风雪渡江，以求知己。倘无以收之，将不能自还。幸开名园，延上客，朗歌数曲，后日传之，添一段佳话也。（吴伟业：《与冒辟疆书》）

冒辟疆欣然领意，“振拔之水绘园中”，从此也就添了一段千古佳话。而另一段佳话，则在康熙九年的冬天展开：

白生名珏，字双璧，琵琶第一手，吴梅村为作《琵琶行》。一日，抱琵琶至冒巢民水绘庵拨弦按拍，宛转作陈隋数弄。杨羡生又赋《摸鱼儿》一阕，倚弦歌之，听者皆凄然泣下。（冒广生编：《冒巢民先生年谱》）

据说白珏演奏当日，“淮扬之间，雪花如掌，他人方拥悲僵卧……先生独与孝威、散木……坐湘中阁，烹岕炙麈……浮大白，观董思翁向所为擘窠大书，听白三弹琵琶，慷当以慨。”（程可则：《水绘庵诗文二集小引》）

盛人、盛事、盛举构成了水绘园生活的绝大方面，而歌舞则为其平添不少声色。但可惜，冒辟疆后来经济不济，床头金尽，家宅又为豪强所掠，晚景凄凉，好在他生前教养的家班能在年内挣得一二百金，用来居家度日、招待宾客：

每夜灯下写蝇头数千，朝易米酒家生。十余童子，亲教歌曲成班，供人剧饮，岁可得一二百金，谋食款客。

无论来没来过水绘园，见未见过冒辟疆，许多人都在传颂这里的繁华美景和主人的儒雅好客。直到冒70岁，这美丽的神话依旧在复制传播，这里且录一段当事人对此良辰美景的记载：

> （水绘庵）环以荷池，带以柳堤，亭台掩映，望若绘画。江北无山，巢民性好石，积之数十年，曲而为洞，折而为渠，迭而成峰，凌空插虚，有云气生其上。巢民与同志读书赋诗其中，暇则饮酒清谈，丝竹款进。（孙朝让：《五十双寿序》）

冒辟疆的水绘遗民生活——丝竹管弦，轰饮狂歌——真可谓是旷日持久。这“疯狂的”聚会整整持续了四十年，其间加上几次赈灾，冒辟疆的家财几乎耗尽。在冒家住了整整十年的陈其年这样说：

> 即余比岁居东皋，而冒先生者，其家实不如平时。（陈其年：《水绘庵乙巳上巳修禊诗又序》）

冒辟疆60岁时，戴洵从虞山来到水绘园小住，他看出了其中端倪：

> 先生为遗民，为遗老，酒阑歌罢，徜怳不乐，余知其有所思。知雌守雄，知白守黑，间有言嗫嚅不出口，余知其有所感。食指什百人，宾朋满座，征歌度日，夜以继日，床头金或不给，余知其有所忧。（戴洵：《赠别冒巢民先生序》）

千金散尽，仍勉力而为，但毕竟入不敷

出，唯余一抹西风残照的悲凉。而与之相反，李白的千金散尽，则极尽豪放之气度，显示了一种刺人心肠的欢乐之美，也如余光中所说，李太白“秀口一吐，就是半个盛唐”：

君不见黄河之水天上来，奔流到海不复回。
君不见高堂明镜悲白发，朝如青丝暮成雪。
人生得意须尽欢，莫使金樽空对月。
天生我材必有用，千金散尽还复来。
烹羊宰牛且为乐，会须一饮三百杯。
岑夫子，丹丘生，将进酒，杯莫停。
与君歌一曲，请君为我倾耳听。
钟鼓馔玉不足贵，但愿长醉不复醒。
古来圣贤皆寂寞，惟有饮者留其名。
陈王昔时宴平乐，斗酒十千恣欢谑。
主人何为言少钱，径须沽取对君酌。
五花马，千金裘，呼儿将出换美酒，与尔同销万古愁。

李白之诗“迅快无疏脱”，一上来就一气鼓荡，凌空掷出两组长句，先开诗之大势，让人抖地得了精神。黄河之水奔流入海，犹如逝者如斯不舍昼夜，而青丝转银发更说明人生若白驹过隙，青春转瞬不再。李白再次痛叹人生的无常，其中有英雄的末路，也有佛教的慈悲。但接下二句李白翻然一变，变大悲为大喜。两相对照，给人以“刺人心肠的欢乐”（波德莱尔语）。人生得意之时应开怀畅饮，切莫辜负清风明月。如若人生不得意呢？太白也有办法，那就是“散发弄舟”。此开篇六句显得雄快俊逸，已露仙人面目。

“天生我材必有用，千金散尽还复来。”这是何等夺目的形象，它是所有诗人的宣言书，它宣告了诗人和人的慷慨、舍身、责任与荣光。它同时也是我们现实中一个可以实现的完美的梦。太白说出了，做到了；当然也告诉我们并引导我们了。

大气派与大豪饮也随之登场。烹羊宰牛，盛宴已开；举杯痛饮，应是“三百杯”。人生有如此痛快，的确不枉活一世。对李白来说，“钟鼓馔玉”的富贵生活根本不以为“贵”，他只愿长醉不醒，犹如刘伶、陶潜等人。而这些古代的圣贤的确堪称寂寞高人。整个魏晋的风雅之士不正是因为善饮而留名的吗。李白仰俯古今，心发浩叹，化用曹植《名都篇》二句：“归来宴平乐，美酒斗十千。”

此时的李白已经是酒气翻飞，狂出天外了。他“手之舞之，足之蹈之”。节奏徐徐加快，径直“呼儿”去用“五花马、千金裘”换来美酒，非来一个大醉方休不可。万古愁绪为之一扫而空，实在是痛快淋漓。

宋严羽评其诗云：“一往豪情，使人不能句字赏摘。盖他人作诗用笔想，太白但用胸口一喷即是。”

柳宗元《乞巧文》里说骈体文的句式乃是：

> 骈四俪六，锦心绣口，宫沉羽振，笙簧触手。

“锦”与“绣”乃是精美的织物，丝滑质地，用来形容“心”、“口”，本意又与骈俪相关，自然就是指才思敏锐且文辞优美，藻饰华丽。《红楼梦》第四十九回“琉璃世界白雪红梅，脂粉香娃割腥啖膻”里讲，史湘云和贾宝玉吃鹿肉，林黛玉嘲笑他们，史湘云冷笑他是假清高，最可厌，还说这会子他们是吃腥的、吃膻的，但待会芦雪庵联诗却会是锦心绣口，才高一筹的。

自然，惟那些真有才学者方能称“锦心绣口”的。而水绘园中云集饮宴，题咏吟赏的除了明末四公子方以智、陈贞慧、侯朝宗之外，“东林、幾社、复社诸先达及前后馆阁台省，下逮方伎隐逸缁羽之伦”，亦各各皆是有其文才。

六七 修禊

殷周以来巫觋的遗风，是指春秋两季在水边举行的除去不祥的祭祀活动，农历三月初三为“春禊”、七月十四日称“秋禊”，但一般多指春禊。

周代已有水滨祓禊之俗，由朝廷指派专职的女巫掌管此事。祓，是祓除病气和不祥；禊，是修洁、净身。《周礼·春官》：“女巫掌岁时，祓除衅俗。”郑玄注曰：“岁时祓除如今三月上巳水上之类。衅浴：谓以香熏草药之汤沐浴。”《诗经·郑风·溱洧》也记录了郑地类似的祓秽风俗：“溱与洧，方涣涣兮，士与女，方秉兰兮。”韩诗注曰：“谓今三月桃花水下，以招魂续魄，祓除岁秽。”后来刘昭在《后汉书》里亦有对此作注补充，他说：“韩诗曰郑国之俗，三月上巳溱洧两水之上，招魂续魄，秉兰草祓除不祥。”

《论语》中：“暮春者，春服既成，冠者五六人，童子六七人，浴乎沂，风乎舞雩，咏而归”的记载，亦是说的春禊一事。汉代应劭的《风俗通义》把禊列为祀典，说：“禊，洁也。”春日万物生长易生疾病，于水上洗濯防病疗病。《后汉书·礼仪志》即有“祓禊”一项，“是月上巳，官民皆洁于东流水上，曰洗濯祓除，去宿垢，为大洁”。去宿垢，即是除旧病。因此，祓禊仪式基本包含了用香薰花草沐浴，去病患，除鬼魅，作祈禳等内容。

此外，禊另有一种说法，《晋书·束皙传》记载：

> （晋）武帝尝问挚虞三日曲水之义。虞对曰："汉章帝时，平原徐肇以三月初生三女，至三日俱亡，村人以为怪，乃招携之水滨洗祓，遂因水以泛觞，其义起此。"帝曰："必如所谈，便非好事。"

尽管两者说法不一，但禊乃出于消灾祈福的目的而举行是毋庸置疑。历史上最为著名的一次修禊活动出现在东晋永和九年三月三日，即公元353年的上巳节。当时的贵族王羲之，邀请了包括谢安、谢万、孙绰、许询等在内的42名文人学士、社会名流，在浙江山阴的兰亭举行暮春修禊仪式。他们按长幼的年齿列坐于曲水之旁，借着宛转的溪水，以觞盛酒，置于水上，饮酒赋诗。这次雅集，与会者创作了37首题为兰亭的诗篇，王羲之的《兰亭集序》正是为此而作。但有趣的是，这些诗篇在后世默默无闻，倒是这篇序言本身却是籍籍以传！

永和九年，岁在癸丑，暮春之初，会于会稽山阴之兰亭，修禊事也。群贤毕至，少长咸集。此地有崇山峻岭，茂林修竹；又有清流激湍，映带左右，引以为流觞曲水，列坐其次。虽无丝竹管弦之盛，一觞一咏，亦足以畅叙幽情。是日也，天朗气清，惠风和畅，仰观宇宙之大，俯察品类之盛，所以游目骋怀，足以极视听之娱，信可乐也。夫人之相与，俯仰一世，或取诸怀抱，晤言一室之内；或因寄所托，放浪形骸之外。虽取舍万殊，静躁不同，当其欣于所遇，暂得于己，快然自足，不知老之将至。及其所之既倦，情随事迁，感慨系之矣。向之所欣，俯仰之间，已为陈迹，犹不能不以之兴怀。况修短随化，终期于尽。古人云："死生亦大矣。"岂不痛哉！每览昔人兴感之由，若合一契，未尝不临文嗟悼，不能喻之于怀。固知一死生为虚诞，齐彭殇为妄作。后之视今，亦犹今之视昔。悲夫！故列叙时人，录其所述，虽世殊事异，所以兴怀，其致一也。后之览者，亦将有感于斯文。

兰亭雅集开了江南文人诗酒文会的先河，此后流风余韵代代不绝。这一点我在前面雅集一项已经详细谈过，此处不再重复，而是将目光锁定在冒辟疆和王士禛，以及他们于康熙四年（1665）在水绘园举行的另一次修禊盛事（水绘雅集）上，这次雅集光华灿烂，唯独令人扼腕的是董小宛不能参与其中了，她早已于1651年离开了人世。

借助美国汉学家梅尔清的《清初扬州文化》研究，我们知道，在王士禛到达扬州之前，红桥籍籍无名，没有人提到它，自然也不具备任何文学资本。但是随着康熙初年王士禛在此举行的两次红桥修契活动，即1662年和1664年的两次，红桥从此名声大噪，而王本人也通过这两次活动积攒了很大一笔文学资本。

> 处所的声望来自于人的声望，城市声望亦随着人的名望的增高而提升。与此同时，王士禛着意通过自己在扬州特别是在红桥的活动来提高自己的威望。从他在北京的文学活动轶事可以看出，他基本上是与自己属下之间往来。而在扬州，在红桥，王士禛是与著名的遗民一道吟诗唱和。这或许可归结于他所处地方习俗的不同。北京是官员们相互往来的权力中心，而17世纪的扬州是作为对晚明

的记忆而被再度发现的城市。（梅尔清：《清初扬州文化》）

正基于王士禛与红桥的紧密联系，梅尔清将其与董以宁所描述的苏轼和赤壁的关系相提并论。尽管欧阳修、苏轼、王士禛一起被供奉在“三贤祠”，关联明显，但显然，王本人更乐于成为第二个王羲之。其作于 1664 年的《冶春》诗的最后两句，就直言了红桥修禊与兰亭聚会的相似：“好记甲辰布衣饮，竹西亭子是兰亭。”而 1662 年那篇著名的《红桥游记》更是暗示了与《兰亭集序》的相互关联，流露了一种近乎一致的情感：“时光流逝，良辰美景和友谊的转瞬即逝。”

但不同于王羲之的是，17 世纪的王士禛身上更有一种“遗民”气息。这种气质从根本上展示了红桥修禊的“另类”意义。

王士禛利用这些场合建构并将他自己划归“被征服前一代”文人代表形象之列，而反过来他们这一代也利用红桥及其环境来重新想象晚明的城市景象。对于这些代表来说，这是令他们痛楚的，且带有强烈的讽刺意味。清初官方年轻的代表，利用其是晚明“局外人”的特点已达到增强自己声望的目的。

它提供了一种情境来反映人性的和政治的惆怅，它提供了一个地点来欣赏过去的与现实欢娱，最后它提供了一个机会使文人通过著述与活动将他们自己与他们的“社会另类”区别开来。（梅尔清：《清初扬州文化》）

而这一点显然和冒辟疆与他的水绘园的关系是一致的，但是梅尔清的研究并没有涉及，她的重点在我们上面提到的两次红桥修禊，而对在冒家水绘园举行的另一次修禊活动只是一笔带过了。那是她在谈到扬州的“小秦淮”被植入了南京“秦淮河”的“惆怅的诗意与情系于胸的欢娱”时论及的。在文中她列举了冒辟疆和陈维崧作于1665年，即水绘修禊之时的两首诗，作为对上述观点的说明，但对当时的情景并未过多提及。借助李孝悌的《士大夫的逸乐——王士禛在扬州（1660—1665）》一文，我们得以复原此次盛宴。

1665年的春天，即康熙四年，王士禛来到如皋水绘园参加在此举行的修禊盛会，但因为公务繁忙，他需要花费一天的时间来处理这些公务，以致无奈地错过了一天，为此他给冒辟疆写信表示遗憾：

昨夕畅聆乐君之论，不独声色丝竹之妙，谢谢。连日

簿牒如山，稍一料理，以便明日赴曲水之招，甘金谷之罚。今日万不能蹑屐，奈何！（《同人集》）

但出乎意料的是，这些公务并未能在一天内完成，它们整整耗费了他四天的时间。这四天的繁重工作使得王士禛体力不支，他又一次无奈地爽约了：

连日夜坐几于达旦，又以公事迫促，几不成寐四夕矣。今日佳招，本拟赴命，并践鉴赏书画之夙约，乃头目岑岑，殊不可耐。辞则非情，赴又不能勉强，奈何！奈何！（《同人集》）

尽管诸事拖累使得王屡屡爽约，但这次水绘之约最终还是成行了。而且重要的是：

这一次的修禊，不论是对水绘园或清初的文化界，都是一个值得铭记的里程碑。在王士禛充满文化符码的诗句中，短短几天的集会，简直就是一次臻至极致的文化展演。（李孝悌：《恋恋红尘》）

王士禛对水绘园的描绘充满了狂欢色彩，美酒、佳肴、丝竹管弦和山光水色，简直是一件赏心乐事。王为此赋诗八首，总为《水绘园修禊八首》。借助王及其他人的诗文记述，我们知道，当时他们吃着时鲜菜蔬（“未传洛下羊酪法，且醉淮南樱笋厨”），痛饮醇酒佳酿（“田家社酒压缸面，雪白橙香玉练槌”），并一同观赏了《兰亭修禊图》：

枕烟亭几上有文待诏《兰亭修禊图记》一卷，卷素朱黯碧隐，茂林修竹，牡丽翩娟，展玩如与王、庾诸子弟捉尘面谈。（冒辟疆：《水绘庵修禊记》）

此外，自然也少不了水绘园的吴歌水调，丝竹管弦：

登舟，泛洗钵池。明窗尽开，水云一色。一小蜻蛉载清吹数部尾其后，歌丝为水声所咽，缭绕久之。

时日已将暝，乃开寒碧堂，爰命歌儿演《紫玉钗》、《牡丹亭》数剧，差复谐畅。漏下二鼓，以红碧琉璃数十枚，或置山颠，或置水涯，高下低昂，晶莹闪烁，与人影相凌乱。横吹声与管弦拉杂，忽从山上起，栖鸦簌簌不

定。阮亭曰："此何异罗星斗而听缑笙也？"（王士禛：《渔洋精华录集释》）

正是在这一派笙歌鼓乐之中，王士禛发出了要痛饮十石的豪语，一切都仿佛回到了明末江南的优游岁月。但是，酒入愁肠，这一场盛会既成为王士禛告别江南的最后华宴，也成为冒辟疆走向荼蘼之境的最终预言，当然更是大明王朝风华声教的回光返照。每一处景致和举动都能唤起人们对失落往事的追忆和对未来之事的忧心忡忡，冒辟疆的诗这样写道：

何处能令客思消，
沿流出郭到红桥。
更无丽瞩堪娱悦，
隋苑风光是柳条。

（梅尔清：《清初扬州文化》）

同翟永明在成都的“白夜酒吧”一样，这里的“白夜”首先也是一个地理上的概念，而后才是那些因为个人和时代魅力而聚集起来的文化义涵。当然，不同于“白夜酒吧”的当代文化意蕴，这里的“白夜”也不是一个可供人随意出入的概念，它固执地占有着一个民族的指纹和胎记，基因式地自觉呈现在中华民族国家的想象之中。而更重要的是，在这些被认为是有意为西方读者而为的“政治美德”和“异国情调”之外，我想还原这个词的字面意思，即它是一个华贵而明亮的夜晚，火树银花，长夜不歇。它无关一个民族的“白夜”式对抗（见后），而仅仅是两个人及一群诗人艺术家的风雅生活。现在就让我们从地理上出发，慢慢道来。

作为地理学意义上的“白夜”，是指大气光学作用（大气对阳光的折射和散射）导致的夜晚天空明亮的现象。即：太阳落入地平线以下之后到第二天日出前的这段时间内，天空通宵处于“晨昏朦影”的状态。它又被叫为“曙暮光”，日出前叫“晨光”，日落后叫“昏影”。这种夜晚，人们可以不必借助灯光而跟白天一样从事各种活动。白夜出现在夏季的高纬地带，其发生范围，可以由南、北极点（南、北纬90°处）外延至南、北纬48°34′地带。在我国最北端漠河附近，接近夏至日时，会发生白夜现象。而帕斯捷尔纳克所书写的彼得堡的《白夜》（见前），也同样因为处于高纬度地区，每年夏季也都会出现白夜现象，无昼无夜，通体光明。曾经的彼得堡诗人布罗茨基对此更是深有体会。彼得堡的白夜，常常是西边晚霞不灭，东方朝霞已出。

正因为白夜是俄罗斯人生活中不可或缺的部分，所以所有的文学家都乐于书写这个主题，陀斯妥耶夫斯基是，帕斯捷尔纳克也是。甚至那些没有直接以此为题来书写的作家都在秘密进行着这样一项事业。因为“白夜”已成为一个痛苦的象征，它是第三世界国家的“民族寓言”（national allegory），是俄罗斯式的激情对抗美学。（可参见柏桦的文章：《从《白夜》到《雨夜》：一种“萨米兹达特”（Samizdat）式的新抒情主义》）。

说来也是宿命，俄罗斯作家历来只强调和关注自己民族的苦难并对此津津乐道。俄罗斯的苦难灵魂是谁？是契诃夫，契诃夫代表了所有俄罗斯的精神痛苦，要了解俄罗斯的人种人格以及俄罗斯整个灵魂，只要读契诃夫就可以了。关于这点，纳博科夫已说得很透彻了：

> 那些对俄国人民的痛苦和俄国文学的光荣同样感兴趣的人们才欣赏契诃夫。尽管契诃夫从来不想为人们提供一种社会的、道德的教训，然而他的天才却几乎在不经意之间就揭露了那充满饥饿、前途茫茫、遭受奴役、满腔愤怒的农民的俄罗斯最黑暗的现实，而这种揭露要比那些凭借一系列着色傀儡来炫耀其社会见解的诸如高尔基那样的许多其他作家的揭露更为充分。我还要进一步说，爱陀思妥耶夫斯基或高尔基甚于爱契诃夫的人永远也不能掌握俄罗斯文学和俄罗斯生活的本质，而且，远为重要的是，他们永远不能掌握普遍的文学艺术的本质。在俄国人中间，常把自己的熟人按其是否喜爱契诃夫而分成两类，这几乎已成为一种有趣的游戏了。那些不喜爱契诃夫的人们绝不属于公正的一类。（纳博科夫：《论契诃夫》，《世界文学》1982 年第一期）

但是，俄罗斯的文学由于纳博科夫的出现发生了一次基因突变，纳博科夫改变了一般人对俄罗斯的印象和看法；也就是说，俄罗斯的灵魂和俄罗斯的精神，产生了新的代言人，这个新代言人就是赫鲁晓娃认为的纳博科夫，正是他代表了俄罗斯的未来。话说回来，纳博科夫就不会喜欢这类凄惨的俄罗斯式的老作品，他对这些作家说了一些很尖酸刻薄的话，比如说他最瞧不起的作家就是陀斯妥也夫斯基，他认为他是不入流的作家，二流都算不上。为什么赫鲁晓娃 (Nina Khrushcheva) 说“纳博科夫 (Vladimir Nabokov) 才是俄罗斯的未来”。因为：

> 19 世纪俄国文学作品里的大多人物都很典型——苦难、悲惨成了共同的前提意识，从来没有好结局。俄罗斯人在现实中不顺利，就从这些人物身上寻找安慰。我们安慰自己：没有洗衣机、食品店，可是我们有俄罗斯精神，这就能构成一个大国。而纳博科夫一生都没有这样的主张，他自称从来没有社会目的，写作只为自娱。可如果你看他的作品，尤其是 1940 年代后用英语撰写的作品，他基本上是在为俄罗斯人改写俄罗斯文学。（赫鲁晓娃：《纳博科夫才是俄罗斯的未来》）

赫鲁晓娃的指认表明，契诃夫、陀思妥耶夫斯基等人属于俄罗斯的昨天，他们镌刻了体制生活下的时代印记。尽管他们最终将走向世界，但他们首先只属于俄罗斯。换言之，他们是在书写一种杰姆逊 (Fredric Jameson) 意义上的“民族寓言”。而这种“寓言”的关键词就是“白夜”。而纳博科夫抛弃了“白夜”！

正是出于这种民族受难的考虑，俄罗斯的现代诗与西方的现代诗有着截然不同的面貌，帕斯捷尔纳克、曼杰斯塔姆、茨维塔耶娃（Marina Tsvetayeva），他们写的不是西方所谓的“世界主义诗歌”，而是有一个鲜明的苏联社会主义背景。他们首先要用诗歌解决个人生活中每天将遭遇的严峻现实政治问题，为了突破“政治”、歌唱自由，他们不惜用尽一切“细节”、一切“速度”、一切“超我”，像一只真正泣血的夜莺，如帕斯捷尔纳克的《白夜》便是最好的证明，他以私人的爱情书写来对抗一个公开的国家，而西方诗人从某种意义上说已超越了政治而专注于最普遍、最基本的人性本身。正如一位作家所说，“帕斯捷尔纳克是苏联的作家。而索尔·贝娄 (Saul Bellow) 不仅仅是美国作家，也是全人类的作家，他越过了地缘政治这一概念，在作品中表现了对全人类的所有人性问题的关注、理解和同情。”

但是，俄罗斯式的美学，在对抗中生成，也唯有在对抗中才有存在的意义。苏联解体，东欧剧变，这些事件统统使得对抗瞬间瓦解，“白夜”的意义顷刻湮灭。所以，90 年代以后，昆德拉（Milan Kundera）之类失效了，纳博科夫才预示着一个国家民族（指俄罗斯）未来的展开。关于此点，最初的信号是——1929 年 12 月——从法国巴黎升空的，当时，纳博科夫的长篇小说《防守》在巴黎俄国流亡杂志《当代纪事》连载，俄罗斯流亡文化圈著名批评家尼娜·波波诺娃就立刻宣布：“纳博科夫是相当成熟而老练的现代作家，……一个伟大的俄罗斯作家，像凤凰一样……从革命与流亡的火焰和灰烬中诞生。”俄罗斯文学的老前辈，曾经如此高傲的伊万·蒲宁说得更直白：“这小子拿了一把枪，把整个老一代全部干掉，我也不例外。”（波波诺娃和蒲宁的话见芭芭拉·威利著《纳博科夫评传》，漓江出版社，2014，第 59 页）的确，蒲宁一生都在与纳博科夫进行文学较量，年长纳博科夫二十九岁的蒲宁总算在老年死了与纳博科夫在长篇小说争雄的心，但依然怀着侥幸的心想着自己或许能在短篇小说领域与之较量，他在最后的岁月写出了最后的“文学遗嘱”——杰作《暗径集》，期待与纳博科夫的短篇（如《菲雅尔塔的春天》、《云、湖、塔》、《完美》等）进行最后的文学决斗。忐忑慌乱的老蒲宁呀！后半生受尽了高雅贵气的纳博科夫的折磨。（有关详情可参见施拉耶尔：《蒲宁与纳博科夫：一生的较量》，黑龙江教育出版社，2016 年出版）

1987年我写《琼斯敦》，那是另一个“白夜”。那时我们无意中卷入西洋式的加速度，青春的胸膛再次充满渴望爆炸的军火，现实或理想的痛苦在撕咬着愤怒的眼泪，热血的旋涡如疾雨倾泻于玻璃，感情在突破，性急与失望四处蔓延，示威的牙齿漫骂着、啃着一排排艰难时日，“谁是我们的朋友，谁是我们的敌人”对于这一重要问题，我们已经混淆了、厌恶了，……我在酒精的毒焰中挺身代替曼杰斯塔姆“残酷的天堂”，我宣告：

孩子们可以开始了
这革命的一夜
来世的一夜
人民圣殿的一夜
摇撼的风暴的中心
已厌倦了那些不死者
正急着把我们带向那边

幻想中的敌人
穿梭般地袭击我们
我们的公社如同斯大林格勒

空中充满纳粹的气味

热血旋涡的一刻到了
感情在冲破
指头在戳入
胶水广泛地投向阶级
妄想的耐心与反动作斗争

从春季到秋季
性急与失望四处蔓延
示威的牙齿啃着难捱的时日
男孩们胸中的军火渴望爆炸
孤僻的禁忌撕咬着眼泪
看那残食的群众已经发动

一个女孩在演习自杀
她因疯狂而趋于激烈的秀发
多么亲切地披在无助的肩上
那是十七岁的标志
唯一的标志

而我们精神上初恋的象征
我们那白得炫目的父亲
幸福的子弹击中他的太阳穴
他天真的亡灵仍在倾注：
信仰治疗、宗教武士道
秀丽的政变的躯体

如山的尸首已停止排演
空前的寂静高声宣誓：
度过危机
操练思想
纯洁牺牲

面对这集中肉体背叛的白夜
这人性中最后的白夜
我知道这也是我痛苦的丰收夜

——柏桦《琼斯敦》

北京大学的钱文亮博士在解读该诗时也曾注意到了“白夜”这个词，他说：

这是柏桦非常喜欢的一个意象，在他的诗中多次出现。很明显的，它标示了柏桦诗歌资源中的俄苏文学因素，那种理想主义的、幻美的、苦难中超越的、带有宗教性的献身激情与净化功能的、个人倾诉性的对青春与爱情的想象与表达。它是贯穿于屠格涅夫的散文诗和《猎人笔记》、果戈理的《狄卡近乡夜话》、托尔斯泰的《战争与和平》到帕斯捷尔纳克的《日瓦格医生》等等文学作品中的一种影响深远的精神传统，在陀斯妥耶夫斯基的中篇小说《白夜》里更具有深刻的表现。《白夜》写的是一个孤僻成性的“梦想者”与孤女娜斯晶卡邂逅的故事，在四个白夜里，两人互诉衷肠，并且“梦想者”爱上了娜斯晶卡。但是娜斯晶卡的情人突然归来，“梦想者”虽然很痛苦，却仍然怀着感激之情向她祝福……“梦想者”身上的这些美德——精神的纯洁和爱情方面的自我牺牲，曾经深深影响了北岛、柏桦他们这代人。与此相关，柏桦特别喜欢白色、白银、白马、白夜，尤其是白夜；这是一个美妙的情境，这样的夜晚，“只有在我们年轻时才有。星斗满天，清光四射”，与柏桦热爱旧时代的自然风物的情怀正相契合。……因此，“白夜”在柏桦那里成为一种超现实之美的象征，……是一种“飞翔”的激情，“爆炸”与“燃烧”的激情，或者说“革命”与“毁灭”的激情，……而激情式的抒情则是要以“抵抗”为前提……（洪子诚主编：《在北大课堂读诗》）

尽管不可否认，我们那一代深受俄罗斯的影响，而且我本人也沉迷于俄罗斯诗歌，但是我想说的是，这首诗写在我的青春飞行期，那是一个充满躁动不安和波德莱尔式的“恶之花”的时代，它更多的是一种热血和燃烧，是一首极端个人化的诗，暗藏了许多个人情结与私人象征，其中有对抗的力量，但也有超越对抗的莫名的力量。它一方面代替了曼杰斯塔姆“残酷的天堂”在发言，另一方面它又属于我个人的经验，而不是一个民族的记忆。

2007 年 6 月我写冒辟疆与董小宛一诗时，我又一次注意到并有意使用了“白夜”这个词，在离开《琼斯敦》整整二十年之后，我想我这一次是获得了一次胜利。因为它无关对抗，也没有白热的个人情结。我在这个西方语词中容纳了一个古典的语境，它仅仅是指一个明末夜晚的华贵的雅集画面，在江南，在水绘园，古典与现代互现。它复现了晚明王朝最后的风华声教，追忆了一个永世不在的以精致闲雅为时尚的遗民世界。

俄罗斯的白夜，帕斯捷尔纳克的白夜，是“寒意侵袭着我们”，是单薄的两个人与国家机器相抗衡，那是一种惊世骇俗的力量。但水绘园的白夜，是花前月下，一对神仙眷侣及一群好友轻轻地生活，不打扰人家，亦不回应时事、国事。他们只为自己的似水流年，如花美眷而生活着，做一份人家。尽管贵重，却绝不是王侯将相的霸气，而仅仅是一种安闲的风日无猜，细水长流。

这里没有对抗，只有隐逸。孤云独去，众鸟高飞，这是中国的语境，中国的感觉。尽管冒辟疆年轻时为着家国抱负彻夜不眠，英雄煮酒，但是在与董小宛相携而伴的九年里，他显得优游自足，认为一生的清福即在其中。

> 每花前月下，静试对尝，碧沉香泛，真如木兰沾露，瑶草临波，备极卢陆之致。东坡云：“分无玉碗捧峨眉。”余一生清福，九年占尽，九年折尽矣。（冒辟疆：《影梅庵忆语》）

> 忆年来共恋此味此境，恒打晓钟尚未著枕，与姬细想

闺怨，有斜倚薰篮，拨尽寒炉之苦，我两人如在蕊珠众香深处。令人与香气俱散矣，安得返魂一粒，起于幽房扃室中也！（冒辟疆：《影梅庵忆语》）

这长久的水绘园的白夜里有爱情，有回忆，有隐逸，有华丽，有诗酒，有抄诗，更有日常。它不是西方的白夜，更精确地说，不是俄罗斯苦难命运的白夜；对于这种俄罗斯式的白夜，我在《一点墨》（北方文艺出版社，2013）第591条《厌倦的事》里，说出了我现在的心情：

我早已厌倦了俄罗斯白银时代的诗歌。为什么，那是因为我对我的青年时代感到厌倦了。

六九 水调

“流丽悠远，出乎三腔之上”的昆山腔，简称昆腔，是我国古老的戏曲声腔、剧种之一，有“中国戏曲之母”的雅称。它产生于元代末年的江苏昆山一带，和起源于浙江的海盐腔、余姚腔以及江西的弋阳腔，并称明代四大声腔，同属南戏系统。清代以来被称为“昆曲”，现称“昆剧”。据明代张广德《真迹日录》卷二记载：

> 元朝有顾坚者，虽离昆山三十里，居千墩，精于南词，善作古赋。扩廓帖木儿闻其善歌，屡招不屈。与杨铁笛、顾阿瑛、倪元镇为友，自号风月散人。其著有《陶真雅集》十卷，《风月散人乐府》八卷行于世，善发南曲之奥，故国初有昆山腔之称。

昆山腔开始只是民间的清曲、小唱。其流布区域只限于苏州一带，到了万历年间，便以苏州为中心扩展到长江以南和钱塘江以北各地，并逐渐流布到北京、福建、江西、广东、湖北、湖南、四川、河南、河北等地，跃居各腔之首，成为传奇剧本的标准唱腔，出现了“四方歌曲必宗吴门”的盛况。

昆腔在明嘉靖（1522—1566）、隆庆（1567—1572）年间经历了一次变革发展。当时流寓在江苏太仓的魏良辅痛感昆山腔“率平直无意致”，于是借张野塘、谢林泉以及张小泉、周梦山、季敬坡、戴梅川、包郎郎等民间艺人的帮助，参考海盐、余姚等腔的优点，并吸收了北曲的演唱成就，对昆腔加以改革。经过十余年的努力，终于总结出了一整套昆腔曲唱的规范，形成了昆曲曲唱体系。经过改造发展起来的新唱被后人称为“新声”——“昆曲”，以区别之前的“旧声”——“昆腔”。昆曲流利清远，柔媚细腻，被称为“水磨腔”：“调用水磨，拍捱冷板。声则平上去入之婉协，字则头腹尾音之毕匀，……启口轻圆，收音纯细。”

“水磨腔”以“慢”、“细”见长，具体表现为放慢拍子，延缓节奏，以便在旋律行进中运用较多的装饰性花腔，声调清柔委婉，并对字音严格要求，平、上、去、入逐一考究，每唱一个字，注意咬字的头、腹、尾，即吐字、过腔和收音，把一个字的音分成“前、中、后”三部分，按“音、声、韵”清楚地唱出来，如把“管”字音分为“g、u、an”三个部分配合旋律——腔，细致地唱出来。俞平伯先生曾在《振飞曲谱》的序言中对此有一形象说法：

以宫商五音配合阴阳四声，其度腔出字，有头、腹、尾之别，“字清”、“腔纯”、“板正”，称为“三绝”。古代乐府（包括宋词元曲）于声辞之间，尚或有未谐之处，至磨调始祛此病，且相得而益彰，盖空前之妙诣也。其以“水磨”名者，吴下红木作打磨家具，工序颇繁，最后以木贼草蘸水磨之，故极其细致滑润，俗曰“水磨功夫”，以此比喻，深得新腔唱法之要。

昆腔经魏良辅之手而成昆曲，日臻完善，但此时的昆曲仍是清唱。昆曲由清唱搬上舞台，成为戏剧，则是由梁辰鱼的《浣纱记》开始。他从音乐方面弥补了水磨调“冷唱”的不足，同时把传奇文学与新的声腔、表演艺术等综合在了一起，借锣鼓之势与舞台的场面形态，使其有了“剧”的形式。此剧风靡一时，“四方歌者皆宗（学）吴门”，从此，昆曲俨然成了剧坛的盟主，数百年来，对许多剧种的舞台艺术，产生过深厚的影响。（参见骆正：《中国昆曲二十讲》；傅雪漪：《昆曲音乐欣赏漫谈》）

写到这里，又难免想到胡兰成一句话："东南一带凡有井水处皆能唱绍兴戏。"（胡兰成：《山河岁月·抗战岁月》）不是吗，我也套用此句：江南一带凡是有水井处皆能唱水磨调。

"对酒当歌，人生几何？"出自曹操的《短歌行》，此诗至今仍是众文人"沈吟至今"的诗篇，端庄抄来如下：

对酒当歌，人生几何？譬如朝露，去日苦多。
慨当以慷，忧思难忘。何以解忧？唯有杜康。
青青子衿，悠悠我心。但为君故，沈吟至今。
呦呦鹿鸣，食野之苹。我有嘉宾，鼓瑟吹笙。
明明如月，何时可掇？忧从中来，不可断绝。
越陌度阡，枉用相存。契阔谈宴，心念旧恩。
月明星稀，乌鹊南飞，绕树三匝，何枝可依？
山不厌高，海不厌深。周公吐哺，天下归心。

此诗的英雄气是如此清华高贵，感染着一代又一代的中国文人，冒辟疆们当然也不会例外。他们承续了魏武的精神，但又以另一种形象出演了他们的生活。他们在水绘园里寄情山水，这里有他们一生的志业，一生的追逐。他们任侠、不事生产、不理家、轻财好客，纵情游乐或行诗酒文会，这是一种全新的以逸乐为志趣的“侠之少游”，另一番“对酒当歌”。

王鸿泰关于明清“尚侠”文化风气的考察说明：

> 明清城市中的侠游活动所开展出来的各种社交场合，是一个可以让士人重新伸展生命活动力，追求自我表现的社会场域，在此，士人被科举规范所制约的写作能力，重新获得了解放。他们可以踰越制举文字的限制，另外从事诗词、古文的写作、呼应，在许多诗酒酬答的场合中，他们的文才可以适时得到响应，他们因而可以借此来展现自我，肯定个人的文字能力，乃至生命价值。相应于此，他们也在科举之外，积极营造非制举文字的价值：他们别于“时文”—— 制举文字之外，另外从事“古文”的写作，而从事此种古文诗词写作者，往往被称为‘文人’。如此区别正表示他们在写作意识与身份认同上已经有别于从事举业的士人。这是一种新的人生观，本此新人生观，他们建构了一种新的身份认同，开启了新的社会活动，进而营造了新的文化表现形态。这正是明清时期别具特色之社会

文化——“文人文化”的发展的契机。（王鸿泰：《侠少之游——明清士人的城市交游与尚侠风气》。

七一 死亡的声音

拂晓里有死亡的声音，那也是俄国诗人蒲宁听到的声音《土星》：

但到半夜，东方升起死人——土星——
铅一般灰暗的光闪烁不定。
创造者，你的事业
当真是十分严峻，凶多吉少！

在此，我还特别想到了博尔赫斯（Jorge Luis Borges）《拂晓》的声音。我也把它抄写在这里，作为参考：

深邃而普遍的黑夜
几乎不曾为一盏盏苍白的提灯所否定
夜里一阵迷路的疾风
侵入了沉默的街道
颤抖着预示了
可怕的拂晓，它徘徊
如一个谎言游荡在

这世上荒无人烟的郊外。
衷情于这安逸的黑暗
又惧怕黎明的威吓
我又一次感到了那出自叔本华
与贝克莱的惊人猜测，
它宣称世界
是一个心灵的活动，
灵魂的大梦一场，
没有根据没有目的也没有容量。

而既然思想
并非大理石般永恒
而像森林或河流一样常新，
于是前面的那段推测
在黎明采取了另一个形式，
这个时辰的迷信
在光线如一支藤蔓
即将缠住阴影的墙壁之时，
降服了我的理智
并描画了如下的异想：

倘若万物都缺乏实质
倘若这人口众多的布宜诺斯艾利斯
其错综复杂足以与一支军队相比
却仅仅是一个梦
由灵魂共同的魔法获得，
那么就有一个时刻
它的存在陷于混乱无序的危险
而那就是黎明震颤的瞬间，
这时梦见世界的人已不多
只有几只夜猫子保存着
大街小巷灰色的，几乎
没有轮廓的图像
他们随后要与别人将它确定。
此刻生命的持久梦境
正处于崩溃的危险里，
此刻上帝会轻易地消灭
他的一切作品！

但又一次，这世界拯救了自己。
光明漫流，虚构着肮脏的色彩

而心怀某种歉疚
悔恨我每天复活的同谋
我寻找我的屋舍，
在大白的天光中它惊愕而冰冷，
与此同时一只鸟不愿沉默
而那消褪的黑夜
留在了失明者的眼里。

（陈东飚译）

虽然对酒当歌，难消永夜，但好景总是短暂的，黎明在无声中准时到来，这就如人之一生的终点，它也将准时到来。拂晓预示了富贵温柔的夜色的终结，冒辟疆也预感到了某种危险的临近，在此，读者完全可将其视作一个象征。

七二 『子夜歌』

胡兰成在《山河岁月》里说：

读晋人《子夜歌》："欢从何处来，端然有忧色。千唤不一应，有何比松柏！"张爱玲说："'端然'两个字真好。他不过是一点小小的不开心，大约并不是忧国忧民，可是在她看来，也还是有一种郑重的美。可见她是真的爱他的，就像印度跳舞里那女孩子得意地告诉人：她的爱人笑起来是怎样的，生起气来又是怎样的。她也忧愁起来，跟在后面问长问短，可是也不至于严重到没有一点取笑的意思。"

以前读书，我们只知道范仲淹的"先天下之忧而忧，后天下之乐而乐"是郑重的，却不知道寻常百姓的忧愁也是美。这世上原是万物都有它的珍贵，贩夫走卒的一个叹息也可以和那匹夫有责的忧国之思等量齐观。这端然真好，见出了喜乐的本性。它不分贵贱，唯真心就是好的。

《子夜歌》里讲这小小的不开心就让他的爱人欢乐失尽，郑重地忧愁起来，现在兵荒马乱，冒辟疆又病入膏肓，危在旦夕，董小宛又如何能不忧心忡忡呢？

七三　甲申之变

公元1644年，崇祯十七年，亦即中国古代天干地支纪年法的甲申年，明末农民起义领袖李自成率兵进京，明朝末代皇帝崇祯上吊，延续267年的明王朝寿终正寝。然而，以李自成为首的农民军进京不过40天，就被明将吴三桂与清军一道赶出了北京城，之后不到一年，这场农民起义，便迅速瓦解了。

“甲申之变”后的300年，也即公元1944年的甲申年，郭沫若发表了《甲申三百年祭》。这位中国现代杰出的史学家和文学家，在总结明王朝倾覆教训的同时，分析了李自成的大顺朝“其兴也勃焉，其亡也忽焉”的原因。郭沫若在文章中写道：李自成的为人，连《明史》都称他为“不好酒色，脱粟粗粝，与其下共甘苦”。在牛金星等人的辅佐下，实行了“均田免粮”、“不杀无辜、不掠赀财”等“收天下心”的政策，使得这支农民起义队伍在历经艰难和曲折之后，从陕西出兵山西，不到两个月便打进了北京城。然而，“在过短的时期之内获得了过大的成功，这却使李自成以下如牛金星、刘宗敏之流，似乎都沉沦进了过分的陶醉去了”。李自成进京后的40天，几十万农民大军屯兵京城，抢掠民财，拶挟降官，搜刮赃款。而李自成放纵下属，自己沉湎于登基做皇帝，对在山海关外虎视眈眈的清军和吴三桂统领的明军却无掣肘之策，以致在吴三桂降清并带领清军入关并攻打北京城时，几十万农民大军还手乏力，稍作抵抗，便匆忙撤出北京，辗转逃窜，最后全军覆没，落得个人亡政息的惨痛下场。

同历史上的所有变故一样，甲申之变也是来者不善，善者不来。这一场变故为今后的许多故事和危险都埋下了伏笔。譬如：董小宛病逝，一个朝代更迭……这以后的事还有种种，谁又能真正领会其中祸福呢？也许一切都像张爱玲在《传奇》的再版序言里所说：

> 个人即使等得及，时代是仓促的，已经在破坏中，还有更大的破坏要来……如果我最常用的字眼是苍凉，那是因为思想背景里有这种惘惘的威胁。

孙朝让在给冒辟疆的《五十双寿序》里提到，申酉之后，故都金陵虽青溪桃叶依旧，但红板桥头、乌衣巷口皆成破迹，唯独冒的水绘园仍是一派洞天：

> 金陵为帝王都会，申酉以后，兵火尤烈，虽江山如故，而马嘶草暗，云惨尘飞，欲寻乌衣绣春旧处，不可复识。……抑天之望巢民也远，爱巢民也深，独留此烟霞竹石鱼鸟林泉，全其孤洁耶！（孙朝让：《五十双寿序》）

而这意思颇有点像杜甫《春望》里咏叹的：

> 国破山河在，城春草木深。
> 感时花溅泪，恨别鸟惊心。
> 烽火连三月，家书抵万金。
> 白头搔更短，浑欲不胜簪。

至德二载三月，杜甫正陷在安史叛军所占据的长安城。故都春光依然，只是物事全非。诗人不禁感时伤怀，在长安城中作了一番疼痛的春望。

起首一句，一破一在，尤其触目，意思相左，发人深思。此句为后人广为传诵，甚至传到了海外。几年前，我偶尔读到一则美国当代山水诗人加里·斯奈德的采访记。他一开始就大谈人类的环境问题，并引用杜甫“国破山河在”这句诗。其用意是提醒人民爱惜生存环境。杜甫这句诗，能在1000多年后，被一位异国诗人引用，杜甫这位平生不甚得意的诗人闻之，也该含笑九泉了。

第二句也同样出人意表，“城春”，当然欣欣向荣，而“草木深”却荒凉残废。此一对比与前句中的对比，分外鲜明夺人，难怪明人胡震亨说这二句：“对偶未尝不精，而纵横变幻，尽越陈规，浓淡浅深，动夺天巧。”

三四句，以拟人手法，说感时伤别。杜甫用自己内在的情感之力，迫使花、鸟为之动情，为之同忧。读来意象丰富，极有诗味。

写完“春望”之景，再以景抒情（其实前面四句景语也皆情语），自然带出春望的另一主题。在这阳春三月，战事紧张，烽火不息，与家人音讯隔绝，诗人是多么盼望能收到一封家书呀。“家书抵万金”，如今早已成为人人会吟的名句，无须多说。

最后，杜甫在惶急无奈中，频搔白发，因而愈见短少，简直不能以簪插发了。当时杜甫46岁，是否白头发稀，我们不得而知。或许应作诗人夸张之语解。这最后的悲哀是诗人对年华流逝，转眼就老去了的悲哀。这悲哀的动作写得十分传神，仿佛让我辈又一次亲眼目睹了中年杜甫苦厄憔悴之情状。

这痛中的春望是值得的。正因为有了这番春望，一首诗才流传至今。为此，我们还得感谢老杜在1200多年前那个春天的疼痛。以疼痛换好诗，这是诗人的天职，老杜不能幸免，我想他是懂得这个英雄行为的回报的，这正好像冒辟疆懂得用他疼痛的记忆来换取千古佳文《影梅庵忆语》一样。

七五 风声鹤唳

《晋书·谢玄传》上说："闻风声鹤唳，皆以为王师已至。"晋太元八年（383），前秦苻坚统一北方后，强征八十七万大军南下，想一举灭掉东晋。其时东晋派谢玄等率兵八万迎战。战斗开始，晋军先在洛涧歼灭秦军，又与其在淝水隔岸对峙。时苻坚登上城楼，见晋军阵营严整，又远望八公山，见上面的草木以为都是晋军，心中畏惧。后来晋军利用战术，要求秦军先行后退，让晋军渡过淝水再行决战。苻坚自恃强大，一口应允。但当秦军后退时，从前晋军的降将朱序乘机高呼："秦军败了！"于是秦军大乱，而东晋军队乘胜追击。苻坚在逃跑途中，听到风声和鹤叫，都以为是晋军追来了。后来人们就以"风声鹤唳"形容惊慌失措。

甲申之变，北方大乱，崇祯帝自缢煤山，而此后整个江南局势也岌岌可危，盗贼蜂起，冒辟疆在《影梅庵忆语》中这样回顾了当时的情形：

甲申三月十九日之变，余邑清和望后，始闻噩耗。邑之司命者甚懦，豺虎狰狞踞城内，声言焚劫，郡中又有兴平兵四溃之警。同里绅衿大户，一时鸟兽骇散，咸去江南。余家集贤里，世恂让，家君以不出门自固。阅数日，上下三十余家，仅我处有炊烟耳。老母、荆人俱，暂避郭外，留娘侍余。姬扃内室，经纪衣物、书画、文券，各分精粗，散付诸仆婢，皆手书封识。群横日劫，杀人如草，而邻右人影落落如晨星，势难独立，只得觅小舟，奉两亲，挈家累，欲冲险从南江渡澄江北。一黑夜六十里，抵泛湖州朱宅，江上已盗贼蜂起……

时局变易，人人自危，风声鹤唳，皆作鸟兽散，一场浩劫滚滚而来。

七六 盐官

盐官是举世闻名的观潮胜地和历史文化名镇。盐官始建于西汉，因吴王刘濞在此煮海为盐，设司盐之官而得名。在唐朝，盐官就以其发达的经济和盛行的宗教而名扬海内，唐宣宗李忱正是在此落发为僧，他圆寂后的灵塔至今还在盐官镇上屹立。明清时期，由于“海宁陈家”疑案的出现，更使盐官名声显赫。民国首任总理唐绍仪甚至想把盐官定为国都。

盐官人才辈出，仅清朝陈家就出现了“一门三人四阁老，六部五人七尚书”的奇迹。此外，明代的戏曲家陈与郊、著名国学大师王国维、文学家陈学昭等都是盐官人。

但最让盐官扬名的应该是天下奇观海宁潮了。每年农历八月十八日的钱塘江大潮到来之际，只见远方天边似有一条银线汹涌而至，其声似万马奔腾，其势如排山倒海，雪浪凌空，洪流滚滚，摧枯拉朽，气象万千。它与山西壶口瀑布，贵州黄果树瀑布并列，是中国观潮赏景的三大胜地。

七七 细察色味，以为忧喜

顺治二年，冒辟疆一家为逃兵险，阖家迁往海宁盐官。途中冒辟疆“感寒，痢疟沓作”，“复迫饥寒”，大病150天，到翌年春天才有所好转。就在这150天里，董小宛以超出常人的毅力和勇气，细心呵护照料冒，使冒大为感动，以为此生无以为报，并发出了“断非人间凡女子”的感叹！

> 阅冬春百五十日，病方稍痊。此百五十日，姬仅卷一破席，横陈榻边，寒则拥抱，热则被拂，痛则抚摩。或枕其身，或卫其足，或欠伸起伏，为之左右翼，凡病骨之所适，皆以身就之。鹿鹿永夜，无形无声，皆存视听。汤药手口交进，下至粪秽，皆接以目鼻，细察色味，以为忧喜。日食粗粝一餐，与吁天稽首外，惟跪立我前，温慰曲说，以求我之破颜。余病失常性，时发暴怒，诟谇三至，色不少忤，越五月如一日。（冒辟疆：《影梅庵忆语》）

董小宛“五月如一日”，悉心照料冒辟疆，为了他的康复，可以说已经无所不用其极。曾经“香姿玉色，神韵天然”，且“才色为一时之冠”的她，在历经了这150天的消耗之后，也已是“星靥如蜡，弱骨如柴”。冒的母亲及妻子见她如此地步，“怜之感之，愿代假一息”，她都婉言拒绝，表示愿意以身相殉。她对病中的冒说：

> 我入君门整四岁，早夜见君所为，慷慨多风义，毫发见微，不邻薄恶，凡君受过之处，惟余知之亮之，敬君之心，实逾于爱君之身，鬼神赞叹畏避之身也。冥漠有知，定加默祐。但人生身当此处境，奇惨异险，动静备历，苟非金石，鲜不销亡。异日幸生还，当与君敝屣万有，逍遥物外，甚毋忘此际此语。（冒辟疆：《影梅庵忆语》）

这动中求静，静中求安，“履险如夷，茹荼若饴”，看破红尘的“无为”之语，不仅是董对自身的交待，更是深深地影响到冒，使他不愿出仕清朝，也使他对董之情意更为看重，追忆其情，情深意切，发出了“姬之生死为余缠绵如此，痛哉痛哉”的感叹。

另外，此处有“披拂”二字，需稍作说明。《庄子·天运》：“风起北方，一东一西，有上彷徨，孰嘘吸是？孰居无事而披拂是？”《疏》：“披拂，犹扇动也。”《释文》：“披拂，风貌。”

出于“宫体诗”。刘孝威《郡县遇见人织率尔寄妇》中有这么一段:“直为闺中人，守故不要新。梦啼渍花枕，觉泪湿罗巾。独眠真自难，重衾犹觉寒。愈忆凝脂暖，弥想横陈欢。”

可见，“横陈”的目的是“欢”，“欢”尽管是闺中人的“弥想”，但并不妨碍它纯粹的姿态。而董小宛在这里的横陈，当然不是欢意，与刘孝威判然有别，她是在执子之手，相濡以沫，仅仅以这最纯粹的姿态与冒辟疆做一份人家。

七九 劳瘁而死

张潮在《幽梦影》里说：

> 美人之胜于花者，解语也；花之胜于美人者，生香也。二者不可得兼，舍生香而取解语者也。

所以冒辟疆娶了一个大美人回来，而且美人不但解语，更会生香，难怪冒辟疆读他的《幽梦影》会发这样的评论：

> 外遇之女色，不必过求其美，若以作姬妾，则不可不求其美。（张潮：《幽梦影》）

可是，自古红颜薄命，好花不长，董小宛正当美好年华就赴了黄泉，实在令人扼腕。“花不可见其落，月不可见其沉，美人不可见其夭。”（张潮：《幽梦影》）可偏偏冒辟疆把这三者都见全了，大明朝的繁华盛景凋落了，水绘园的风月无猜不在了，董小宛的倩影也亡殁了，如今惟有幽魂归来，叫人夜夜伤心泪流。

九年的时间，享尽世间美好，九年已过，风吹云散，好不凄惨。难怪冒有“余一生清福，九年占尽，九年折尽”之叹（冒辟疆：《影梅庵忆语》）。

八〇 人可以比死更大，比生亦更大

此句化脱自胡兰成《山河岁月》如下一段话中的一句：

> 春秋战国本等是个泼辣的时代，百无禁忌，周幽王丧于褒姒，吴宫沼于西施，但并非那几个女子不详。最不详的要算夏姬，她夭子蛮，死陈侯，再嫁连尹襄老，连尹襄老亦战死，连楚庄王俘虏了她，见她美貌，亦不敢要她，可是申公巫臣娶了她出亡，却两人都很好，人是可以还比忧患更大，而且比不详亦更大的。（胡兰成：《山河岁月》）

八一　死去何所道

秋天的九月，天高气清，你听见命运的召唤，来为自己写《挽歌》（陶渊明），那意思是无需惧怕，那意思是作诗：

荒草何茫茫，白杨亦萧萧。
严霜九月中，送我出远郊。
四面无人居，高坟正焦峣。
马为仰天鸣，风为自萧条。
幽室一已闭，千年不复朝。
千年不复朝，贤达无奈何！
向来相送人，各自还其家。
亲戚或余悲，他人亦已歌。
死去何所道，托体同山阿。

全诗共十八句，写死亡，写出殡的季节和时间，写坟地的环境和气氛、下葬以及与世人的永别，写安葬后送葬人的回家及他们的哀伤或欢歌。最后两句总结全诗，坦然无惧、处之泰然，并无凄凉、黯淡。死亡在此是一件寻常事。这一年是元嘉四年，公元

427 年，陶渊明为自己写挽歌，这是他死前两个月。时间往后 1218 年，那是顺治二年，在随后的五年时间里，董小宛这个本就羸弱的女子，三次置生命于度外，夜以继日地服侍冒辟疆，帮他脱离生命的险境：

余五年危疾者三，而所逢者皆死疾，惟余以不死待之，微姬力，恐未必能坚以不死也。（冒辟疆：《影梅庵忆语》）

这个曾经指江立誓：“委此身如江水东下，断不复返吴门”的女子，又一次摆明她以身殉夫的决心：

竭我心力，以殉夫子，夫子生而余死犹生也。托夫子不测，余留此身于兵燹间，将安寄托？（冒辟疆：《影梅庵忆语》）

董小宛虽不以诗文见称于世，也不说“托体同山阿”的诗语，但她确有古典的造诣，懂得这一句“死去何所道”，以至于到死，到永诀，对冒辟疆她还是这样的呵护：

惟虑以伊死增余病，又虑余病无伊以相待也。（冒辟疆：《影梅庵忆语》）

里尔克（Maria Rilke）有一个观点，即他认为人的一生中最难掌握的一门学问就是“告别”。我们该如何向亲人、情人或朋友告别呢？里尔克用他的一生在学习这门告别的学问。之后，曼德尔斯塔姆（Osip Mandelstam）在其一首诗中亦唱道：“I have to study the science of goodbye.”翻译过来，便是：“我得学习告别的学问。”那“学问”对一位艺术家来说，可是了不得的“科学”（science）呢。帕斯捷尔纳克也说过“做一个人，意味着懂得告别。活着意味着失去。”（德·贝科夫著，王嘎译《帕斯捷尔纳克传》，人民文学出版社，2016，第688页）顺便再回到本注释简说二句，中国人也有自己一套告别的学问，庄子“鼓盆而歌”，陶潜“托体同山阿”；而日本人则有“一期一会”呢。

甲申之变，盗贼蜂起，北方的铁骑就要踏破江南。
马嘶草暗、云惨尘飞，如皋城内外风声鹤唳，
我们一家开始了亡命。

八二　善者不来，来者不善

旧小说里总是善者不来，来者不善；“不是毒蛇不拦路，不是浪子不交娘。”但自古以来，“凡是最好的东西，背后都带有着善者不来，来者不善的气魄”。（胡兰成：《禅是一枝花》）这气魄是一种悲剧性的气魄，如决绝之玉碎，如迅雷之春逝，这也正应和了董小宛这位天不假年的仙侣的命运——“两人之中，爱得最深的一位先死。”（多年前，在我写的另一本书中，曾说过这神秘的一句）

宇文所安在《追忆》里，谈到羊祜，谈到堕泪碑，孟浩然的诗里也有人世代谢，往来古今，但他真正在意的却不是这些，而是那两三滴属于羊祜和我们的眼泪。

人事有代谢，往来成古今。
江山留胜迹，我辈复登临。
水落鱼梁浅，天寒梦泽深。
羊公碑字在，读罢泪沾襟。

据《晋书·羊祜传》所说，西晋名将羊祜好乐山水，每风景必造之。在他镇守荆襄时，常登岘山饮酒咏诗，且终日不倦。有一次他对同游者感叹道："自有宇宙，便有此山，由来贤达胜士，登此远望如我与卿者多矣，皆湮没无闻，使人悲伤！"羊祜生前有政绩，死后襄阳百姓在岘山上立庙树碑纪念他。由于百姓望碑落泪，所以杜预称此为"堕泪碑"。

浩然登此地，也见碑堕泪，可见心情是

复杂的。浩然堕泪原因有三：

其一，一二句，诗人从大处着眼，惜叹人终将一死，春秋代序，时光流逝。此一哭。

其二，三四句，如画江山留下先人胜迹，今天浩然携子登临，寄怀古人。此二哭。

其三，五六句，诗人点明吊古之时间正值寒冬，由景渲染悲情。此三哭。

七八句那可就是真正的大哭了！

宇文所安的《追忆》用了大量篇幅来谈此诗，他认为：

孟浩然的诗使我们恍然置身于一场追溯既往的典礼中：所有在我们之前读到“堕泪碑”的人都哭了，现在，轮到我们来读，轮到我们来哭了。

羊祜曾在岘山哭过，后来的人读了羊公碑又哭过。

在前六句诗里，我们做他（羊祜）作过的事，感受他感受的情感。此时与彼时的区别在于这座石碑，在于刻在上面的名字和隐藏在背后的、《晋书》告诉我们的那段逸事。区别在于：羊祜登高、眺望，然后流泪；我们阅读、登高、眺望、读碑文，然后落泪。这里，是“名”和“铭”把我们的经验联成一体。直到“读罢”，我们才流下眼泪。

是的，回忆作为命运，如同生活本身。在此，回忆也成为冒辟疆不可避免的命运，我想这一点可以从他对一个已逝王朝的追忆中看出来。

> 先生已病足，两竖扶以出见客，然渥颜美髯鬓，飘飘如神仙中人。谈论今古，指画时务，如金石之铿坚，江河之县住，英气勃勃，犹在眉宇间。恒居召客，壶觞丝竹，必尽座客欢。或谈及启祯遗事暨江左冶游诸细故。虽酒阑灯灺，坐客头触屏欲睡，尚娓娓不肯少休。（徐倬：《恭祝大征君前司李巢老伯七衮荣寿序》）

70岁的冒辟疆谈起过往，纵使听者昏昏，酒阑灯尽，亦是兴致不减。可见不光是对“故人零落”，还是“生平盛赏豪举”，他都一一不能忘却，因为这已经成为他迟暮之年唯一的精神寄托。以前水绘园的把酒论文，丝竹歌舞，如今都兑换成了梦回酒醒，历历追忆。

上帝，让每个人死得其所吧
死亡来自于每个生命
在生命中我们拥有爱情、意义和苦难

——里尔克《贫穷与死亡之书》

也许里尔克的这几句诗刚好用来表现这一段 17 世纪的爱情和一段成为命运的回忆。

也许勃洛克的诗更揭示了这一永恒悲剧："生活早已说完了，燃烧得干干净净，只是在这时才初次梦见爱情。"（《记忆努力为我保存的一切……》）

关于回忆，我在另处——请见我出版的另一本书《一点墨》——还有过另一番谈论：

> "俄罗斯人喜欢回忆，却不喜欢生活。"（契诃夫）中国人正好相反，他们更喜欢生活，尤其是眼前的生活，而几不回忆。俄罗斯人因回忆，时时刻刻都喝得醉熏熏的；中国人因生活，也从早到晚喝得醉熏熏的。

八四 九

按照《易经》物分阴阳的说法，数字也有阴阳，一、三、五、七、九为阳数，二、四、六、八则为阴数。九是阳数最大，五为中央，所以“九五”有至尊之意，表示最大。又，九是阳数，两九相叠，那就是重阳。三国时魏文帝曹丕《九日与钟繇书》中说：“岁往月来，忽复九月九日。九为阳数，而日月并应，俗嘉其名，以为宜于长久，故以享宴高会。”九九谐音久久，代表长寿圆满之意，所以，佛教里修炼功德，常常讲“九九归一”，那就是功德完满了。冒辟疆与董小宛夫妻生活九年，举案齐眉，相敬如宾，但阳数耗尽，厄运也即刻降临，其中是非或有天意，还是人事不谐，都不能尽言呀！

冒辟疆与董小宛恩爱缠绵九年，等董小宛亡后，他长相追念，写成了千古名文《影梅庵忆语》。冒辟疆著作等身，朴巢、水绘诸集皆存于世，可唯独这篇文章，脍炙人口，为人称道。这或许正是长相忆的价值所在。

每冥痛沉思姬之一生，与偕姬九年光景，一齐涌心塞眼，虽有吞鸟梦花之心手，莫能追述。区区泪笔，枯涩黯削，不能自传其爱，何有干饰？

千古幽情咏唱，别是一番滋味，难怪它的千古知音朱剑芒要说：

《影梅庵忆语》是悼亡文字中一种特创的作品，古今不少悼亡的文字，也许有情真语挚，写得非常生动，但像《影梅庵忆语》所载，琐琐屑屑，和普通的小传、家传、事略、事述等截然不同，实在算的是悼亡文的创作。冒氏作此忆语，原为了小宛是个姬妾，比不得正妻，所以专就追忆所及。记些片段的琐事，并不郑重其事的作什么家传。哪知，惟其它随忆随写，不加雕琢，反而真情暴露，成了一部古今绝妙的作品！……历来不少名家，为其亡妻或亡妾作的传记，无论如何细腻，如何刻画，总不及忆语文字来得自然。（朱剑芒:《〈影梅庵忆语〉校读后附记》）

《了凡四训》乃是明朝进士袁了凡的戒子书。书分“立命”“改过”“积善”“谦德”四篇，合称四训。他以自己改造命运的经验现身说法，教诫儿子要认识命运的真相、明辨善恶的标准、改过迁善的方法、行善积德的种种效验。

袁了凡，原名黄，字坤仪，江南吴江人。博学多才，精通《河图》《洛书》之理数，星命之学、勘舆之道，又律吕音乐、数学算数、水利、兵备无不获有心得，并留有著作甚多。明朝隆庆四年为举人，万历十四年中进士。历任宝坻县长，兵部职方司主事、军前参赞、督兵等职。享年七十四岁。明熹宗追赠“尚宝司少卿”。

袁氏博学广知，初锐意功名，屡厄于庸流，颠沛困顿，遂弃官家居，与诸儒往还。后至栖霞山，受教于云谷禅师，信受佛法，精勤奉行，并改号“了凡”，盖取“了脱凡情，优入圣域”之意。

袁了凡的《了凡四训》第一训即是“立命”，发表于1601年，此文发表后即刻在读书人中引起了大反响。所谓“立命”，顾名思义，命由己立，乃非天定。所以“立命篇”的结尾这样写道：

> 书曰：“天难谌，命靡常。”又云：“惟命不于常”，皆非妄语，吾于是而知凡称祸福自己求之者，乃圣贤之言。若谓祸福惟天所命，则世俗之论矣。汝之命未知若何，即命当荣显，常作落寞想；即时当顺利，常作拂逆想，即眼前足食，常作贫窭想；即人相爱敬，常作恐惧想；即家世望重，常作卑下想；即学问颇优，常作浅陋想；远思扬祖宗之德，近思盖父母之愆，上思报国之恩，下思造家之福，外思济人之急，内思闲己之邪。务要日日知非，日日改过，即一日安于自是。一日无过可改，即一日无步可进。天下聪明后秀不少，所以德不加修，业不加广者，只为因循二字，耽搁一生。

八八 功过格

所谓功过格，就是要把你所做的善行或恶行，转换为数字，并以此作为奖惩的标准。比如，“救免一人死”就是“准百功”，你的功过簿上就有了100分，反之则少了100分。而这种以精确的数值来计量和考核人品性的方法，可能是在葛洪的《抱朴子》中初见端倪的：“月晦之夜，灶神亦上天白人罪状。大者夺纪，纪者，三百日也。小者夺算，算者，三日也。”

但到了明末，原来简单的数字与功过的换算，发展成了更繁复的数字和德行间的对应关系。我们知道，云谷禅师曾授了凡先生功过格，但具体内容已无法确知。下面是我从多方收集的一份材料，读者朋友就权且当作好玩，聊备一格吧！

准百功：救免一人死、阻人不溺一子女、完一妇女节、为人延一嗣。

准五十功：免坠一胎儿、救免一人流离、收养一无倚、救免一人军徙重罪、埋葬一无主尸骸、发一言利及百姓、白一人冤枉、当欲染境守正不染。

准三十功：施舍一葬地与无主之家、完聚一对夫妇、收养一无主孤儿、化一为非者改行、成就一人德业、度一受戒弟子。

准十功：荐引一有德人、发至德之言、除一人害、有财势可使而不使、善遣妾婢、编撰一切众经法、以方术治一人重病、救一有力报人之畜命。

准五功：劝息一人讼、止传播人恶、传人保益性命事、供养一贤善人、编纂一保宜性命经法、不杀生、以方术救人轻疾、祈福禳灾许愿、救一无力报人之畜命。

准三功：受一横不嗔、任一谤不辩、受一逆耳言、免一应责人、劝养蚕渔人猎人屠人等人改业、葬一自死畜类。

准一功：赞一人善、掩一人恶、劝息一人争、见杀不食、闻杀不食、为己杀不食、阻人一非为事、葬一自死禽类、济一人饥、留无归人一宿、救一人寒、救一微细湿化之属命、作功果荐沉魂、放一生、散钱粟衣帛济人、施药一服、饶人债负、施行劝济人文书、还人遗物、诵经一卷、不义之财不取、礼忏百拜、代完纳债务。

诵佛号千声、让利让产、讲演善法谕及十人、劝人出财做种种功德、兴事利及十人、拾得遗字一千、饭一僧、护持众僧一人、不拒乞人、接济人畜一时疲顿、见人有忧善为解慰、不负托财物、建仓平、修造路桥、疏河掘井、修置三宝寺院、造三宝尊像及施香烛灯油等物、施茶、施棺等一切方便事 。

准百过：致一人死、赞人溺一子女、失一妇女节、绝一人嗣。

准五十过：坠一胎、致一人流离、破一人婚、致一人军徒重罪、抛一人、谋人妻女、教人不忠不孝大恶之等事、发一言害及百姓。

准三十过：造谤诬陷一人、反背师长、摘发一人隐私与行止事、抵触父兄、唆一人讼、离间人骨肉、毁一人戒行、荒年积囤五谷不耀坐索。

准十过：排挤一有德人、修合害人毒药、荐用一匪人、非法用刑、平一人冢、毁坏一切正法经典。

凌孤逼寡、诵经时心里杂想恶事、受蓄一失节妇、以外道斜法授人、蓄一杀众生具、发损德言、恶语向尊亲师长良儒、杀一有力报人之畜命。

准五过：讪谤一切正法经典、造一诨名歌谣、见一冤可白不白、恶口犯平交、遇一病求救不救、杀一无力报人之畜命、阻绝一道路桥梁、非法烹炮生物使受极苦、编篡一伤化词传。

准三过：嗔一逆耳言、毁人成功、乖一尊卑次、见人有忧伤生畅快、责一不应责人、见人失名失利心生欢喜、两舌离间一人、见人富贵愿他贫贱、欺诳一无识、失意则怨天尤人、分外营求。

准一过：没人一善、役人畜不怜疲顿、唆人一斗、不告人取一针一线、见人忧惊不慰、心中暗举恶意害人、遗弃字纸、助人为非一事、暴弃五谷天物、见人盗细物不阻、负一约、醉犯一人、见一人饥寒不救济、诵经差漏一字句、僧人乞食不与、拒一乞人、食肉五辛诵经登三宝地、食一报人之畜等肉及杀一微细湿化属命、覆巢破卵、背众受利、伤用他钱、负贷、负债、负遗、负寄托财物、因公持势乞索巧索他人一切财物、废坏三宝尊像及殿宇器用等物、小出大入、贩卖屠刀渔网等物。

八九

造化

葛洪《抱朴子》里讲：

> 人欲地仙，当立百善；
> 欲天仙，立千二百善。

因此，造化就是自我作为，自我努力，不为命运所困，积极争取。而程度殊异，即是天仙与地仙的差别了。

九〇 关帝

冒辟疆少年名士，风流倜傥，赈灾济疾，无所拘束，但他这些人生价值却奇异地联结着一种神秘的宗教信仰。而且与袁枚的《子不语》和《续子不语》的虚实相间的魔幻宗教世界不同，冒对各种魑魅魍魉的记述，却有着自己亲身体验的惊人细节，使人真伪莫辨，他的《梦记》即是最好的说明。而他这种丰富诡异的宗教生活的起点就在于他对关帝的信仰。而且从《影梅庵忆语》来看，不仅是冒本人，他的家庭及董小宛这样的纤弱女子亦是如此。董小宛书法秀媚，初学钟繇，甚为喜爱，但后来却改学了《曹娥碑》，原因就在于钟太傅对关帝君出语不恭：

> 姬初入吾家，见董文敏为余书《月赋》，仿钟繇笔意者，酷爱临摹，嗣遍觅钟太傅诸帖学之。阅《戎格表》称关帝君为贼将。遂废钟，学《曹娥碑》，日写数千字，不讹不落。（冒辟疆：《影梅庵忆语》）

因言废人，可见关帝在董心目中的地位，而至于冒本人，更是有过之无不及。他“自幼师事关帝，屡有异征”，时间长达28年之久（“弟子虔事帝君二十八年”）。

> 对关圣帝君的信仰，不但在他最危急的生死之际产生关键性的救赎力量，并且在日常生活中，持续发挥抚慰心灵、指点迷津的功能。（李孝悌：《恋恋红尘》）

《影梅庵忆语》就记载了冒因备尝流言之苦，而向关帝祷祝之事：

> 丁亥，谗口铄金，太行千盘。横起人面，余胸坟五岳，长夏郁蟠，惟早夜焚二纸告关帝君。（冒辟疆：《影梅庵忆语》）

除开日常的颂祷，冒每年元旦都要在关帝君前卜卦求签，以预测来年的运势。而开头我们所说的那支不祥的签诗正是在关帝庙前求得的：

> 余每岁元旦，必以一岁事卜一签于关帝君前。壬午名

心甚剧，祷看签首第一字，得“忆”字，盖“记普兰房分半钗，如今忽把音信乖。痴心指望成连理，到底谁知事不谐”。余时占玩不解，即占全词，亦非功名语，比遇姬，清和晦日。金山别去，姬茹素归，虔卜于虎阳关帝君前，愿以终身事余，正得此签。（冒辟疆：《影梅庵忆语》）

可以说，关帝在董冒二人的一生扮演了极其重要的角色，他左右甚至注定了他们二人的命运。这位在冒的笔下显示出超常灵验的神人，在历史上确也真有其人。他正是三国时蜀国大将——关羽（163—219），因他集忠孝仁义于一身，死后便被人奉为关圣帝君，佛教称为伽蓝菩萨。后来又被各朝的统治者崇为“武圣”，与“文圣”孔子齐名。这里我们提供一些关公死后扬名的材料以供参详：

对关公的正式的信仰始于南北朝。光大年间（公元567年）当阳县玉泉山首建关公庙。这不仅是统治阶级对关公褒扬喝彩的产物，更是百姓精神生活的需要。统治阶级从道德角度大肆宣扬关公的忠孝节义，使关公信仰在不太长的历史时间里蓬勃发展，主要表现在庙宇增多，达数十万座；关公的封号不断加多。

隋朝时出现了大量的有关关公的神仙故事，到了唐朝，关公庙增加，文人墨客诗文或碑帖中常提及关公，并开始出现在家中悬挂关公神像。宋代封为“显灵王”、“忠惠公”、“崇宁真君”、“义勇武安王”、“壮穆义勇王”、“英济王”。元朝封为“显灵义勇武安英济王”明万历十八年“协天护国忠义帝”、四十二年封为“三界伏魔大帝神威远镇天尊关圣帝君”。到了清代，清统治阶级认为自己能入主中原是得到了关公的神佑，所以，顺治皇帝特封关羽为“忠义神武灵佑仁勇威显护国保民精城绥靖佑赞宣德关圣大帝”。民国时期有的地方将关羽与岳飞合祀于武庙。

关帝信仰涉及到各行各业。有的学者说，南北朝至唐朝是关帝信仰的形成期；宋元是发展期；明朝是盛行期；清朝是鼎盛期。其影响可与尊孔相比，毫不逊色。明朝大文豪徐渭在《蜀汉关后祠祀记》之中说：“蜀汉前将军关侯之神，与吾孔子之道并行于天下。然祠孔子者郡县而已，而侯则居九州之广，上自都城，下至墟落，虽烟火数家，亦靡不醵金构祠，肖像以临球马弓刀，穷其力之所办。而其醵也，虽妇女儿童，有欢忻踊跃，惟恐或后。以比于此事孔子者殆若过之。噫，亦盛矣！”

全国关帝庙多如牛毛，何止万千，清乾隆时期仅北京就有二百多座。在民间，关公是位武财神，是保护商贾之神。又说关帝庙里抽的签最准、最灵验，不少文人吟诗推波助澜。现在关帝信仰又进入了新的阶段，国内外出于市场经济的需要，崇拜关财神的人越来越多。供神的场所除了道教宫观，还有佛教场所，商业场所乃至家中都可以看到各色各样的关公神像。据说台湾省有一百六十余座关帝庙。新竹后山普天宫的关羽神像连同台座高达四五十米。海外有华侨的地方大多供有关帝，他是义气的象征，更是保护神和财神。

九一 那危险真是新鲜，如悬崖的花枝向风试探

为何说危险真是新鲜？因为惊险亦如惊艳，因为“危险感使人精神振奋，会使人产生一种无忧无虑的愉快心情，一般认为，这种心情是一个勇敢的人必不可少的品质”（参见帕乌斯托夫斯基的《一生的故事》第二部《动荡不安的青年时期》，河北教育出版社，2001，第243—244页）。危险，也真是奇妙，有时会给人一种神秘的安全感。

张枣早年震动文坛的小诗《镜中》是这样写的：

只要想起一生中后悔的事
梅花便落了下来
比如看她游泳到河的另一岸
比如登上一株松木梯子
危险的事固然美丽
不如看她骑马归来
面颊温暖羞惭
低下头，回答着皇帝
一面镜子永远等候她

让她坐到镜中常坐的地方
望着窗外，只要想起一生中后悔的事
梅花便落满了南山

这首诗讲青春之恸，危险之美，讲无限的愁悔都隐到了美丽的危险后面。张枣写美人笑靥如花，步步金莲，那都是新鲜如初的危险啊。胡兰成在《山河岁月》里说：

> 清末以来的外交，亦能行于人事之敬，才度过了几次都有沦为殖民地的危险。中华民族还有心情开别人和自己的玩笑，把惊险的场面也做成了是惊艳，千劫如花，开出太平军起义、辛亥革命、五四运动与北伐抗战及解放。

晚清以来，中国社会遭了大变故，连语言文字亦是鬼泣涟涟，感时忧国，中国人一贯的闲情逸趣也不要了，所有的人都只要“德先生”“赛先生”。可是“这民族如今虽然贫苦，亦不是在马槽里，却如寒窑里受苦的王宝钏，‘银钗金钏来负水’，她的人仍是贵气的。”（胡兰成：《山河岁月》）冒辟疆为母乞命，千金散尽，那也是霍霍的大气，因他总是把明亮的前程放在自己面前，向风试探。所以，胡兰成说：

是这样的悲喜交集，而且有洒然的明快与决断，好像岁序迁流的难回难干涉，中华民族如今又有新的朝代要起来。（胡兰成：《山河岁月》）

在胡兰成眼里，风即是乐，即是仁，也是元。在我眼里，我写的《胡兰成之四方风动》可以作如是观：

铁脚班班……是风
革命是风
而天下是一个风姿。

《说唐》之风吹
瓦岗之风吹
单雄信的名字真好

仙气的风，贵气的风
兵气的风，妖气的风
如果金瓶没有风？

金诗只有一个元好问

亦缺少一个风字
但小孩有太极的拳形

快哉此风，楚王！
因文章先要有作者的相貌好
因东洋已有了朱色明丽与紫色芬芳

向风试探，或风的故事，我写得太多了，多到无穷……其中一首《风在说》，甚至成了我第一本英语诗集的书名。

九二 梦示恶兆

中国历来就有周公解梦的说法，梦之凶吉可以预见个人的前程和命运。1638 年，亦即崇祯十一年 5 月 17 日深夜，冒辟疆梦见祖父冒梦龄归坐中堂，呼冒言曰：

> 今日何日，乃正月十五也。尔母一生事我纯孝……今不可得也！（冒辟疆：《梦记》）

冒辟疆随后回到大厅，看见母亲盛饰缨珠，准备出门，他抱住母亲，痛苦而醒。显然，梦示恶兆，一种不祥的阴影开始笼罩冒的一家。第二天，他早起，在观音、关帝前秘密祷告，表示愿意“以身及两儿请代”。是夜，警示再度出现：

> 忽见异物，长丈余，披发赤身，面杂粉墨小点，逼立帐前，以目射余。（冒辟疆：《梦记》）

床下另有异物，与此相仿。这两个怪物

提到了冒以身相代的诺言，以为他们是来索命的，而事实上，后来他才明白这两个怪物正是代他母亲去死的自己的长子和堂婶，他们都死于水痘，故而“面杂粉墨小点”。这一次冒辟疆又被梦中恶兆吓醒。而且很快梦中恶兆一一成真：冒母马恭人“即日乳忽生岩，医者危甚”。于是，冒立刻开展善行，试图为母延命。

但六月中，冒因物力不济，善行不足，又一次得到了梦兆。梦中来人对他软硬兼施，一方面劝他不要太过恋惜财物，另一方面又威胁他说冥府已对其住所虎视眈眈，所以千万不能懈怠。

此后不久，冒辟疆路过城隍庙，进去跪拜，当晚又得一个梦兆：

> 全身如神者，坐余宅，云人能行善一担，便可延寿一纪，况盈万乎？（冒辟疆：《梦记》）

冒辟疆两度得到梦示，于是再也不敢有所懈怠，到这年年底，他已完成善行七千余项，马恭人的病也逐渐痊愈。但是在这年的12月20日，冒因父母坚持，不得不出门应试，为此行善之事被迫耽搁，这样5月17日的梦境再度出现（具体内容见“上元劫难”条)，冒万般担心，即刻绝食三天，三天中他密呼关帝数十万声，并决心于正月十五大限来临之前，完成剩下的三千善行。

可以说，梦兆在冒的宗教生活中扮演了一个重要的角色，它就像预示了董冒两人婚姻的不祥签诗一样，反复出现，并不断地敦促冒作出命运的选择。

九三　万善誓愿

冒辟疆在梦中得知母命危亡的恶兆之后，马上向观音、关帝祷祝，“请减身功名，寿算及两儿以代”，并同时展开善行，试图以积德行善的方式来为母延命益寿：

> 从五月十八日起，每月勉行千善，计十月限完万善，行善格以莲池大师、了凡先生为主，小为增减。（冒辟疆：《梦记》）

九四 今岁不吉

崇祯十年，冒辟疆曾请人妄推母命，结论是“今岁不吉”。所以十一年的元旦，他特别到县里各个神明前祈祷，表示愿以自己的功名、寿算以及两个儿子的生命作为替代，来为母延命益寿。

上面我们说到，不同的数字代表了不同的造化和命运，而这里的这些数据，同样看似简单，却显示了功过格对数字的精细讲求。这正是冒辟疆为完成万善誓言，所做过的种种数量精确的善行。它记录了一种造化，同时也展示了与命运作功利性交换所要求达到的恐怖和精确，以期圆满。

九六　上元劫难

上元、中元、下元，即通常所说的“三元”，乃是根据民间对天地水的自然崇拜而设，后东汉张道陵创五斗米教时引入道教。所以一般把“三元”看作是为道教节日。“三元”别称“三官”，乃“上元天官节”、“中元地官节”、“下元水官节”的简称。道教《太上三官经》云：“天官赐福，地官赦罪，水官解厄。”而此三官的诞辰分别在农历的正月十五、七月十五和十月十五，所以这三天恰好就成了三元节的所在之日。

上元节，又叫元宵节、灯节。它起源于汉朝，据说是汉文帝时为纪念“平吕”而设。汉惠帝刘盈死后，吕后篡权，吕氏宗族把持朝政。周勃、陈平等人在吕后死后，平除吕后势力，拥立刘恒为汉文帝。因为平息诸吕的日子是正月十五日，此后每年正月十五日之夜，汉文帝都微服出宫，与民同乐以示纪念。正月为元月，“夜”在古语中也叫“宵”，于是汉文帝就将正月十五这天定为“元宵节”。不过，当时还没有张灯、观灯的习俗。

汉明帝永平十年（67）蔡愔从印度求得了佛法。明帝为了提倡佛教，敕令在元宵节点灯，以表示对佛的尊敬。这便是元宵节张灯、观灯的起源。但汉朝的上元和后世的元宵仍有所不同，一直到唐朝以后，才逐渐演变成今天的元宵节。唐朝奉道教为国教，为庆贺道教“上元赐福天官紫微大帝”诞生于正月十五，上元节便成为具有佛道两教特色的民众性节日。其活动也形成了如张灯、放焰火、吃元宵等固定形式。

说完了上元节，下面我们回到故事中的上元劫难，之前我们说过，在崇祯十一年（1638）的五月十七日冒辟疆曾经得到梦兆，显示他的母亲将会于翌年的正月十五死去，为此他大施善行，试图以自己的功名、寿算以及两个儿子的生命来为母请命。但到这年 12 月 20 日他在双亲的坚持下勉强出门应试为止，他所立下的万善誓言，只完成了七千善，另有三千善行没有完成，于是他第二次得到梦兆：

> 梦吾祖仍归坐中堂。复云：正月十五之事，尔忘之耶？凄然如故，合家凌蘧之状，如治丧者然。（冒辟疆：《梦记》）

为了赶在上元劫难之前完成这剩下的善行，他四处借贷，施舍衣食，并最终在福缘庵得宗和尚的帮助下，并于第二年的元月三日圆满完成一万善行，使他的母亲马恭人成功渡过了上元劫难。

九七 做了交换，命赴黄泉

冒辟疆以自己的功名、寿算以及两个儿子的生命为母请命，似乎十分奏效。就在冒辟疆母亲马恭人病情逐渐好转的过程中，长子冒衮突发水痘，仅十天之后就暴殇辞世，这是崇祯十一年的十二月。而就在同月，在长子夭亡后十几天的时间内次子冒禾书也出痘病危，“其状异之症、之状、之声色，绝类亡儿”。医生断言无药可救，冒辟疆又一次“夜哀于关帝前”，说以儿子代母，虽是先前所许之愿，但儿子接踵而死，恐怕自己的母亲难以承受，熬不过上元之期，而自己也不能独活于世，可能造成“三世俱斩”的局面。

祷告再次奏效，一月三日，次子怪状忽退，自云“我匿关帝室中，今归矣！”次子转危为安，十二个月后，即崇祯十二年的元旦，冒辟疆 17 岁的堂婶水痘发作，并于上元节那天病逝，死状惨烈，和冒衮一模一样。至此，冒的祷祝一一实现，而这两个人就成了以身代命的替罪羊。

九八　面目酷似亡儿

冒辟疆的妻子曾经六度小产，却在崇祯十一年的夏天再度怀孕，并于第二年三月，怀孕八个月后产下一子，面貌与死去的长子十分相似。按现代遗传学的观念，兄弟长相相似那是无可厚非的，但显然这件事在冒辟疆的宗教生活中代表了另一种意味，即这是上天给他的补偿。

南唐后主李煜是怎样的一个人呢？且看我 1986 年暮春写的《李后主》：

遥远的清朗的男子
在 977 年一个细瘦的秋天
装满表达和酒
彻夜难眠、内疚
忠贞的泪水在湖面漂流

梦中的小船像一首旧曲
思念挥霍的岁月
负债的烟
失去的爱情的创伤
一个国家的沦落

哦，后主
林阴雨昏、落日楼头
你摸过的栏杆
已变成一首诗的细节或珍珠
你用刀割着酒、割着衣袖

还用小窗的灯火
吹燃竹林的风、书生的抱负
同时也吹燃了一个风流的女巫

而李煜本人所写之诗篇，句句呕心沥血，直见性命：

帘外雨潺潺，春意阑珊。
罗衾不耐五更寒。梦里不知身是客，一晌贪欢。
独自莫凭栏，无限江山，别时容易见时难。
流水落花春去也，天上人间。

宋胡仔《苕溪渔隐丛话》前集卷五十九引《西清诗话》云：

南唐李后主归朝后，每怀江国，且念嫔妾散落，郁郁不自聊，尝作长短句云：“帘外雨潺潺”云云，含思凄惋，未几下世。

“天上人间”，带给人的震动何其剧烈！所以王国维在《人间词话》里，说他是“真所谓以血书者”：

> 词至李后主而眼界始大，感慨遂深，遂变伶工之词为士大夫之词。……“自是人生长恨水长东”、“流水落花春去也，天上人间”，金荃、浣花，能有此气象耶？

我这里化用“天上人间”，既有死之痛彻，也有生之向往。这样一种人生态度就是：一个人可以把好当成不好，也可以把不好当成好。向上的道路也是向下的道路，反之亦然。布罗茨基说：

> 亲爱的，不存在不幸，
> 不存在生，和死。
>
> （《抒情集束》，王希苏译）

这是俄罗斯人对哈姆莱特 (Hamlet)“to be or not to be”的回答。或许，又正如蒲宁（Ivan Bunin）在《阿尔谢尼耶夫的一生》开篇中说的那样：

> 我们不是生下来就有死的感觉吗？如果没有，如果未曾疑心过，那我是否会像现在和过去一样，这么热爱生活呢？

“悲夫！川阅水以成川，水滔滔而日度。世阅人而为世，人冉冉而行暮。人何世而弗新，世何人之能故。”（陆机：《叹逝赋》）

“生活飞速流逝，而未留下明显的痕迹。/心灵急于奔往——谁能告诉我奔往哪里？/又抱有什么事先选定的目的？”（俄国诗人费特）

人之一生就是不停地告别……每分每秒转瞬即逝——“我的心灵是瞬间的迹象……”（茨维塔耶娃）——而告别这门学问（所有学问中最大最难的学问）需要我们用一生的时间来学习。如下这个生死通达的最后咏叹是冒辟疆的，但我更乐意将其看作是我们每一个人的：

> 生离死别就是这样朴素，
> 单是为了今天的好风光，
> 我也要把这两两相忘，
> 也要把这人间当成天上。

【说明】本书在出版（东方出版社2008年出版）多年后，我又断断续续用了三年的时间（2015年3月至2018年3月）作了极大幅度的修改。

《水绘仙侣》附赠品

冒辟疆

影梅庵忆语

（完整原文）

卷一

爱生于昵，昵则无所不饰。缘饰著爱，天下鲜有真可爱者矣。矧内屋深屏，贮光阒彩，止凭雕心镂质之文人描摹想像，麻姑幻谱，神女浪传。近好事家复假篆声诗，侈谈奇合，遂使西施、夷光、文君、洪度，人人阁中有之，此亦闺秀之奇冤，而啖名之恶习已。

亡妾董氏，原名白，字小宛，复字青莲。籍秦淮，徙吴门。在风尘虽有艳名，非其本色。倾盖矢从余，入吾门，智慧才识，种种始露。凡九年，上下内外大小，无忤无间。其佐余著书肥遁，佐余妇精女红，亲操井臼，以及蒙难遘疾，莫不履险如夷，茹苦若饴，合为一人。今忽死，余不知姬死而余死也，但见余妇茕茕粥粥，视左右手罔措也，上下内外大小之人，咸悲酸痛楚，以为不可复得也。传其慧心隐行，闻者叹者，莫不谓文人义士难与争俦也。

余业为《哀辞》数千言哭之，格于声韵不尽悉，复约略纪其概。每冥痛沉思姬之一生，与偕姬九年光景，一齐涌心塞眼，虽有吞鸟梦花之心手，莫能追述。区区泪笔，枯涩黯削，不能自传其爱，何有干饰？矧姬之事余，始终本末，不缘狎昵。余年已四十，须眉如戟。十五年前，眉公先生谓余视锦半臂碧纱笼，一笑瞠若，岂至今复效轻薄子漫谱情艳，以欺地下？傥信余之深者，因余以知姬之果异，赐之鸿文丽藻，余得藉手报姬，姬死无恨，余生无恨。

己卯初夏，应试白门，晤密之，云："秦淮佳丽，近有双成，年甚绮，才色为一时之冠。"余访之，则以厌薄纷华，挈家去金阊矣。嗣下第，浪游吴门，屡访之半塘，时逗留洞庭不返。名与姬颉颃者，有沙九畹、杨漪炤。予日游两生间，独咫尺不见姬。将归棹，重往冀一见。姬母秀且贤，劳余曰："君数来矣，予女幸在舍，薄醉未醒。"然稍停，复他出，从兔径扶姬于曲栏，与余晤。面晕浅春，缬眼流视，香姿玉色，神韵天然，懒慢不交一语。余惊爱之，惜其倦，遂别归，此良晤之始也。时姬年十六。

庚辰夏，留滞影园，欲过访姬。客从吴门来，知姬去西子湖，兼往游黄山白岳，遂不果行。辛巳早春，余省觐去衡岳，由浙路往，过半塘讯姬，则仍滞黄山。许忠节公赴粤任，与余联舟行。偶一日，赴饮归，谓余曰：“此中有陈姬某，擅梨园之胜，不可不见。”余佐忠节治舟数往返，始得之。其人淡而韵，盈盈冉冉，衣椒茧时，背顾湘裙，真如孤鸾之在烟雾。是日演弋腔《红梅》，以燕俗之剧，咿呀啁哳之调，乃出之陈姬身口，如云出岫，如珠在盘，令人欲仙欲死。漏下四鼓，风雨忽作，必欲驾小舟去。余牵衣订再晤，答云：“光福梅花如冷云万顷，子越旦偕我游否？则有半月淹也。”余迫省觐，告以不敢迟留故，复云：“南岳归棹，当迟子于虎疁丛桂间。盖计其期，八月返也。”余别去，恰以观涛日奉母回。至西湖，因家君调已破之襄阳，心绪如焚，便讯陈姬，则已为窦、霍豪家掠去，闻之惨然。及抵阊门，水涩舟胶，去浒关十五里，皆充斥不可行。偶晤一友，语次有“佳人难再得”之叹。友云：“子误矣！前以势劫去者，赝某也。某之匿处，去此甚迩，与子偕往。”至果得见，又如芳兰之在幽谷也。相视而笑曰：“子至矣，子非雨夜舟中订芳约者耶？曩感子殷勤，以凌遽不获订再晤。今几入虎口，得脱，重晤子，真天幸也。我居甚僻，复长斋，茗椀炉香，留子倾倒于明月桂影之下，且有所商。”余以老母在舟，缘江楚多梗，率健儿百余护行，皆住河干，矍矍欲返。甫黄昏而炮械震耳，击炮声如在余舟旁，亟星驰回，则中贵争持河道，与我兵斗，解之始去。自此余不复登岸。越旦，则姬淡妆至，求谒吾母太恭人，见后仍坚订过其家。乃是晚，舟仍中梗，乘月一往，相见，卒然曰："余此身脱樊笼，欲择人事之。终身可托者，无出君右。适见太恭人，如覆春云，如饮甘露，真得所天。子毋辞。"余笑曰："天下无此易易事。且严亲在兵火，我归，当弃妻子以殉。两过子，皆路梗中无聊闲步耳。于言突至，余甚讶。即果尔，亦塞耳坚谢，无徒误子。"复宛转云："君倘不终弃，誓待君堂上昼锦旋。"余答曰："若尔，当与子约。"惊喜申嘱，语絮絮不悉记，即席作八绝句付之。

归历秋冬，奔驰万状，至壬午仲春，都门政府言路诸公，恤劳人之劳，怜独子之苦，驰量移之耗，先报余。时正在毗陵，闻音如石去心，因便过吴门慰陈姬。盖残冬屡趣余，皆未及答。至则十日前复为窦霍门下客以势逼去。先，吴门有昵之者，集千人哗劫之。势家复为大言挟诈，又不惜数千金为贿。地方恐贻伊戚，劫出复纳入。余至，怅惘无极，然以急严亲患难，负一女子无憾也。是晚壹郁，因与友觅舟去虎疁夜游。明日，遣人之襄阳，便解维归里。

舟一过桥，见小楼立水边。偶询游人："此何处？何人之居？"友以双成馆对。余三年积念，不禁狂喜，即停舟相访。友阻云："彼前亦为势家所惊，危病十有八日，母死，鐍户不见客。"余强之上，叩门至再三，始启户，灯火阒如。宛转登楼，则药饵满几榻。姬沉吟询何来，余告以昔年曲栏醉晤人。姬忆，泪下曰：“曩君屡过余，虽仅一见，余母恒背称君奇秀，为余惜不共君盘桓。今三年矣，余母新死，见君忆母，言犹在耳。今从何处来？”便强起，揭帏帐审视余，且移灯留坐榻上。谭有顷，余怜姬病，愿辞去。牵留之曰：“我十有八日寝食俱废，沉沉若梦，惊魂不安。今一见君，便觉神怡气王。”旋命其家具酒食，饮榻前。姬辄进酒，屡别屡留，不使去。余告之曰：“明朝遣人去襄阳，告家君量移喜耗。若宿卿处，诘旦不能报平安。俟发使行，宁少停半刻也。”姬曰：“子诚殊异，不敢留。”送别。

越旦，楚使行，余亟欲还，友人及仆从咸云：“姬昨仅一倾盖，拳切不可负。”仍往言别，至则姬已妆成，凭楼凝睇，见余舟傍岸，便疾趋登舟。余具述即欲行，姬曰：“我装已成，随路相送。”余却不得却，阻不忍阻。由浒关至梁溪、毗陵、阳羡、澄江，抵北固，越二十七日，凡二十七辞，姬惟坚以身从。登金山，誓江流曰：“妾此身如江水东下，断不复返吴门！”余变色拒绝，告以期迫科试，年来以大人滞危疆，家事委弃，老母定省俱违，今始归，经理一切。且姬吴门责逋甚众，金陵落籍，亦费商量，仍归吴门，俟季夏应试，相约同赴金陵。秋试毕，第与否，始暇及此，此时缠绵，两妨无益。姬仍踌躇不肯行，时五木在几，一友戏云：“卿果终如愿，当一掷得巧。”姬肃拜于船窗，祝毕，一掷得“全六”，时同舟称异。余谓果属天成，仓卒不臧，反偾乃事，不如暂去，徐图之。不得已，始掩面痛哭，失声而别。余虽怜姬，然得轻身归，如释重负。

才抵海陵，旋就试，至六月抵家。荆人对余云：“姬令其父先已过江来云：姬返吴门，茹素不出，惟翘首听金陵偕行之约。闻言心异，以十金遣其父去曰：‘我已怜其意而许之，但令静俟毕场事后，无不可耳。’”余感荆人相成相许之雅，遂不践走使迎姬之约，竟赴金陵，俟场后报姬。金桂月三五之辰，余方出闱，姬猝到桃叶寓馆。盖望余耗不至，孤身挈一妪，买舟自吴门江行。遇盗，舟匿芦苇中，舵损不可行，炊烟遂断三日。初八抵三山门，又恐扰余首场文思，复迟二日始入。姬见余虽甚喜，细述别后百日茹素杜门与江行风波盗贼惊魂状，则声色俱凄，求归愈固。时魏塘、云间、闽、豫诸同社，无不高姬之识，悯姬之诚，咸为赋诗作画以坚之。

场事既竣，余妄意必第，自谓此后当料理姬事，以报其志。讵十七日，忽传家君舟抵江干，盖不赴宝庆之调，自楚休致矣。时已二载违养，冒兵火生还，喜出望外，遂不及为姬谋去留，竟从龙潭尾家君舟抵銮江。家君阅余文，谓余必第，复留之銮江候榜。姬从桃叶寓馆仍发舟追余，燕子矶阻风，几复罹不测，重盘桓銮江舟中。七日，乃榜发，余中副车。穷日夜力归里门，而姬痛哭相随，不肯返，且细悉姬吴门诸事，非一手足力所能了。责逋者见其远来，益多奢望，众口狺狺。且严亲甫归，余复下第意阻，万难即诣。舟抵郭外朴巢，遂冷面铁心，与姬决别，仍令姬返吴门，以厌责逋者之意，而后事可为也。

阳月，过润州，谒房师郑公，时闽中刘大行自都门来，与陈大将军及同盟刘刺史饮舟中。适奴子自姬处来，云：姬归不脱去时衣，此时尚方空在体，谓余不速往图之，彼甘冻死。刘大行指余曰：“辟疆夙称风义，固如是负一女子耶？”余云：“黄衫押衙，非君平、仙客所能自为。”刺史举杯奋袂曰：“若以千金恣我出入，即于今日往！”陈大将军立贷数百金，大行以参数斤佐之。讵谓刺史至吴门，不善调停，众哗决裂，逸去吴江。余复还里，不及讯。

姬孤身维谷，难以收拾。虞山宗伯闻之，亲至半塘，纳姬舟中。上至荐绅，下及市井，纤悉大小，三日为之区画立尽，索券盈尺。楼船张宴，与姬饯于虎疁，旋买舟送至吾皋。至至月之望，薄暮侍家君饮于拙存堂，忽传姬抵河干。接宗伯书，娓娓洒洒，始悉其状，且即驰书贵门生张祠部立为落籍吴门，后有细琐，则周仪部终之，而南中则李宗宪旧为礼垣者与力焉。越十月，愿始毕，然往返葛藤，则万斛心血所灌注而成也。

壬午清和晦日，姬送余至北固山下，坚欲从渡江归里。余辞之，益哀切，不肯行。舟泊江边，时西先生毕今梁寄余夏西洋布一端，薄如蝉纱，洁比雪艳。以退红为里，为姬制轻衫，不减张丽华桂宫霓裳也。偕登金山，时四五龙舟冲波激荡而上，山中游人数千，尾余两人，指为神仙。绕山而行，凡我两人所止，则龙舟争赴，回环数匝不去。呼询之，则驾舟者皆余去秋浙回官舫长年也。劳以鹅酒，竟日返舟，舟中宣瓷大白盂，盛樱珠数斤，共啖之，不辨其为樱为唇也。江山人物之盛，照映一时，至今谭者侈矣。

卷二

秦淮中秋日，四方同社诸友感姬为余不辞盗贼风波之险，间关相从，因置酒桃叶水阁。时在座为眉楼顾夫人、寒秀斋李夫人，皆与姬为至戚，美其属余，咸来相庆。是日新演《燕子笺》，曲尽情艳。至霍华离合处，姬泣下，顾、李亦泣下。一时才子佳人，楼台烟水，新声明月，俱足千古。至今思之，不啻游仙枕上梦幻也。

銮江汪汝为园亭极盛，而江上小园，尤收拾江山胜概。壬午鞠月之朔，汝为曾延予及姬于江口梅花亭子上。长江白浪拥象，奔赴杯底，姬轰饮巨叵罗，觞政明肃，一时在座诸妓，皆颓唐溃逸。姬最温谨，是日豪情逸致，则余仅见。

乙酉，余奉母及家眷流寓盐官，春过半塘，则姬之旧寓固宛然在也。姬有妹晓生，同沙九畹登舟过访，见姬为余如意珠，而荆人贤淑，相视复如水乳，群美之，群妒之。同上虎丘，与予指点旧游，重理前事，吴门知姬者咸称其俊识，得所归云。

鸳鸯湖上，烟雨楼高。逶迤而东，则竹亭园半在湖内。然环城四面，名园胜寺，夹浅渚层溪而潋滟者，皆湖也。游人一登烟雨楼，遂谓已尽其胜，不知浩瀚幽渺之致，正不在此。与姬曾为竟日游，又共追忆钱塘江下桐君严濑碧浪苍岩之胜，姬更云："新安山水之逸，在人枕灶间，尤足乐也。"

虞山宗伯送姬抵吾皋，时侍家君饮于家园，仓卒不敢告严君。又侍饮至四鼓，不得散。荆人不待余归，先为洁治别室，帏帐、灯火、器具、饮食，无一不顷刻具。酒阑见姬，姬云："始至止，不知何故不见君，但见婢妇簇我登岸，心窃怀疑，且深恫骇。抵斯室，见无所不备。旁询之，始感叹主母之贤，而益快经岁之矢相从不误也。"自此姬扃别室，却管弦，洗铅华，精学女红，恒月余不启户。耽寂享恬，谓骤出万顷火云，得憩清凉界，回视五载风尘，如梦如狱。居数月，于女红无所不妍巧，锦绣工鲜。刺巾裾，如虮无痕，日可六幅。剪彩织字、缕金回文，各厌其技，针神针绝，前无古人已。

姬在别室四月，荆人携之归。入门，吾母太恭人与荆人见而爱异之，加以殊眷。幼姑长姊，尤珍重相亲，谓其德性举止，均非常人。而姬之侍左右，服劳承旨，较婢妇有加无已。烹茗剥果，必手进；开眉解意，爬背喻痒。当大寒暑，折胶铄金时，必拱立座隅，强之坐饮食，旋坐旋饮食，旋起执役，拱立如初。余每课两儿文，不称意，加夏楚，姬必督之改削成章，庄书以进，至夜不懈。越九年，与荆人无一言枘凿。至于视众御下，慈让不遑，咸感其惠。余出入应酬之费与荆人日用金错泉布，皆出姬手。姬不私铢两，不爱积蓄，不制一宝粟钗钿。死能弥留，元旦次日，必欲求见老母，始瞑目，而一身之外，金珠红紫尽却之，不以殉，洵称异人。

余数年来，欲裒集四唐诗，购全集、类逸事、集众评，列人与年为次第，每集细加评选，广搜遗失，成一代大观。初、盛稍有次第，中、晚有名无集、有集不全，并名、集俱未见者甚夥，《品汇》，六百家大略耳，即《纪事本末》，千余家名姓稍存，而诗不具。《全唐诗话》更觉寥寥。芝隅先生序《十二唐人》，称豫章大家，藏中晚未刻集七百余种。孟津王师向余言：买灵宝许氏《全唐诗》数车满载，即曩流寓盐官胡孝辕职方批阅唐人诗，剞劂工费，需数千金。僻地无书可借，近复裹足牖下，不能出游购之，以此经营搜索，殊费工力。然每得一帙，必细加丹黄。他书有涉此集者，皆录首简，付姬收贮。至编年论人，准之《唐书》。姬终日佐余稽查抄写，细心商订，永日终夜，相对忘言。阅诗无所不解，而又出慧解以解之。尤好熟读《楚辞》、少陵、义山、王建、花蕊夫人、王珪三家宫词，等身之书，周回座右，午夜衾枕间，犹拥数十家《唐书》而卧。今秘阁尘封，余不忍启，将来此志，谁克与终？付之一叹而已。

犹忆前岁。余读《东汉》，至陈仲举、范、郭诸传，为之抚几，姬一一求解其始末，发不平之色，而妙出持平之议，堪作一则史论。

乙酉，客盐官，尝向诸友借书读之，凡有奇僻，命姬手抄。姬于事涉闺阁者，则另录一帙。归来与姬遍搜诸书，续成之，名曰《奁艳》。其书之瑰异精秘，凡古人女子，自顶至踵，以及服食器具，亭台歌舞，针神才藻，下及禽鱼鸟兽，即草木之无情者，稍涉有情，皆归香丽。今细字红笺，类分条析，俱在奁中。客春顾夫人远向姬借阅此书，与龚奉常极赞其妙，促绣梓之。余即当忍痛为之校雠鸠工，以终姬志。

姬初入吾家，见董文敏为余书《月赋》，仿钟繇笔意者，酷爱临摹，嗣遍觅钟太傅诸帖学之。阅《戎辂表》，称关帝君为贼将，遂废钟学《曹娥碑》，日写数千字，不讹不落。余凡有选摘，立抄成帙，或史或诗，或遗事妙句，皆以姬为绀珠。又尝代余书小楷扇，存戚友处，而荆人米盐琐细，以及内外出入，无不各登手记，毫发无遗。其细心专力，即吾辈好学人鲜及也。

姬于吴门曾学画未成，能作小丛寒树，笔墨楚楚，时于几砚上辄自图写，故于古今绘事，别有殊好。偶得长卷小轴与笥中旧珍，时时展玩不置。流离时宁委奁具，而以书画捆载自随。末后尽裁装潢，独存纸绢，犹不得免焉，则书画之厄，而姬之嗜好，真且至矣。

卷三

姬能饮，自入吾门，见余量不胜蕉叶，遂罢饮，每晚侍荆人数杯而已。而嗜茶与余同性。又同嗜岕片。每岁半塘顾子兼择最精者缄寄，具有片甲蝉翼之异。文火细烟，小鼎长泉，必手自吹涤。余每诵左思《娇女诗》“吹嘘对鼎鑑”之句，姬为解颐。至“沸乳看蟹目鱼鳞，传瓷选月魂云魄”，尤为精绝。每花前月下，静试对尝，碧沉香泛，真如木兰沾露，瑶草临波，备极卢陆之致。东坡云：“分无玉碗捧蛾眉。”余一生清福，九年占尽，九年折尽矣！

姬每与余静坐香阁，细品名香。宫香诸品淫，沉水香俗。俗人以沉香著火上，烟扑油腻，顷刻而灭。无论香之性情未出，即著怀袖，皆带焦腥。沉香坚致而纹横者，谓之“横隔沉”，即四种沉香内革沉横纹者是也，其香特妙。又有沉水结而未成，如小笠大菌，名“蓬莱香”者，余多蓄之。每慢火隔砂，使不见烟，则阁中皆如风过伽楠、露沃蔷薇、热磨琥珀、酒倾犀斝之味，久蒸衾枕间，和以肌香，甜艳非常，梦魂俱适。外此则有真西洋香方，得之内府，迥非肆料。丙戌客海陵，曾与姬手制百丸，诚闺中异品，然爇时亦以不见烟为佳。非姬细心秀致，不能领略到此。

黄熟出诸番，而真腊为上。皮坚者为黄熟桶，气佳而通；黑者为夹栈黄熟。近南粤东莞茶园村土人种黄熟，如江南之艺茶，树矮枝繁，其香在根。自吴门解人剔根切白，而香之松朽尽削，油尖铁面尽出。余与姬客半塘时，知金平叔最精于此，重价数购之，块者净润，长曲者如枝如虬，皆就其根之有结处随纹缕出，黄云紫绣，半杂鹧鸪斑，可拭可玩。寒夜小室，玉帏四垂。毾㲪重叠，烧二尺许绛蜡二三枝，陈设参差，堂几错列，大小数宣炉，宿火常热，色如液金粟玉。细拨活灰一寸，灰上隔砂选香蒸之，历半夜，一香凝然，不焦不竭，郁勃氤氲，纯是糖结。热香间有梅英半舒，荷鹅梨蜜脾之气，静参鼻观。忆年来共恋此味此境，恒打晓钟尚未著枕，与姬细想闺怨，有斜倚薰篮，拨尽寒炉之苦，我两人如在蕊珠众香深处。今人与香气俱散矣，安得返魂一粒，起于幽房扃室中也。

一种生黄香，亦从枯肿朽痈中取其脂凝脉结、嫩而未成者。余尝过三吴白下，遍收筐箱中，盖面大块，与粤客自携者，甚有大根株尘封如土，皆留意觅得，携归，与姬为晨夕清课，督婢子手自剥落，或斤许仅得数钱，盈掌者仅削一片，嵌空镂剔，纤悉不遗，无论焚蒸，即嗅之，味如芳兰，盛之小盘，层撞中色珠香别，可弄可餐。曩曾以一二示粤友黎美周，讶为何物，何从得如此精妙？即《蔚宗传》中恐未见耳。又东莞以女儿香为绝品，盖土人拣香，皆用少女。女子先藏最佳大块，暗易油粉，好事者复从油粉担中易出。余曾得数块于汪友处，姬最珍之。

余家及园亭，凡有隙地，皆植梅。春来早夜出入，皆烂漫香雪中。姬于含蕊时，先相枝之横斜与几上军持相受，或隔岁便芟剪得宜，至花放恰采入供。即四时草花竹叶，无不经营绝慧，领略殊清，使冷韵幽香，恒霏微于曲房斗室。至秾艳肥红，则非其所赏也。秋来犹耽晚菊，即去秋病中，客贻我“剪桃红”，花繁而厚，叶碧如染，浓条婀娜，枝枝具云罨风斜之态。姬扶病三月，犹半梳洗，见之甚爱，遂留榻右。每晚高烧翠蜡，以白团回六曲，围三面，设小座于花间，位置菊影，极其参横妙丽。始以身入，人在菊中，菊与人俱在影中。回视屏上，顾余曰：“菊之意态尽矣，其如人瘦何？”至今思之，澹秀如画。

闺中蓄春兰九节及建兰，自春徂秋，皆有三湘七泽之韵。沐浴姬手，尤增芳香。《艺兰十二月歌》，皆以碧笺手录粘壁。去冬姬病，枯萎过半。楼下黄梅一株，每腊万花，可供三月插戴。去冬姬移居香俪园静摄，数百枝不生一蕊，惟听五鬣涛声，增其凄响而已。

姬最爱月，每以身随升沉为去住。夏纳凉小苑，与幼儿诵唐人咏月及流萤纨扇诗。半榻小几，恒屡移以领月之四面。午夜归阁，仍推窗延月干枕簟间。月去复卷幔倚窗而望。语余曰："吾书谢希逸《月赋》，古人厌晨欢，乐宵宴，盖夜之时逸，月之气静，碧海青天，霜缟冰净， 较赤日红尘，迥隔仙凡。人生攘攘，至夜不休，或有月未出已鼾睡者，桂华露影，无福消受。与子长历四序，娟秀浣洁，领略幽香，仙路禅关，于此静得矣。"李长吉诗云："月漉漉，波烟玉。"姬每诵此三字，则反覆回环，日月之精神气韵光景，尽于斯矣。人以身入波烟玉世界之下，眼如横波，气如湘烟，体如白玉，人如月矣，月复似人，是一是二，觉贾长江"倚影为三"之语尚赘，至"淫耽"、"无厌"、"化蟾'之句，则得玩月三昧矣。

姬性澹泊，于肥甘一无嗜好。每饭，以岕茶一小壶温淘，佐以水菜、香豉数茎粒，便足一餐。余饮食最少而嗜香甜及海错风薰之味，又不甚自食，每喜与宾客共赏之。姬知余意，竭其美洁，出佐盘盂，种种不可悉记。随手数则，可睹一斑也。酿饴为露，和以盐梅，凡有色香花蕊， 皆于初放时采渍之。经年香味，颜色不变，红鲜如摘，而花汁融液露中，入口喷鼻，奇香异艳，非复恒有。最娇者为秋海棠露。海棠无香，此独露凝香发，又俗名断肠草，以为不食，而味美独冠诸花。次则梅英、野蔷薇、玫瑰、丹桂、甘菊之属。至橙黄、橘红、佛手、香橼，去白缕丝，色味更胜。酒后出数十种，五色浮动白瓷中，解酲消渴，金茎仙掌，难与争衡也。取五月桃汁、西瓜汁，一穰一丝漉尽，以文火煎至七八分，始搅糖细炼，桃膏如大红琥珀，瓜膏可比金丝内糖，每酷暑，姬必手取其汁示洁，坐炉边静看火候成膏，不使焦枯，分浓淡为数种，此尤异色异味也。制豉，取色取气先于取味，豆黄九晒九洗为度，果瓣皆剥去衣膜，种种细料，瓜杏姜桂，以及酿豉之汁，极精洁以和之。豉熟擎出，粒粒可数，而香气酣色殊味，迥与常别。红乳腐烘蒸各五六次，内肉既酥，然后削其肤， 益之以味，数日成者，绝胜建宁三年之蓄。他如冬春水盐诸菜，能使黄者如蜡，碧者如苔。蒲藕笋蕨、鲜花野菜、枸蒿、蓉菊之类，无不采入食品，芳旨盈席。火肉久者无油，有松柏之味。风鱼久者如火肉，有麂鹿之味。醉蛤如桃花，醉鲟骨如白玉，油蜡如鲟鱼，虾松如龙须，烘兔酥雉如饼饵，可以笼而食之。菌脯如鸡粽，腐汤如牛乳。细考之食谱，四方郇厨中一种偶异，即加访求，而又以慧巧变化为之，莫不异妙。

甲申三月十九日之变，余邑清和望后，始闻的耗。邑之司命者甚懦，豺虎狰狞踞城内，声言焚劫，郡中又有兴平兵四溃之警。同里绅衿大户，一时鸟兽骇散，咸去江南。余家集贤里，世恂让，家君以不出门自固。阅数日，上下三十余家，仅我灶有炊烟耳。老母、荆人惧，暂避郭外，留姬侍余。姬扃内室，经纪衣物、书画、文券，各分精粗，散付诸仆婢，皆手书封识。群横日劫，杀人如草，而邻右人影落落如晨星，势难独立。只得觅小舟，奉两亲，挈家累，欲冲险从南江渡澄江北。一黑夜六十里，抵泛湖州朱宅，江上已盗贼蜂起，先从间道微服送家君从靖江行，夜半，家君向余曰："途行需碎金，无从办。"余向姬索之，姬出一布囊，自分许至钱许，每十两可数百小块，皆小书轻重于其上，以便仓猝随手取用。家君见之，讶且叹，谓姬何暇精细及此！

维时诸费较平日溢十倍尚不肯行，又迟一日，以百金雇十舟，百余金募二百人护舟。甫行数里，潮落舟胶，不得上。遥望江口，大盗数百人踞六舟为犄角，守隘以俟，幸潮落，不能下逼我舟。朱宅遣有力人负浪踏水驰报曰："后岸盗截归路，不可返，护舟二百人中且多盗党。"时十舟哄动，仆从呼号垂涕。余笑指江上众人曰："余三世百口咸在舟。自先祖及余祖孙父子，六七十年来居官居里，从无负心负人之事，若今日尽死盗手，葬鱼腹，是上无苍苍，下无茫茫矣！潮忽早落，彼此舟停不相值，便是天相。尔辈无恐，即舟中敌国，不能为我害也。”

先夜拾行李登舟时，思大江连海，老母幼子，从未履此奇险，万一阻石尤，欲随路登岸，何从觅舆辆？三鼓时以二十金付沈姓人，求雇二舆一车、夫六人。沈与众咸诧异笑之，谓：“明早一帆，未午便登彼岸，何故黑夜多此难寻无益之费？”倩榜人募舆夫，观者绝倒。余必欲此二者，登舟始行，至斯时虽神气自若，然进退维谷，无从飞脱，因询出江未远果有别口登岸通泛湖洲者？舟子曰：“横去半里有小路六七里，竟通彼。”余急命鼓楫至岸，所募舆车三事，恰受俯仰七人。馀行李婢妇，尽弃舟中。顷刻抵朱宅，众始叹余之夜半必欲水陆兼备之为奇中也。大盗知余中遁，又朱宅联络数百人为余护发行李人口，盗虽散去，而未厌其志，恃江上法网不到，且值无法之时，明集数百人，遣人谕余：以千金相致，否则竟围朱宅，四面举火。余复笑答曰：“盗愚甚，尔不能截我于中流，乃欲从平陆数百家中火攻之，安可得哉？”然泛湖洲人，名虽相卫，亦多不轨。余倾囊召阖庄人付之，令其夜设牲酒，齐心于庄外备不虞。数百人饮酒分金，咸去他所，余即于是夜一手扶老母，一手曳荆人，两儿又小，季甫生旬日，同其母付一信仆偕行，从庄后竹园深箐中蹒跚出，维时更无能手援姬。余回顾姬曰：

“汝速蹴步，则尾余后，迟不及矣！”姬一人颠连趋蹶，仆行里许，始仍得昨所雇舆辆，星驰至五鼓，达城下，盗与朱宅之不轨者未知余全家已去其地也。然身脱而行囊大半散矣，姬之珍爱尽失焉。姬返舍谓余：当大难时，首急老母，次急荆人、儿子、幼弟为是。彼即颠连不及，死深箐中无憾也。午节返吾庐，衽金革与城内枭獍为伍者十旬，至中秋，始渡江入南都。别姬五阅月，残腊乃回，挈家随家君之督漕任。去江南，嗣寄居盐官。因叹姬明大义、达权变如此，读破万卷者有是哉？

乙酉流寓盐官。五月复值崩陷，余骨肉不过八口，去夏江上之累，缘仆妇杂沓奔赴，动至百口，又以笨重行李四塞舟车，故不能轻身去。且来窥瞷，此番决计置生死于度外，扃户不他之。乃盐宫城中，自相残杀甚哄，两亲又不能安，复移郭外大白居。余独令姬率婢妇守寓，不发一人一物出城，以贻身累。即侍两亲、挈妻子流离，亦以孑身往。乃事不如意，家人行李纷沓，违命而出。

大兵迫槜李，薙发之令初下，人心益皇皇。家君复失去惹山，内外莫知所措，余因与姬决：“此番溃散，不似家园，尚有左右之者，而孤身累重，与其临难舍子，不若先为之地。我有年友，信义多才，以子托之，此后如复相见，当结平生欢，否则听子自裁，毋以我为念。”姬曰：“君言善。举室皆倚君为命，复命不自君出，君堂上膝下，有百倍重于我者。乃以我牵君之臆，非徒无益，而又害之。我随君友去，苟可自全，暂当匍匐以俟君回；脱有不测，前与君纵观大海，狂澜万顷，是吾葬身处也！”方命之行，而两亲以余独割姬为憾，复携之去。自此百日，皆展转深林僻路，茅屋渔艇。或一月徙，或一日徙，或一日数徙，饥寒风雨，苦不具述，卒于马鞍山遇大兵，杀掠奇惨，天幸得一小舟，八口飞渡，骨肉得全，而姬之惊悸瘁瘏，至矣尽矣！

卷四

秦溪蒙难之后，仅以俯仰八口免。维时仆婢杀掠者几二十口，生平所蓄玩物及衣贝，靡孑遗矣。乱稍定，匍匐入城，告急于诸友，即襆被不办。夜假荫于方坦庵年伯。方亦窜迹初回，仅得一毡，与三兄共裹卧耳房。时当残秋，窗风四射。翌日，各乞斗米束薪于诸家，始暂迎二亲及家累返旧寓，余则感寒，痢疟沓作矣。横白板扉为榻，去地尺许，积数破絮为卫，炉煨桑节，药缺攻补。且乱阻吴门，又传闻家难剧起，自重九后溃乱沉迷，迄冬至前僵死，一夜复苏，始得间关破舟，从骨林肉莽中冒险渡江。犹不敢竟归家园，暂栖海陵。阅冬春百五十日，病方稍痊。此百五十日，姬仅卷一破席，横陈榻边，寒则拥抱，热则披拂，痛则抚摩。或枕其身，或卫其足，或欠伸起伏，为之左右翼，凡病骨之所适，皆以身就之。鹿鹿永夜，无形无声，皆存视听。汤药手口交进，下至粪秽，皆接以目鼻，细察色味，以为忧喜。日食粗粝一餐，与吁天稽首外，惟跪立我前，温慰曲说，以求我之破颜。余病失常性，时发暴怒，诟谇三至，色不少忤，越五月如一日。每见姬星靥如蜡，弱骨如柴，吾母太恭人及荆妻怜之感之，愿代假一息。姬曰："竭我心力，以殉夫子。夫子生而余死犹生也；脱夫子不测，余留此身于兵燹间，将安寄托？"更忆病剧时，长夜不寐，莽风飘瓦，盐宜城中，日杀数十百人。夜半鬼声啾啸，来我破窗前，如蛩如箭。举室饥寒之人，皆辛苦齁睡，余背贴姬心而坐，姬以手固握余手，倾耳静听，凄激荒惨，欷歔流涕。姬谓余曰："我入君门整四岁，早夜见君所为，慷慨多风义，毫发几微，不邻薄恶。凡君受过之处，惟余知之亮之，敬君之心，实逾于爱君之身，鬼神赞叹畏避之身也。冥漠有知，定加默祐。但人生身当此境，奇惨异险，动静备历，苟非金石，鲜不销亡。异日幸生还，当与君敝屣万有，逍遥物外，慎毋忘此际此语！"噫吁嘻！余何以报姬于此生哉！姬断断非人世凡女子也！

丁亥，谗口铄金，太行千盘，横起人面，余胸坟五岳，长夏郁蟠，惟早夜焚二纸告关帝君。久抱奇疾，血下数斗，肠胃中积如石之块以千计。骤寒骤热，片时数千语，皆首尾无端，或数昼夜不知醒。医者妄投以补，病益笃，勺水不入口者二十余日。此番莫不谓其必死，余心则炯炯然，盖余之病不从境入也。姬当大火铄金时，不挥汗，不驱蚊，昼夜坐药炉傍，密伺余于枕边足畔六十昼夜。凡我意之所及与意之所未及，咸先后之。己丑秋，疽发于背，复如是百日。余五年危疾者三，而所逢者皆死疾，惟余以不死待之，微姬力，恐未必能坚以不死也。今姬先我死，而永诀时惟虑以伊死增余病，又虑余病无伊以相侍也。姬之生死为余缠绵如此，痛哉，痛哉！

余每岁元旦，必以一岁事卜一签于关帝君前。壬午名心甚剧，祷看签首第一字，得“忆”字，盖“忆昔兰房分半钗，如今忽把音信乖。痴心指望成连理，到底谁知事不谐”。余时占玩不解，即占全词，亦非功名语。比遇姬，清和晦日，金山别去，姬茹素归，虔卜于虎疁关帝君前，愿以终身事余，正得此签。秋过秦淮，述以相告，恐有不谐之叹，余闻而讶之，谓与元旦签合。时友人在坐，曰：“我当为尔二人合卜于西华门。”则仍此签也。姬愈疑惧，且虑余见此签中懈，忧形于面，乃后卒满其愿。“兰房”、“半钗”、“痴心”、“连理”，皆天然闺阁中语，“到底”、“不谐”，则今日验矣。嗟呼！余有生之年，皆长相忆之年也。“忆”字之奇，呈验若此。

姬之衣饰，尽失于患难，归来澹足，不置一物。戊子七夕，看天上流霞，忽欲以黄跳脱摹之，命余书“乞巧”二字，无以属对，姬云：“曩于黄山巨室，见覆祥云真宣炉，款式佳绝，请以‘覆祥’对‘乞巧’。”镌摹颇妙。越一岁，钏忽中断，复为之，恰七月也，余易书“比翼”、“连理”。姬临终时，自顶至踵，不用一金珠纨绮，独留跳脱不去手，以余勒书故。长生私语，乃太真死后，凭洪都客述寄明皇者，当日何以率书，竟令《长恨》再谱也！

姬书法秀媚，学钟太傅稍瘦，后又学《曹娥》。余每有丹黄，必对泓颖，或静夜焚香，细细手录。闺中诗史成帙，皆遗迹也。小有吟咏，多不自存。客岁新春二日，即为余抄写《全唐五七言绝句》上下二卷，是日偶读七岁女子“所嗟人异雁，不作一行归”之句，为之凄然下泪。至夜和成八绝，哀声怨响，不堪卒读。余挑灯一见，大为不怿，即夺之焚去，遂失其稿，伤哉，异哉！今岁恰以是日长逝也。

客春三月，欲重去盐官，访患难相恤诸友。至邗上，为同社所淹。时余正四十，诸名流咸为赋诗，龚奉常独谱姬始末，成数千言，《帝京篇》、《连昌宫》不足比拟。奉常云：“子不自注，则余苦心不见。如‘桃花瘦尽春醒面’七字，绾合己卯醉晤、壬午病晤两番光景，谁则知者？”余时应之，未即下笔。他如园次之“自昔文人称孝子，果然名士悦倾城”，于皇之“大妇同行小妇尾”，孝威之“人在树间殊有意，妇来花下却能文”，心甫之“珊瑚架笔香印屧，著富名山金屋尊”，仙期之“锦瑟蛾眉随分老，芙蓉园上万花红”，仲谋之“君今四十能高举，羡尔鸿妻佐春杵”，吾邑徂徕先生“韬藏经济一巢朴，游戏莺花两阁和”，元旦之“蛾眉问难佐书帏”，皆为余庆得姬，讵谓我侑卮之辞，乃姬誓墓之状耶？读余此杂述，当知诸公之诗之妙，而去春不注奉常诗，盖至迟之今日，当以血泪和隃麋也。

三月之杪，余复移寓友沂“友云轩”。久客卧雨，怀家正剧。晚霁，龚奉常偕于皇、园次过慰留饮，听小奚管弦度曲。时余归思更切，因限韵各作诗四首。不知何故，诗中咸有商音。三鼓别去，余甫著枕，便梦还家，举室皆见，独不见姬。急询荆人，不答。复遍觅之，但见荆人背余下泪。余梦中大呼曰：“岂死耶？”一恸而醒。姬每春必抱病，余深疑虑。旋归，则姬固无恙，因间述此相告。姬曰：“甚异。前亦于是夜梦数人强余去，匿之幸脱，其人尚狺狺不休也。”讵知梦真而诗谶咸来先告哉！